文春文庫

剣樹抄　不動智の章

冲方 丁

文藝春秋

剣樹抄　不動智の章　目次

童行の率先　7
浅草橋の御門　63
不動智　131
六月村　221
歓喜院の地獄払い　281
宇都宮の釣天井　337
解説　吉澤智子　394

イラスト　わいっしゅ

単行本　二〇二一年一一月　文藝春秋刊

剣樹抄

不動智の章

剣樹抄地図
新吉原
浅草寺
水戸
中屋敷
伝通院
上野
水戸
上屋敷
本妙寺
湯島
神田明神
浅草川
吉祥寺跡
浅草見附
（御門）
神田駿河台
神田紺屋町
小伝馬町牢屋敷
回向院
本丸
深川
紀伊上屋敷
麹町
江戸城
西の丸
八幡宮
渋谷村
紀伊中屋敷
石川〝播磨守〟屋敷
数寄屋橋
増上寺
行人坂
大鳥大明神
大円寺
聖院
目黒不動
目黒川
品川
東海寺

童行の率先

一

了助は、静けさの中にひたっていた。

まだ星々が頭上で瞬く、暁の七つどき（午前四時頃）である。

東海寺の西房の前で、いつもの棒振り三昧、摺り足三昧に精を出したあと、庭石にあぐらをかいて座り、木剣を膝の上に置き、息を整えた。木剣は、亡き吽慶から譲り受けた品だ。内に刃を封じ、〈不〉と銘じられたその重い木剣を、どうにか自由に振るこつがつかめてきた、と手応えを噛みしめていると、にわかに静寂が破られた。

「開静！　開静！」

僧の大声とともに、りりりりん、と勢いよく鳴らされる振鈴の音と、どんどんどん、と縁側を踏む音が、禅堂に目覚めのときを告げた。そろそろ僧が起き出すと知っていたので、了助は突然の騒音にも驚かず、禅堂のほうへ頭を巡らせた。起床を命じながら走る僧の影が、ちらりと見えた気がしたが、暗くてよくわからなかった。

無宿だった時分は、おとうや養い親の三吉とともに寺の軒下で眠り、僧の起床とともに追い出されたものだ。おかげで軒下で寝る必要がなくなった今でも、暗いうちに目が覚めてしまう。三吉が大火で死ぬ前、一緒に長屋で暮らせていた頃もそうだ。拾人衆の房で寝起きするようになっても、やはり暁どきには目が覚める。

むしろ今では、目覚めたあとの半刻（一時間）かそこらが、一日のうちで最も好きな時間になっていた。暁闇の澄んだ空気を味わうだけで活力を感じるし、おのれの鼓動の音すら大きく聞こえる静寂に身をひたしていると、暗い庭が無限に広がる気がした。

　そうしていると、日中だと心がざわざわするような思いも、不思議と穏やかに受け入れられた。明け六つから今日が始まるからだ、と了助は思う。暁はまだ昨日のうちだ。昨日を見送り、見知らぬ今日を迎える。そういう心の備えは大事だと、摺り足を教えてくれた剣術家の永山周三郎や、他の武士たちも言っていた。彼らが、無惨にも錦氷ノ介の凶刃に斃れてゆくさますら、暁闇の中では静かに思い返すことができた。

　了助があぐらを解いて石から降りると同時に、禅堂で、どたどたと多数の足音が慌ただしく響いた。僧の朝は、とにかく忙しい。みな跳び起きて布団を片付けるが、綺麗にたたむ余裕はなく、丸めて棚に上げるや、襦袢姿で一目散に東司（厠）へ走る。次々に用を足すと、また走って戻り、衣と袈裟を身につけ、単布団という半畳の布団の上で正座をする。僧の持ち物は、単布団と、寝具である一畳布団、そして僅かな衣服だけだ。それ以外にあるのは食事のための持鉢くらいで、私物は全て寺に預けねばならない。

すぐに僧たちが出てきて、ぞろぞろと小さな灯りを頼りに本堂へ移動し始めた。朝課、すなわち朝の誦経を行うためだ。了助は、僧ではないので座禅や誦経といった勤行には加わらない。というより、加えさせてもらえない。了助の同房の少年たちも同様だ。みな僧になるのではなく、おのおの特殊な技を磨いてお役目を頂戴し、幕府のために働く。そうすれば、養子に出されたり職人の徒弟になるなどして、新たな人生を得られる。そう、〝子拾い豊後守〟こと阿部〝豊後守〟忠秋から言われているのだから、疑わず一所懸命に働いて当然と考えているのだ。

だが了助は、養子や徒弟という立場を必死に手に入れたい気持ちが、どうにも起こらなかった。水戸徳川光國からは、剣の腕を磨けば藩士になれるかもしれないと言われている。これは拾人衆にとっても望外のことで、お鳩などは、いつか了助がお侍になれるのではと期待している様子だ。他方で、罔両子からは、禅の素質があれば廻国巡礼の通行手形が下されるかも、とも言われている。禅僧になるとはどういうことか、まだぴんとこないが、どこでも無宿人扱いされず、ほうぼうの寺が泊めてくれるというのは大変魅力的だ。

とはいえ中山勘解由は、了助が首尾良く拾人衆として務められるか疑問視しているようで、何かあると、「命に従わんか。率先が過ぎるぞ」と厳しく了助を叱りつける。勝手なことをしないで言うことを聞け、というのだ。

だが了助からすれば、命令されない限り動くなというのは不条理だった。命令されること自体が厭なのではない。身が危険なときに命令など待てるか、と思うのだ。

野犬に囲まれたら、こちらも獣のように戦わねば殺される。悪党に出くわしたとき、先に動かねば、いたぶられる。拾人衆をくびになるぞと脅されて、ぼんやり命令を待つうち、獣か人に殺されるのでは、何のために働くのかわからない。

そう反発するところもあるが、寺を去ることは、もう考えていない。いつでもできることだと気づけばそう納得していた。どうせ僧にならない限り、ずっとはいられないのだ。得られる限りのものを得てから去っても遅くはない。

読み書きも覚えないうちから、ここを出ても良いことはない、というお鳩の言葉がよみがえったとき、禅堂から声が飛んだ。

「おい、そこの童行！」

僧の見習いの見習いのことだ。非公認の存在であり、古い習慣から寺住まいの年少者をそう呼ぶ。童行の上が喝食で、それが得度し剃髪して沙弥になり、やっと仏門に入れる。この寺の拾人衆は一律に、僧のはるか手前の童行とされた。

「はい！」

了助が大声で応じた。僧は馬鹿でかい声でやり取りする。ふだんは黙々としているが、誦経のとき、指示を出すときは、大声を放つのだ。そのせいでこちらもつい声を張り上げてしまう。

「庫裏に水を運んでおいてくれ！」

「はい！」

声からして慧雪という若い僧だと知れたが、了助が目をこらしても、その姿は暗がりに溶け込んで見えなかった。逆に、相手はずいぶん夜目が利くらしい。すぐに相手が走り去る音がし、本堂からは大声で経を誦む声が聞こえてきた。

かと思うと、背後の雨戸の向こうで、同房の者たちの呻き声がした。僧と了助のやり取りで起こされたのだ。寺では一日がとっくに始まっているのだから、了助は悪いとも思わない。手にした木剣を腰の後ろで帯に差すと、井戸へ行って水を汲み、禅堂の裏手にある庫裏との間を、大桶が満杯になるまで往復した。

勤行には参加しないが、作務は命じられる。掃除、芥運び、薪の用意、草刈りなど、拾人衆としてのお務めがないときは、僧たちとともに働かされるのだ。

ただし炊事は別で、典座と呼ばれる古参の僧が務め、童行には手出しが許されない。飯炊き、調理、漬け物作り、ひいては食事そのものが、禅宗においては重要な修行だった。食事は、僧たちの命の糧であり、仏や祖師への供膳ともなるからだ。

その大事な修行の場である庫裏から了助が戻ると、同房の少年たちが寝惚けまなこで雨戸を外していた。

犬なみに鼻のきく伏丸。韋駄天と呼ばれる健脚自慢の燕、鳶一、鷹。軽業が得意な小次郎。大柄で力自慢の、仁太郎と辰吉。

十歳足らずの、春竹、笹十郎、幸松は、四行師という、目・耳・口・鼻のいずれかの技に長けた者になれるよう修行中だ。

行師とは、もとは水先案内のことだが、拾人衆においては様々な特技を教える者たちを意味し、全部で十六行師もいるという。

「了助、いっつも早起きしてんねえ」

燕が、大あくびをして言った。

「おかげで、おれらも食いっぱぐれねえんで助かるわ」

鳶一が言いつつ、うーんと伸びをした。

朝の誦経が終わると、ただちに僧は食堂に集まり、朝食を振る舞う、粥座が始まる。

それに遅れれば、朝食抜きだ。

「飯目当ての早起きだ。無宿人は、食い意地がはってんな」

鷹が、にやっとして呟き、

「了助、今日も軒の下で寝てたんじゃろ」

小次郎が、へらへら笑って言った。

「寝床で寝たよ」

了助は、揶揄めいた言い方も気にせず、淡々と返した。みな捨て子であり、同じ手合いだ。鷹も小次郎も了助よりずっと食い意地がはっているのはみんなわかっているし、縁の下で寝たことがない者のほうが、この房では少ないのだ。

「縁の下に布団しいてたとさ」

仁太郎が言うと、辰吉が面白がってにやにやし、二人して膂力を見せつけるようにして雨戸をいくつもまとめて運んだ。

「飯、飯、飯!」

年少の三人が走って食堂へ向かい、

「ふわあ」

伏丸が口を大きく開けてあくびをしながら、誰よりも遅れて仲間の後を追った。

禅堂も食堂も、以前は僧堂と呼ばれる母屋が兼ねていたそうだが、人と建物が増えるにつれて別々になったらしい。西のほかにも東と南の僧房があり、そちらは僧が寝起きしている。住職である罔両子の部屋は別棟の一角にあり、その前を通らねば宝蔵に行けないようになっていた。他にも開祖の庵や塔頭が幾つもあり、せっせと掃除すべき場所に不足はない。

了助と十人が食堂の縁側で行儀良く座ると、朝課を終えた僧たちが中へ駆け込んでいった。了助たちは彼らより遅れて入り、持鉢が置かれた所定の位置に座った。禅の坐相である。合図があるまで、みな壁を向いていなければならない。

罔両子がふらりと現れ、席に着き、壁を向いた。

食事の進行を司るのは、飯台看と呼ばれる給仕役と、彼らを仕切る看頭である。

看頭が、大箸を持った。それを柝木として使い、ぱちりと叩いて合図を発する。

みなが一斉に、持鉢があるほうへ向きを変えた。鉢は五つあり、ひとまわりずつ大きさが違い、綺麗に重ねることができる。

粥座の間は、看頭の合図に従う。喋ってはならず、物音一つ立ててもいけない。

飯台看たちが速やかに、ただし音を立てぬよう細心の注意を払い、持鉢に粥をよそって回った。梅干しや漬け物、寺の開祖が発明したという沢庵漬けも出される。

配膳が終わり、また看頭の合図とともに、僧たちが飯台経を唱え始めた。了助には何と言っているかわからないが、門前の何とやらで、拾人衆のうち鷹と仁太郎が唱和し、みなでなんとなく似たような声を出す。

それが終わると、みなが箸を手に取った。はじめの頃、了助を大いに戸惑わせたのがその大箸だ。自分の指よりずっと太いしろものを使いこなすのに、だいぶかかった。

また禅宗の習慣に、生飯を空じる、というものがある。粥から三粒ほど箸で取り、反対の手の平の上で二度ほどくるくると回して浄め、卓の奥に置く。おのれの糧の一部を、鬼神や餓鬼に施すためだ。その昔、お釈迦様がそのようにしたらしい。置かれた米は飯台看が集め、庭に置いて鳥に食わせることで、施しとする。

ただでさえ、でかい箸に苦労しているのに、そんな真似をさせられ、かつ音を立てれば叱られるなど、理不尽きわまる。何度も箸を床に投げたくなったが、年下の拾人衆が巧みにしてのけるので、悔しくなって使いこなそうと必死になったものだ。

無音で食うのも大変だった。啜るのも、噛むのも、集中していないとすぐ音が出る。最初は食べている気がせず、馬鹿馬鹿しくて仕方なかった。了助が僧にされるのを嫌がった理由の一つがこの無音の食事なのだが、それも気づけば慣れてしまっていた。

全部で三回も粥をよそってもらえる。じっくり半刻もかけて食うから、がっつく必要はない。梅干しつきの粥など、芥拾い暮らしの頃は無縁だった。美味い粥を毎朝たらふく食えるのだから、禅の坐相も無音の行も、今は苦にならない。むしろ粥一粒一粒の味を口の中で感じられるようになると、普通の食い方では物足りないような気にさせられるのが不思議だった。

拾人衆の面々は了助よりもずっと慣れており、看頭や飯台看の目を盗むのも巧みだ。苦手な野菜や漬け物が出ると、隣の者に目配せし、梅干しと素早く交換したりする。まだ粥座に慣れない頃の了助の小鉢を使って、交換が行われたりもした。

右隣の伏丸が、了助の梅干しを自分の漬け物と入れ替えるや、左隣の燕が、その漬け物を取り、代わりに梅干しを置くということをされたのだ。結果的に、了助の食事は変化せず、伏丸が、苦手な漬け物を、燕の梅干しと交換したかっこうだ。目をぱちくりさせる了助をよそに、伏丸も燕も、しれっとしていた。

僧たちは、そうした拾人衆のお遊びに気づくふうもなく、あるいは気にもせず、粛然（しゅくぜん）と食事を進める。やがて、だんだんと日が昇り、手元がはっきり見えるようになる。淡い光が満ちてゆくこの時間も、了助は好きだった。おのれの空腹が満たされるだけでなく、別の何かも満たされる気がした。長く欠けたままだったものが、ふいに戻ったような感覚だ。小さい頃、おとうの腕の中で眠っていたおのれを思い出し、涙がにじむこともある。そういうときは、空じた生飯を見つめ、おとうや三吉があの世で飢えていませんように、と一心に祈ることで、心穏やかになれた。

明け六つの鐘が聞こえる頃、食事が終わった。僧たちが席を立ち、禅堂に戻った。座禅をするためだが、しばらくすると今度は喚鐘（かんしょう）という小さな鐘が鳴らされる。独参（どくさん）という、禅問答の開始を告げる鐘だ。朝と夕に二度、一人ずつ師が待つ部屋に入り、悟りを得るための問答を行う。このとき何を話したか、誰にも教えてはならないという決まりがある。

ただ、大昔の禅僧と師の問答を記した禅語録というものがあり、中でも重要な問いを公案（こうあん）というらしい。よく休憩時間に僧たちが公案について話しているのを耳にするが、了助にはちんぷんかんぷんだ。

いわく、おのれの父母が生まれる前の、本来のおのれを出せ。いわく、犬にも仏性はあるか答えよ。いわく、片手で拍手をする音はいかに。こんな問いが何百とあるらしい。考えるだけでくらくらする。

とはいえ拾人衆に、罔両子と問答する義務はない。御師たちからお務めを命じられないときは、作務に努め、寺のあらゆる場所を掃除する。それが終われば各自の技を磨く。何日かごとに行師が来て、特殊な技を教えてくれる。

行師は年上とは限らない。三ざるの巳助、お鳩、亀一も、若いが優れた行師と目されている。その三人も、別の行師から上達を確かめられるらしい。巳助は御殿山のふもとの北品川宿の長屋、お鳩は品川湊の近くの商家、亀一は芝の座頭の組屋敷に住んでいるというが、了助は彼らの暮らしがどのようなものかも知らなかった。

了助に限っていえば行師はいない。一時、水戸家の道場で剣術家たちから足運びや心構えを教わっただけである。中山勘解由からは、棒振り以外にも学びたいことはあるかと尋ねられたが、読み書き以外にこれといったものがなかった。泳ぎや駆け足は持ち前の才から自得しているし、三ざるのような特技が身につくとも思えない。

「了助のくじり剣法は大したものだぞ。他の拾人衆にも教えさせたらどうだ」

というのが光國の提案だったが、やはりその特異さが問題となった。真似できる者がいないのだ。摺り足を学んでからは、さらにその特異さが際立つようになっていた。

了助自身、野犬や奴（やっこ）どもを追い払えればよく、武技とは思っていない。それに、与えられた木剣を自在に振るうにもほど遠く、人に教えられるとは思えなかった。

そんな了助に、

「ところで、なぜ棒を振るうのでしょう？」

と尋ねたのは罔両子だ。

了助はすぐに答えられなかった。確かに、芥拾いの身ならまだしも、ここでは常に棒を携（たずさ）えている必要はない。いきなり野犬や奴どもに襲われる場所ではないのだ。なのに剣術家から教わった技を繰り返し練習し、ただの棒ではなく刀を封じた木剣を握っている。だがそうしたところで、永山たちを殺した下手人である錦氷ノ介に勝てはしないだろう。いったい全体、お前の棒振りは何のためかと問われ、

「棒振りと摺り足の練習をしていると、おれの周りから、地獄がどっかにいってくれる気がするんです」

了助は正直に答えた。相撲取りが四股（しこ）を踏んで邪気を払うようなものだと。四股は神事であり、禅僧の行いではないが、罔両子は、さも面白そうに目を見開いて言った。

「いいですね。鬼河童（おにがっぱ）の棒振り三昧、ぜひ続けましょう。しっかりあなたの周りの地獄払いをして下さいね」

以来、了助の棒振りには、ある種の祈願が備わるようになった。禅僧なら無になって

仏性を悟るための三昧だというだろうが、それとは違った。光國などは、永山たちの無念を晴らすために了助が腕を磨いて報復を企てているのではと疑い、心配しているという。だがそれも、やはり違った。

自分は僧ではないし、敵討ちを当然と考える武士でもない。ただいつか木剣を本当におのれのものにすれば、何かがわかる。そんな神妙で素朴な、独自の芸能を拓こうとする思いのあらわれとも言えた。叶慶が見せた朝顔の花打ちの鋭さ、明石志賀之助の相撲、勝山が花魁道中で見せたと評判の、憂き身を浮き身とする、足で円を描く歩み。そうしたたぐいの何かが生まれる期待を覚え、手にしたものをただ振るうち、厭な考えが消えて僅かに心が軽くなる。それが、いわば了助の地獄払いの行だった。

その日も、作務を終えて木剣を振っていると、僧たちが独参を終えて掃除を始めた。着物の裾をはしょり、たすきを掛け、鉢巻きをし、それこそ一心不乱に箒がけや雑巾がけをする。これは作務の下準備で、掃除が終わると一斉に下駄履きで走り、庭に出頭する。目上の僧から指示を与えられ、作務となる。境内の草取り、木の剪定、池の石運び、水汲み、畑仕事、障子の張り替え、畳干しなどを行う。

たっぷり一刻も作務に努め、昼四つ（午前十時頃）に、斎座（昼食）となる。日が高くなる前に、僧も拾人衆も着衣を整えて食堂に集まり、無音のうちに食う。

食後は、また作務だ。了助は、お経を唱えるのが僧の仕事と思っていた。だが実際は働きづめで、そのためどの僧も身体つきは頑健そのものだった。

了助はここで、別のことを言いつけられていた。寺の客に、食事を運ぶのである。客は、両火房こと久我山宗右衛門だ。負傷したあとも無理をして火つけと辻斬りの下手人追跡に働いたため、すっかり衰弱し、寺で療養しているところだった。

了助が膳を運ぶと、

「かたじけない」

両火房が苦しげな息をこぼして起き上がり、礼を言う。そして食事が終わる頃に膳を下げに行くたび、

「ありがとう」

と両火房が手を合わせて膳を拝むので、なんとなく了助も拝み返すようになっていた。やり取りはたいていそれだけで、了助は作務に戻り、それをこなすと、じきに色づく御殿山に向かって、木剣を振るった。

無音の粥座のおかげか、おのれが立てる音が以前よりずっと鮮明に聞こえた。木剣が空を切る音、息吹、鼓動、足が地を踏み、蹴る音。それらが集まって一つの調子をなすときほど手応えがあった。

ふと誰かが駆ける音がした。了助は、歩調を乱して体を崩さぬよう気をつけつつ、

「了助っ！」

切迫した声がわくと同時に、くるりとそちらを向いた。

熊手を担いだ伏丸が、ぎょっとのけぞった。了助があまりに迅速に振り向いたため、木剣を振るわれると思ったらしい。

「どうした？」

了助が、手を下ろして尋ねた。伏丸は滅多に自分から人に話しかけない。それが駆けてきて叫ぶとは、何か尋常ではないことが起こったに違いなかった。

「へ……、へ、変な臭いがするよう」

「臭い？」

了助が鼻先を左右に向けると、

「こ、ここじゃない。あっち、あっち」

伏丸が本堂と反対の、大きな池があるほうへ熊手を突き出した。

「何の臭いなんだ？」

「い、いっとう、嫌な臭い」

伏丸が言って生唾を呑んだ。顔を青ざめさせ、見るからに怯（おび）えていた。

「一緒に来てほしいのか？」

伏丸がうなずいた。了助は伏丸と一緒に池の反対側へ行ったが、何もない。かと思うと、伏丸がまた熊手を宙にやった。一杯食わされたかとも疑ったが、伏丸の怯えた顔が冗談やいたずらではないと告げていた。

了助と伏丸は柵を越え、林道を歩んだ。左に御殿山、右の林の向こうに田畑が見える。長閑そのものの景色だ。本当にこっちか、と尋ねかけ、了助は息を詰まらせた。

漂ってきた悪臭をもろに吸い込んでしまい、木剣を握らぬほうの手で鼻と口を覆い、嘔吐きをこらえた。涙がにじむ目で辺りを探ったが、何もなかった。

どこかで虻や蠅がぶんぶん飛ぶ音がする。隣の伏丸が、頭上を見て、呆けたような顔になり、へなへなと膝をついた。

了助も顔を上げた。太い木の枝から、青黒いものがぶら下がっているのを見て、

――地獄だ。

反射的に、今すぐ木剣を振るって、悪しきものを打ち払わねば、と本気で考えた。だが振るったところで届かない。打ったところで何も払えない。伏丸と一緒に、呆然となって見つめるほかなかった。

町人風のかっこうをした、痩せた少年が、細帯で首をくくって死んでいた。首が異様にのび、口からだらりと舌が垂れ、顔は虫だらけだ。四肢は変色し、衣の尻のところが汚物で濡れている。首をくくるとそうなることを了助は知っていた。

「弥太郎ォ……」

伏丸が、死んだ少年を呼び、激しく嗚咽した。

二

このときの不幸は、御師、すなわち拾人衆の指導者が不在だったことだ。

歌会が催されるとかで、罔両子が高弟二名を連れて、水戸藩上屋敷に出かけてしまったのである。光國、中山勘解由、阿部忠秋も同席しているらしい。つまり四人とも、品川から遠く離れた御城の向こう側にある、小石川にいて事態を知らずにいた。

ただちに異変を報せるため、三人の韋駄天が東海寺から駆けた。単独では時間がかかるため、日比谷や日本橋にいる他の韋駄天が、宿継式に報告の文を受け継ぐ。

三人も同時に出たのは、その後も何かあるかもしれないからだ。三人が道々に待機し、新しい報告があれば、受け継いで走る。

報告の文をしたため、指示を下したのは、今朝方、了助を童行と呼んだ、慧雪という僧だ。歳は二十四。すっきりとした理知的な風貌をしており、

「前は手合いだったんだぜ、あん人」

小次郎が、了助にそう教えてくれた。拾人衆として働くうち、仏門を志すようになり、十九歳で得度したという。今朝、暗がりにいる了助を視認したことからして、まだ技能がその身に生きているのだろう。その慧雪に、

「弥太郎は、絶対に、絶対に、自分から首をくくったりしない」

発見者の伏丸が、おいおい泣いて主張し、

「弥太郎を殺めたやつを探すんだ！」

仁太郎が吠えるのへ、

「童行の率先は禁じられている！」

慧雪が怒鳴る、ということが繰り返された。大きな土蔵の前でのことだ。蔵の冷たい土の上に、菰をかけられた弥太郎の屍が横たえられている。了助と伏丸が寺に報せ、僧たちの手を借りて木から下ろしたのだ。慧雪が屍を浄め、拾人衆が手伝った。汚れを拭い、目玉にわいた蛆を取り、飛び出た舌を何とか口の中に押し込んだ。

そのあとすぐ伏丸や仁太郎たちが騒ぎ出し、慧雪との言い合いになるのを、了助は一歩下がって見守っていた。正直、どちらにつけばいいか、わからなかった。

「弥太郎は良いやつだよう。のろまなおいらと仲良くしてくれてさあ。おいらがお務め頂戴できんのも弥太郎が面倒見てくれたからだよう。お願いだから、弥太郎をこんな目に遭わせたやつを探させてよう」

普段は茫々として何を考えているかわからない無口な伏丸が、嗚咽混じりに訴えた。

「慧雪さんはもう手合いじゃねえから、おれらの気持ちがわかんねえんだ！」

仁太郎は辰吉ともども、すっかり頭に血を昇らせてわめきまくっている。

「落ち着け！　もう茶礼だ。特別に加えてやるから、心を静めろ」

茶礼とは僧たちの休憩のことだ。昼八つ（午後二時頃）になると庫裏で車座になり、同朋と談話しながら英気を養う。茶や果物が振る舞われるが、口に出来るのは基本的に僧だけだ。拾人衆の大半が果物にありつこうとして庫裏の周りをうろうろするが、めぐんでもらえることもあれば、そうでないこともあった。

だが慧雪が、果物でみなを宥めようとしても、このときばかりは効かなかった。

「そんなものより、弥太郎を殺したやつを取って食ってやる！」

仁太郎がますます物騒なことを言い出し、幼い春竹、笹十郎、幸松が、甲高い声で、そうだ、そうだ、とわめき立てた。

了助が黙って蔵の壁にもたれていると、門の方から、別の子どもたちが四人、やって来るのが見えた。三ざるの一人、巳助もいる。出で立ちからして、みな北品川宿で長屋暮らしをする拾人衆と知れた。

「了助、弥太郎はどこ？」

巳助が無表情に尋ねた。口調から、弥太郎が、彼らの同房だと窺い知れた。

「蔵の中だけど……」

慧雪が、了助を遮った。

「お前たち、何をしに来た！　勝手に持ち場を離れるな！」

「みなで、弥太郎を探してました。燕から見つかったと聞いて、急いで来たんです」

「燕が？　わざわざお前たちに知らせたのか」

「おいらの『寺』の韋駄天も、別の『寺』に知らせに出ました」

「なんだと？　手合いを集める気か？」

巳助は答えず、同房の者たちとともに蔵へ入った。みなで骸を囲んで膝をつき、菰をどかした。巳助が紙と筆を袂から取り出し、残り三人が弥太郎の手や足を調べた。

「何をしてる。勝手なことをするな」

「傷を調べてるんです。御師様たちだって、そうしろと言うでしょう」

慧雪が咎めるのも構わず、巳助が弥太郎の姿を描いていった。その姿は、仲間を物言わぬ屍にしてなるものかという気迫に満ちている。下手人が残した跡をなんとしても見つけ出そうとする巳助たちに感化されたか、伏丸が這うように屍に近づき、持ち前の鋭い嗅覚で調べ始めた。

「まったく……骸を調べるだけだぞ」

慧雪が仕方なさそうに言ったとき、

「弥太郎が殺されたって本当ですか！」

大声を上げるお鳩を先頭に、少女たちが七人もやって来た。

「お前たち、勝手に集まるな！」

慧雪が、呆れ返って叫んだ。

「伏のやつと了助が、林ん中で吊された弥太郎をめっけたんだ」

辰吉が、慧雪を無視して告げた。お鳩が目を潤ませ、了助を見た。

「誰がそんなひどいことしたの⁉」

「わかんないよ……巳助たちが骸を調べてるけど」

了助の後ろを、お鳩たちが覗き込み、すぐ目を伏せた。巳助たちが、弥太郎の着物を脱がせていたからだ。着物は発見時のものではなく、浄めたあと着せた綺麗な品だ。

少女たちが瞑目して手を合わせるうち、さらに琵琶や三味線を背負う四人の少年少女が現れた。奏者が盲人とは限らず、二人が杖を頼りに歩いていたが、残りは目に問題ないようだ。そのあとすぐ、杖をつく少年二人が現れたが、こちらは一見して按摩や鍼灸の見習いの盲人と知れた。亀一の同房だと察せられたが、亀一本人はいなかった。

他にも、目黒の坂や湊で荷担ぎをしている力自慢の者、別の「寺」の韋駄天、渡し船で働く者、虫売り、ほおずき売り、料理屋や髪結床で働く者と、出で立ちもばらばらの子どもらが続々と集合し、慧雪を途方に暮れさせた。以前、亥太郎が錦氷ノ介に殺されたときと違い、みな務めを放り出して無秩序に集まってきてしまっているのだ。

巳助が、仲間とともに検分を終え、弥太郎の屍に着物を着せ、菰をかぶせてから外へ出て、慧雪へ言った。

「弥太郎に傷はありませんでした。首をくくられた跡だけです。ただ、自分で首を吊ったなんてことは、あり得ません」

「もういいだろう。みな『寺』に戻れ」

慧雪が命じた。そこへ伏丸が蔵から出て、ぼそっと告げた。

「妙な臭いがした。毒かもしんない」

みなが一斉にざわついた。

「弥太郎はいついなくなった？」

仁太郎が訊くのへ、

「おとついからだよ」

巳助の同房の少年が答えた。

「なあなあ。弥太郎のやつは、殺される前、どんなお務めしてたんだ？」

小次郎が、先ほどから訊きたくて仕方なかったというように声を上げた。

「御師たちの命で、品川松右衛門様の屋敷や、勧進場に出入りしていたはず」

巳助が言った。勧進とは、寺社を建てたり、仏像を造ったりするため、寄付を募ることをいうが、この場合はやや異なる。

非人頭が支配する小屋が、ほうぼうにあり、小屋ごとに勧進場と呼ばれる縄張りがある。そこで非人たちが、特定の芸ごと、街路の掃除、井戸掘り、乞食、刑場の設置や片付け、流民の取締り、捨て子の発見と届け出、といったことをする。品川仕置き場（鈴ヶ森刑場）や、後年、品川溜という、病んだ囚人を収容する場所が作られるが、そこでの雑事全般も、非人頭の管轄だ。

彼らの生活全般が、幕府によって厳しく規定されており、菰かぶりと呼ばれる物乞いの人々などは、どこそこで何月の何日のどの時間帯にそうせよと決められている。勝手に住まいを移してはならず、手職を持ってはならず、自宅を買うことも禁じられていた。代わりに彼らの務めは独占とされており、座頭にのみ許された按摩や鍼灸と同様、町人が商いとして手を出すことは御法度だ。

江戸にいる非人は、三千とも四千ともいわれ、代々の非人の他、刑罰として非人にされた者がいる。昨今では、江戸にさまよい込んだ無宿人が捕縛され、小屋に収容されることも多い。了助がかつて恐れていたことの一つが、小屋に入れられることだ。そうなると勝手に出ることは許されず、脱走を繰り返せば死罪となる。

品川の非人頭は、代々、松右衛門を名乗り、浅草に次いで多くの小屋を持つ。幕府から土地を与えられ、邸なみの家に住み、髷を結うことを許されているため、裕福な商家さながらの生活だという。

「弥太郎は、逃げた極楽組が、勧進場に潜り込んでいないか調べてたんだ」

巳助が告げると、

「それだ！　きっと火つけどもが、弥太郎の調べに気づいて殺したんだ！」

仁太郎の言葉に、そうだ、そうだ、という声がさんざめいた。

「ま、待て！　そうとは限らんぞ！」

慌てて叫ぶ慧雪の声を、もう誰も聞いていなかった。

「弥太郎が歩いた場所を調べよう」

巳助の率先で、何十人という子どもたちが、ぞろぞろと動き出してしまっていた。

三

「重畳にござる。見事な庭ですのう」

巨軀の男が朗らかな様子で、扇子を胸元ではためかせた。

「安藤殿にお褒め頂き、父も喜びます」

光國が笑みを作った。同席の阿部忠秋、中山勘解由、罔両子も微笑んでいる。

池に浮かべた舟の上だ。池は、小石川の水戸藩上屋敷に設けられたものである。大火ののち、光國の父・頼房が、邸普請と庭造りに入れ込んだため、敷地の大半がいまだ普請中という状態のまま、舟遊びを兼ねた歌会を催したのである。そうするよう指示したのは父だが、本人は湯治に行って不在だった。

招かれたのは、主に御三家の者たちだが、当主は来ていない。代わりに家老や附家老が集い、いくつも浮かべた舟の上で、造園中の池がこのあとどうなるのだろうといったことを楽しげに話している。

実のところ、歌会など方便に過ぎず、目的は、同じ舟に乗る男だった。

安藤帯刀直清。図体がでかく、たっぷり蓄えた髭のせいで年嵩に見えるが、家督をついでまだ数年の、二十五歳であった。れっきとした紀伊田辺藩の第四代藩主であり、代々、紀伊徳川家の附家老として、政務に携わってきた家柄の男だ。

この若き附家老に、江戸に出現した〝正雪絵図〟なるものの出所を確認することが、光國たちの狙いなのである。だが安藤帯刀は、若いくせに巧みにはぐらかし、何を訊いても一向に埒があかない。舟遊びが終わるまで、のらくらかわし、

「いやあ、まこと、まこと、重畳にござるな」

悠々と、舟を下りてしまった。

「おのれ。重畳にござる、しか言わぬ」

光國が、歌会の席に移りながら唸った。

「例の摺師のことを仄めかしても、顔色一つ変えぬとは。大した御仁です」

中山がすっかり感心した様子で言う。

「それが隠し事をしている証左ともなる。何のことかと聞き返しもせぬは、怪しい」

阿部が、厳しい顔つきになって返した。

「清河寺が焼けたあとも、両火房さんが命がけで調べて下さったおかげで、絵図の摺師に辿り着けましたのにねえ」

罔両子が、筆と短冊をもてあそんで言った。

「摺師の秋津唐三郎とやらを捕らえ、早々に口を割らせておくべきであったか」

光國が言うが、中山はかぶりを振った。

「今日より亀一をつけましたが、紀伊藩から盗まれた版木と知っていたかどうか……。博奕で身を持ち崩し、版元をくびにされた男を、極楽組が便利に使ったに過ぎぬとなれば、大した罪科には問えませぬ」

阿部がうなずいた。

「やはり版木を盗んだ者が、秋津に接触するのを待つか、さもなくば……」

「ここで、安藤帯刀の口を開かせるかだ」

光國が後を続け、客たちの前で朗らかに振る舞う安藤を、ぎろりと見つめた。

四

「お前ぇ、若えのに大した腕だね。もう十日も痛くってたまんなかったのがよ、すーっと消えてくようじゃねえの」

男が言った。布団の上で腹ばいになり、ご満悦の様子で按摩に腰を揉ませている。

「ありがとうございます、秋津様」

按摩は亀一だ。海沿いにずらりと建物が並ぶ北品川宿の、旅籠の二階にいた。芝口からやや離れた辺りで、海の彼方に房総を、陸のほうでは御殿山を望むことができる。のちに飯盛女という名目で遊女を置くことが許されるのも品川が最初で、遊びごとはもっぱら二階で海を眺めながらするのだという。

「仕事が立て込んじまって、腰をすっかり痛めちまってよ。身体さえまともなら、せいぜい遊んでやろうと思っちゃいたが、立派に働いたあとの身体を揉みほぐされんのも、たまんねえもんだなあ」

この秋津という男、とにかく口数が多い。これなら苦労せず必要なことを聞き出せそうだと考えながら、亀一は秋津の身体をことさら丁寧に揉み、痛むという腰に鍼灸を施してやった。触れた感じでは、力仕事で筋を傷めたと知れた。ほかに、打撲の跡が感じられる。酔って石段を踏み外し、転がり倒れたのかもしれない。なんであれ、走って逃げる心配もないとなれば、ますますたやすいお務めに思われた。

「今日は安静にしていて下さい」

亀一が施術を終え、相手が身を起こす気配がした。

「わかってらあ。腰を使うような遊びはやめとけってえんだろうが」

身動きもできぬようになってくれるなら、それはそれでありがたいのですけど、と亀一が心の中で呟いたとき、

「おっ……、お前ぇ……」

だしぬけに、秋津が驚きの声をこぼした。

亀一は反射的に、後ろ手で杖をつかんだ。拾人衆であることがばれたのかと思い、相手が襲ってきたときに備えたのだが、そうではなかった。

「伏せててよく見てなかったがよ。お前ぇの顔……おったまげたじゃねえのよ。こういうのを、他人のそら似って言うのかね」

「私の顔が、どうかしましたか？」

亀一が杖を握ったまま訊いた。

「そっくりなんだよ、死んだ兄貴によ」

今度は、亀一のほうが息を呑んだ。

「……本当ですか？」

「こんな嘘ついたって仕方ねえよ。兄貴とおれは、お前ぇくらいの頃に奉公に出されてなあ。おれは中途で絵師に弟子入りしちまったが、兄貴は立派に勤め上げたのさ。そんで店ののれんも、嫁さんももらって、子どもも出来てってときに……。いや、こんな話、

興味ねえわな」

「お聞かせ下さい」

「それがよ……強盗に押し入られてな」

秋津が声を暗くさせて言った。亀一は相手の声にじっと耳を傾けている。

「兄貴も嫁さんも奉公人も、みぃんなやられちまってよ……。ただ、赤ん坊には手が出せなかったのか、生きてたって、あとになって聞いたのよ。おれぁ、てっきり兄貴は幸せに暮らしてると思い込んで、何年も顔を見せずに過ぎちまっててなぁ。何もかんも後になって聞いたんだ。情けねえ限りよ」

「その子は……どうなったのです？」

「寺に預けられたあと、どっかにもらわれてった。おれが寺を訪ねたときはもう住職が代替わりしてて、子どもは行方知れずさ。できることなら、兄貴の代わりに育ててやりたかったんだがなぁ……」

「寺、ですか」

「ああ、そうだ」

「私は、そんなに似ているのですか？」

「こうして見ると、やっぱ、兄貴が奉公してた頃に、そっくりなんだよなあ」

「お兄様のお話を、もう少しお聞きしてもよろしいですか？」

「ああ。今日は休みてえから、明日また呼んでやるよ。痛みでろくに寝らんなかったが、おかげでいい夢見られそうだ」

「ありがとうございます」

亀一は深々と頭を下げ、退室した。階段を降り、旅籠を出て二軒ほど通り過ぎ、すっと建物の間に入った。

杖を頼りに海側に出て、足を滑らせないよう気をつけて移動した。先ほどの旅籠の裏に来ると、壁際に座り、膝の上に杖を置いた。壁に右耳をつけ、屋内の声や音を探った。左耳に手を添え、開け放した二階の障子からこぼれる声を聞いた。

海岸に打ち寄せる波の音が響く中、亀一は一刻ほども動かずじっと利き耳を働かせ、聞き捨てならない声を、残らず聞き取った。

五

品川松右衛門は、非人頭として恐れられ、勧進場から銭をかき集め、贅を尽くしているという風評だ。しかし実際に会うと、まるで違う。見るからに清廉(せいれん)な男だった。

巳助を先頭に、拾人衆が何十人も大挙してその邸宅を訪れると、松右衛門自ら玄関に出てくれた。綺麗に結った髷に真っすぐ垂れた黒髭。出で立ちは質素といってよく、かなりの長身で、がっしりとした巌（いわお）のような体つきをしている。大柄な僧が町人のなりをしたような男が、産着（うぶぎ）にくるんだ赤ん坊を、三人も布で両肩と首に吊るし、

「おお、よしよし。ねんね、ねんね。おころりよ」

おぎゃあ、おぎゃあと泣く赤ん坊たちを、ただ一人であやすのだった。

「ちょうど、おたくさんのご住職様に、この子らのことを相談しようと思うていたのだよ。街道で捨てられたり、親が行き倒れたりしたのを、うちの者がみっけてねえ。それで、今日はずいぶんと大勢で、どんな用だね？」

巳助が、弥太郎の屍が見つかったこと、死に様がおかしいので調べているということを、てきぱき説明した。

「弥太郎さんなら、おとついもうちに来て、勧進場の名簿を写してったよ。おたくさんのご住職に届けるっていうお務めをしてなさったんだがねえ。危ないお務めじゃないはずなんだが、まさかねえ……。本当に辛いことですよ。わしも、小屋頭（こやがしら）どもが何か知らないか聞いてみましょう」

松右衛門が丁寧に話すうち、赤ん坊が一人眠り、二人眠りして、気づけば三人ともすやすや寝入っていた。

松右衛門が、しいっと口に指を当てるので、拾人衆の面々も、赤ん坊を起こさないよう、そうっと邸宅を後にした。

「弥太郎は名簿を写して、実際にその通りか、勧進場をめぐって確かめてたんだ」

巳助が言った。

「なんでうちの寺の近くで殺したんだ？　弥太郎を追っかけて来て殺したのか？」

仁太郎がその点を指摘し、うーん、と辰吉が首を傾げて唸った。

「別の場所で襲ってから運んだのかも」

お鳩が賢しげに推測すると、子どもらがうんうんとうなずいた。それを確かめるには、弥太郎が行き来したであろう道を調べるしかない。行師として、みなから一目置かれる巳助とお鳩が、手際よく拾人衆の面々に指示し、ほうぼうへ放った。

了助は、伏丸ら東海寺の拾人衆とともに、弥太郎の屍が見つかった場所から、北品川宿へ向かう道を調べることになった。

了助はつい、東海寺のほうを振り返ってしまう。勝手に寺を出たことに対し、どうにも不安を覚えるのだ。叱られるのが怖いのではない。子どもらを止める者がいない。それが不安だった。慧雪も寺から動けないので追って来ない。自分一人であれば決して感じないだろう、初めて感じる不安だった。どうするのがいいか、まるでわからない。

ぼんやり藪を見て回っていると、突然、唸り声に出くわした。

真っ黒い大きな犬だ。何かをくわえ、こちらへ唸っている。了助はすぐさま木剣を構えつつ、それが何であるか見て取った。

千切れた人間の手首だ。行き倒れの屍でも食ったのだろう。人の味を知る野犬。きっと群がいる。そう考えたとき、果たして木々の陰から複数の犬が近寄ってきた。

ただちに打ち払わねば囲まれる。叫声を上げて目前の黒い犬を木剣で打たんとしたとき、ぴぃーっ、と甲高い音が響いた。

後ろから伏丸が来ていた。指をくわえ、吹き鳴らすと、犬たちが後ずさった。

伏丸は、了助の横を通り、身を低めながら、無警戒に黒い犬に近づいていった。

食われるぞ。そう言いかけてやめた。伏丸は巧みに犬を操る。それでも犬が伏丸を襲ったときに備え、構えは解かなかった。了助の背後から仁太郎や辰吉、幼い四人が来たが、距離を取って伏丸と犬の群を見守った。

唸っていた黒い犬が、くわえていたものを落とした。伏丸が、しぃーっ、とあやすように黒い犬の顎を撫で、地面に這いつくばって、それが食っていた手首の臭いを嗅いだ。

犬たちは、獲物を奪われまいと伏丸を襲いもせず、ただ大人しくしている。

伏丸が這ったまま、指をくわえてまた短く口笛を吹いた。すると黒い犬が、落ちていた手首をくわえ、どこかへ歩き出した。他の犬たちもそうした。伏丸が立ち上がって追い、了助と拾人衆の面々が続いた。

林の外れに、ぽつんと百姓家があった。柵は朽ちているが建物は手入れをされているようだ。十頭ほどの犬が裏手に行き、乱雑に掘り返された土の周囲に座り込んだ。

黒い犬が、手首を地面に置いた。それがどこから来たか明白だった。誰かが屍をそこに埋めたが、掘った穴が浅かったせいで野犬に嗅ぎつけられ、暴かれたのだ。

「もしもーうし」

幼い幸松が、百姓家の土間口で呼びかけたが、応じる者はなかった。

仁太郎と辰吉が、無造作な足取りで百姓家に入った。了助もそうした。薄暗くひんやりした土間を上がったところに、細かな模様が刻まれた版木が並べられていた。紙の束。絵の具。そして見覚えのある絵図。火つけ浪人たちが持っていた正雪絵図と同じものが、何枚も炉端(ろばた)に置かれている。

「ここは、火つけ浪人どもの住み処(すみか)だ」

仁太郎が、壁に立てかけられた大小と、乱雑に置かれた着物を指さした。

「一人しか住んでないみたいだ」

了助は首を傾(かし)げた。その住人が裏庭に埋められたのだろうか。とすると埋めたのは誰だろう。疑問をもてあそんでいると、伏丸と幸松たちが入って来た。

「変な臭いがする」

伏丸が台所の茶碗を手に取って嗅いだ。了助もそちらに行き、屈(かが)んで竈(かまど)を見た。紙の束が突っ込まれている。それをつまんで引っ張り出した。紙には人の名前がずらりと記されていた。燃え残った紙の一部に、「勧進」の文字が見えた。

「弥太郎が書いたんだ」

伏丸が覗き込んで言った。みな集まって膝をつき、了助と一緒に紙片を竈から出して並べていった。まるで弥太郎の形見を見つけたように、恭しい手つきだった。

それから、みなで裏の地面を掘った。野犬たちは大人しくしていた。現れたのは、腐敗が始まった、褌姿の男の屍だ。臭いに耐えられず、みな離れてそれを見た。

「弥太郎を殺したやつが埋めたのか？」

仁太郎が汗まみれで呟き、納屋でみつけた鍬を放った。みなわけが分からず首を捻った。了助もそうしながら、空を見上げた。いつしか夕暮れになっていた。

「おうい」

遠くで、巳助の呼び声がした。

「亀一だ」

伏丸が言った。寺に姿を見せなかった亀一が、巳助、お鳩や、拾人衆の面々と並んでこちらに歩いてくる。

「何か見つけた？」

巳助が訊くと、伏丸が言った。

「弥太郎の書いたもんが焼かれてた」

空気がふっと冷たくなったように了助は感じた。伏丸の一言で、誰もが確信した様子だった。弥太郎はここで殺された。そのあと運ばれて吊された。了助も、そうだろうと思った。だが誰がやったのか。そして、庭に埋められていた男は誰なのか。

亀一が、静かな声で言った。

「皆さんに聞いてほしいことがあります」

六

殊勝にも秋津は、腰を使う遊びを我慢し、代わりに酒を食らい、いびきをかいて寝ていた。かと思うと、ぐっと息が詰まり、口をぱくぱくさせ、ぱちりと目覚めた。

沢山(たくさん)の顔が、秋津の視界を埋め尽くした。十人以上の子どもらが、無言で膝をつき、秋津をすぐ近くから見つめていた。

三ざる、仁太郎と辰吉、そして膂力自慢の子どもらだ。了助も彼らの後ろにいた。

秋津が悲鳴を上げようとしたが出来なかった。その首と喉に、亀一が鍼(はり)を何本も打ち、声を発することを封じていた。

身動きも出来ない。秋津の布団を使い、仁太郎らが簀巻(すま)きにして縄で縛ったのだ。

恐怖で目を見開く秋津を、仁太郎たちが担ぎ上げた。そのまま荷下ろしでもするように、窓の外へ押し出すと、宙へ放った。

もし秋津が声を発せたなら、絶叫していただろう。落下する秋津を迎えたのは固い地面ではなく、頑丈な布だった。待機していた十人余の拾人衆が、布の端をつかんで広げ、秋津の身体を受け止めた。そうして落下の衝撃を殺し、地面に横たえると、簀巻きの秋津を、さらに布で覆い隠してしまった。

二階から、子どもらが路上へ跳んだ。みな音を立てず猫のように着地した。了助もそうしていた。無音の行を毎日こなす成果といえた。

最後に亀一が、巳助と手をつないで着地した。

仁太郎と辰吉が、秋津を包んだ布を大きな棒にくくりつけ、駕籠（かご）かきの要領で担ぎ、走り出した。全員、足音を立てず、星と月の明かりを頼りに駆けた。亀一も、巳助の帯をつかみ、同じ速さで駆けている。行く先は、伏丸が野犬を使って見つけた百姓家だ。

到着すると、すでに灯りが点（とも）され、さらに大勢の子どもたちが待ち受けていた。

秋津が土間に運ばれ、覆っていた布を剝がされ、布団ごと太い柱に縛られた。

鍼を打たれて喋れない秋津を、何十人という子どもらが、じっと見つめた。

秋津は、恐怖で脂汗をだらだら流し、血走った目を忙（せわ）しなく動かしている。失禁したことを示す臭気がその身から漂った。

亀一が、秋津の前に茣蓙（ござ）を敷いて座り、ささやくような声で話しかけた。

「私の親は江戸の商人で、盗賊に殺されたそうです。生き残りは赤ん坊だった私だけ。

骸がなかったのは、そのとき泊まっていた父の弟だけ。つまり私の叔父が、賊を手引きしたと考えられています。あなたがそうなのですか、秋津様？　あなたが、賊を招いた私の叔父なのですか？」

問いつつ、亀一が、秋津の首を撫でるようにしながら、鉞を抜いていった。

秋津が声を取り戻し、左右に髪を振り乱して叫んだ。

「ち、ち、違う！　お、おれに、兄貴なんていねえ！　ぜ、全部、作り話だ！」

亀一が、ふっと息を吐いた。どうせそうだと思っていた、というようだった。

了助は戸口に立ち、秋津ではなく子どもたちを見ていた。このまま見ているだけでいいのか。もしそうすべきでないなら、どうすればいいのか。答えがわかる前に、手が腰の木剣を握りしめていた。

「彦左、よく来てくれた。こんなざまですまねえな。船のほうはいけそうかい」

亀一が、脈絡なく話し始め、秋津をぎょっとさせた。その自慢の耳で聞き取った声の再現だ。子どもらはみな、日が暮れる前にそれを聞かされていた。

「問屋に話つけたぜ、唐さんよ。ほんとに廻船なんかで江戸を離れんのかい。それ以外ねえよ。あと何日か休みゃ船で働ける。金は手に入ったし、大坂で一からやり直しだ。そうだ彦左、摺小屋に着物と刀があっから、お前ぇが売って金にしな。おお、そいつはありがてえ」

恐怖でぜいぜい喘ぐ秋津に、亀一は、白濁した目を真っ直ぐ向けながら続けた。

「しかしよう、こんなおれでも摺師の仕事を続けられると思ったんだぜ。唐さん、腕はいいからねえ。まさか火つけ絵図たあ、おれも火あぶりかと震えたぜ。あとで版木を売ってくれってな話が来たのはよかったがな。唐さん、そいつに腰を打たれるわ、埋めんのでまた腰痛めるわで、さんざんじゃねえの。ああ、どっかの童が通りかかんなきゃ日干しになってたね。おれも変なとこでつきがあるんだねえ。童の始末も、毒塗り茶碗でころりよ。でも埋めてねえだろ。穴掘りは腰がたまんねえよ。それに勧進小屋の童が首吊ったところで誰が気にするってんだい。ま、そりゃそうだ」

亀一が口をつぐんだ。代わりに、お鳩がおのれの喉に手を当て、言った。

「おれには、弥太郎って名前があって、おれのことを気にする仲間が大勢いるよ」

少年の声だった。秋津が、顔を引きつらせて唇をわなわな震わせた。死んだ弥太郎が、お鳩にのりうつって喋ったとでも思ったのだろう。

「裏に埋めた人が誰か、教えてよ」

巳助が、秋津を覗き込んで尋ねた。

「し……、仕方のねえことだったんだ！」

秋津はそう叫び、金切り声で、経緯をまくしたてた。博奕場に出入りしていた頃、同じく博奕にのめりこむ、竹原と名乗る侍と出会った。その竹原が、あるとき木之丞こと極大師という男を連れ、秋津に、ある版木を用いて絵地図を摺ってくれと頼んできた。道具も、仕事場となったこの百姓家も、望外の額の報酬も、木之丞が用意した。盗んだ版木で絵図を摺る仕事。秋津は、単純にそう考えた。金目当てで摺りまくったのだが、久々の摺り仕事とあって、腕によりをかけて絵図を製作した。

やがて竹原も木之丞も、ぱたりと現れなくなった。彼らを探して博奕場を回ったが、そこで今度は、やたら身なりの良い侍につかまり、版木を返せと言われた。

秋津は、竹原や木之丞の悪事がばれたと確信しつつも知らぬ存ぜぬで通そうとした。だが侍が版木を買うと言い出したので、つい応じてしまった。どのみち、もう摺り仕事は手じまいである。大人しく百姓家へ案内する約束をしたのだが、

――こいつ、おれを始末する気だ。

侍の目つきに気づき、一計を案じた。

これまた博奕場で知り合った漢方医から附子（トリカブト）の毒を買った。それを茶碗の一つに塗っておいた。侍とは、芝口を抜けた品川宿の一角で待ち合わせ、わざと遠回りした。喉を渇かせるためだ。その間、侍が事情を語った。版木を盗んだ男は極楽組という火つけ盗賊とつながっていた。極大師はその首魁だ。絵図には大火の火元が記されており、それはある名家を陥れるためだ、云々。

秋津は仰天したが、それよりも、侍がすらすらと喋ることが気にくわなかった。どう

せ殺すのだから冥土の土産に喋ってやる。そう言われているとしか思えなかった。

仕事場の百姓家に着いたときは、二人とも喉がからからだった。

「お渡しする前に、喉を潤させて下さい」

秋津は何も塗っていないほうの茶碗で、これ見よがしに瓶の水を汲んで飲んだ。

「すまぬが、わしにも一杯くれぬか」

思い通りに侍が言い出したので、毒碗に汲んでやった。同じ瓶の水ということで油断もあったか、侍は疑いもせず飲んだ。

「すまぬが、もう一杯――」

ふいに侍の顔色が変わった。秋津の殺意が、表情に出てしまったのだ。侍が毒碗を捨て、物も言わず刀を抜いた。幸い、早くも毒が効いた。刀を握る手が震え、げえっと侍が嘔吐した。それでも侍は、力の限り刀を振るった。秋津は、刃ではなく、刀の腹で腰を痛打された。

「ち、畜生、やりやがったな!」

激昂して薪をつかみ、よろめく侍の頭を力一杯殴った。侍が倒れ、痙攣し、動かなくなった。秋津はさらに何度か侍の頭を殴り、しっかり殺した。それから侍の着衣を剝ぎ、金を持ってきたか確かめた。金はあった。秋津は上機嫌で侍を埋め、鍬を納屋に戻したところで、激痛に襲われて倒れた。

腰が痛くて立てない。打たれたあと、穴掘りでひどく傷めてしまったのだ。這って百姓家に戻ることもできず、そのまま半日も横たわっていた。空腹と渇きと痛みで朦朧とし、不運を罵っていると、

「どうされましたか？」

目の前に、少年が立っていた。弥太郎である。まさに天の助けだった。秋津は、弥太郎の手を借り、百姓家に戻った。そればかりか、その後、何日も弥太郎は百姓家に通い、食事や水を運び、秋津が厠へ行くのを助けたりした。弥太郎は誰にも、秋津のことや百姓家で見たもののことを話さなかった。秋津が、巧みに弥太郎を操ったからだ。

「死んだ兄に似ている」

という作り話によってである。

みなしごに言うことを聞かせるには、それが一番だと秋津は知っていた。顔も知らない親の手がかりを欲して、こちらの思い通りに動いてくれる。冷静に考えれば矛盾だらけとわかる話も、鵜呑みにする。そのように親のいない子どもを操り、悪事に引き込むのは、悪辣な博徒の常套手段でもあった。

弥太郎を使って、悪仲間の彦左と連絡を取り、江戸から逃げるための船の手配を頼んだ。とはいえ所詮は悪仲間である。秋津を看病するような面倒なことはしないし、弥太郎の始末などもってのほかだ。

秋津には弥太郎が頼りだが、操り続けることは難しい。とりわけ百姓家にある品々が怪しすぎた。絵図や、上等な刀と着物がある理由をでっち上げねばならない。自分は兄の仇討ちのため放浪し、兄を殺した賊の一人をここで仕留めた。絵図は賊が持っていた、などと語ったが、いずれ弥太郎も疑い始めるだろう。いつ町奉行に知らせるかわからない。足腰が立つようになり次第、弥太郎を始末せねばならなかった。

その点も、まんまとしてのけた。作り話を聞かせながら、さりげなく弥太郎に白湯(さゆ)を作らせ、自ら毒碗で飲むよう仕向けた。心配なのは毒の効き目が残っているかどうかだが、白湯をすったとたん、弥太郎はぜいぜい息を荒げ、のたうち回って死んだ。

秋津はここでも上首尾にことを運べたことに満足した。次なる課題は屍の始末だが、埋めるのは懲り懲りだった。それで、近所の牛小屋から牛を一頭借りた。牛の背に死体を積んで運ばせ、木に吊るすときも、牛に縄を引かせた。そうして、弥太郎が林の中で首をくったようにみせかけたのだった。

「仕方ねえんだ。おれはただやり直してえだけだった。お前ぇらも、おれの身になりゃ、おんなじことをしたに違ぇねえよ」

哀れっぽく涙を流す秋津を、子どもらが真顔で見つめた。誰も秋津に同情する様子はなかった。むしろ怒りと憎悪が熱気となって充満するのを肌身に感じ、了助は、木剣を握る手に、じわりと汗がわくのを覚えた。

「じゃ、おんなじことしなきゃ」

ぽつっと伏丸が言い、台所に行って茶碗を取った。秋津の顔が強ばった。伏丸が毒碗を正確に見つけたのだ。その嗅覚をもってすればたやすいことだった。

「毒を飲ませるのは最後にしませんか」

亀一が提案し、巳助が仲間へ言った。

「みんなで懲らしめてからやろう。刑場でもそうするんだから」

みな口々に賛同した。お鳩が帯から懐剣（かいけん）を抜き、白刃（はくじん）を秋津に向けた。

「お布団を巻いたままやる？　解（ほど）いたら逃げるでしょ」

仁太郎が、ぼきぼき拳を鳴らした。

「脚をへし折るとかすりゃいいだろ」

「待て、待ってくれ！　お、おれを奉行所に連れてけ！　ぜ、全部、お上に話す！」

秋津がわめいたが、誰も聞かなかった。

「こいつが殺したお侍は、犬に食われてた。こいつの足を食わせよう」

伏丸が言った。秋津が絶句した。そうしよう、そうしよう。大勢が連呼した。仁太郎と辰吉が、柱の縄を解き、悲鳴を上げる秋津を担いで、百姓家の前の地面に横たえた。

伏丸が口笛を吹くと、犬たちが、のそりのそりと暗がりから現れた。

「お助けええ！　お助けええ！」

秋津が絶叫した。子どもたちが輪をなして見守る中、犬たちが秋津へ近づいた。先頭の大きな黒い犬が、布団から突き出た秋津の足に鼻面を近づけたとき、

「きいいやあああ！」

了助の口から叫喚が迸った。秋津も子どもたちも、ぎょっとなった。犬たちが了助を振り返って牙を剝いた。その鼻先へ、了助が踏み込んで猛然と木剣を振るった。

鋭い剣風が、犬たちを退かせた。了助は、右打ちから左打ちへ切り替え、また振るった。あえて犬を打たず、空を切ることで追い払った。横たえられた秋津の前に立ち、拾人衆と犬たちと対峙した。

「了助⁉　何やってんの⁉」

お鳩が叫んだ。了助はきつく眉間に皺を刻み、お鳩を見た。衝動的にしたことだったので、上手く説明できる自信がなかった。ただ、お鳩が今こんなところで刃を握りしめていることが、無性に悲しかった。

「来るな。近づいたら、おれが打つ」

了助が言った。お鳩が息を呑んだ。子どもらの怒りの気が了助に集中した。

秋津が、もぞもぞ動いて逃げ始めた。「おれにはつきがあるんだ」と呟きながら、了助の背後から少しずつ遠ざかっていく。

「なんで、了助⁉　なんで⁉」

お鳩が泣きそうな声を上げた。

了助は、ここでもどう答えればいいかわからず、本気であると示すため、一歩前に出て、木剣を猛然と一振りした。その剣風の威力に、また犬たちが後ずさった。

お鳩が、裏切られて傷ついたような顔で了助を見つめた。それも了助には悲しかった。だがどうしようもなかった。

「あいつは仲間じゃない、よそ者だ！」

仁太郎がわめいた直後、その額に、びしっと何かが打ち込まれた。仁太郎がよろめいて片膝をつく間も、何かが立て続けに飛来し、子どもたちが次々に打たれて倒れた。伏丸が手を打たれて茶碗を落とし、お鳩は腕を打たれ、白刃が地面に刺さった。

飛んで来るのは、小石だった。それを暗がりで正確に投げ放った者が、驚く了助の後方からやって来て、言った。

「みな下がれ。私の礫（つぶて）を受けたいか」

慧雪だった。左手に小石をいくつも持ち、右手でその一つをつまみ、逃げようとする秋津の背を足で踏みつけた。

「あんたも邪魔するのか！　もう拾人衆じゃないからって！」

仁太郎が額を押さえながら、立ち上がって叫んだ。

「私も、了助のように、お前たち全員が咎めを受けるのを防ぎたいだけだ」

慧雪が告げ、了助を感心させた。どう伝えればいいかわからなかったことを、あっさり言葉にしてくれたからだ。

巳助が、胸を反らして前へ出た。打つなら打てという顔だ。

「その男は助けてくれた弥太郎を、騙して殺した。亀一のことも騙そうとした。おいらみたいな子どもを騙すのが好きなんだ」

お鳩が打たれた手を他方の手で握りしめながら、同じく前に出た。

「親がいないあたしらを馬鹿にした！　あたしらみんなを馬鹿にしたんだ！」

そこへ唐突に、別の声がわき、二人を黙らせた。言葉を発してはいない。おんぎゃあ、おんぎゃあ、と泣きわめいていた。

赤ん坊を三人も首や肩から吊した松右衛門が、手下の者たちに提灯を持たせて現れ、

「おお、よしよし、よしよし」

と赤ん坊たちをあやしながら、了助と慧雪のそばに立った。

「なんでわしが出しゃばるか不思議かい？　東海寺のご住職がいないときはね、わしがお前さんたちのことを陰から守る約束なんだ。お前さんたちの中には、わしが抱っこして寺へ連れてった者もいる。可愛いお前たちは、どうか罪科と無縁であってくれ、どんなに悪しき者と出くわしても決して悪に染まらんでくれ、と祈りながらね」

話しながら、松右衛門は腕の中で泣きわめく赤ん坊を優しく揺すっている。赤ん坊の

一人が泣きやむと、他の二人も安心したように泣き声を上げるのをやめた。

「あたしたちが、悪いっていうんですか」

お鳩が言った。屹然としてはいるが、先ほどまでの勢いを失っていた。

「いいや。わしだって、この男の首をくって吊してやりたいよ」

その言葉に、慧雪の足の下で、秋津がぎくっとなった。

「でもな、わしやお前さんたちが勝手にこいつを罰したりしちゃいけないんだ。納得できんだろうけれども、どうか、わしの顔に免じて、手を引いてくれ」

そう言って松右衛門は膝をつき、赤ん坊たちを太い腕でしっかり抱きながら、子どもたちに向かって、深々と頭を下げた。

七

子どもたちが泣いていた。

土蔵に屍を二つ、菰をかぶせて横たえている。毒殺された弥太郎と、侍の屍だ。

悔し涙を流す子どもたちを、光國、中山、阿部、罔両子、そして慧雪が、並んで見ている。秋津を旅籠から拉致した翌昼で、僧たちはちょうどまた茶礼の最中だった。

「悪事を暴いたは手柄だ。秋津を殺めず我慢したは良き行いだ。よう耐えたな」

光國がそう言って宥めたが、かえって泣く声が大きくなった。

了助は木剣を胸に抱き、端のほうにいた。自分は泣いていない。それで埒外にいる気がした。仁太郎の言葉が脳裏でこだました。よそ者。悲しくて胸が痛くなった。

その了助に、罔両子がつと目を向け、こう訊ねた。

「慧雪さんのお話では、了助さんが最初に止めたということです。了助さんはなぜ、そうしたんですか？」

「それは……みんながお咎めを受けないように……」

了助はまごついた。よそ者。そう言われて悲しい理由がやっとわかった。

「おれ、手合いのみんなが好きだ」

子どもたちのすすり泣きが急に静まり、全員が了助を見た。

「みんなに、叶慶さんや、錦や、ここに来る前のおれみたいに、なってほしくない」

涙で濡れたお鳩の顔を、ちらりと見た。

「お鳩が刃物持ってるの見て、止めなきゃと思った。お鳩は、何度もおれを助けてくれたし。おれ、お鳩が好きだ。お鳩のこと大事だと思ってる。だから止めたかった」

本心をありのままに口にした。子どもらの視線が、了助からお鳩に移った。お鳩の顔がみるみる真っ赤になっていった。

「みな、了助さんと慧雪さん、そして松右衛門さんに、感謝しましょう」

罔両子が言った。

「あとは我らが司る。おのれの『寺』に戻り、持ち場につけ。良いな」

中山が厳しく命じた。子どもたちが無言で立ち上がり、蔵を出て行った。了助もそうした。誰も了助に話しかけなかった。お鳩も、それ以上、了助を見ずに立ち去った。

休憩を終えた僧たちが庭に出て、作務を再開していた。了助も箒を持ち、一人でお堂の裏手へ向かった。そこが持ち場だった。木剣をお堂の壁に立てかけ、掃き掃除をしようとして、足を止めた。

了助の前に、土蔵にいた拾人衆の面々が勢揃いしていた。

秋津に仕返しできなかったことを怒って来たのだろうか、と思った。だが違った。

伏丸がひょいと右手を上げて、了助に近づいた。どういう意味か思い出し、了助も右手を上げた。伏丸が、ぽんと叩くようにして、了助と手を合わせた。手合い同士であることを確かめる符牒(ふちよう)だ。

了助の胸の底のほうで、かっと熱いものが生じた。了助が初めて感じる、とても心地好い熱だ。そのせいで、思わず涙ぐんでしまいそうだった。

伏丸が歩き去ると、すぐに燕が来て、了助の手をぽんと叩き、軽快に走り去った。鳶一が、鷹が、小次郎がそうした。仁太郎と辰吉が馬鹿でかい手で、了助の手を叩いた。春竹、笹十郎、幸松が手を伸ばしてそうした。巳助がにっこりして手を合わせた。巳助の仲間もそうした。ほかの「寺」の韋駄天たち、力自慢の者たち、目の不自由な少年少女、様々な出で立ちをした者たちが、後から後から手を合わせてくれた。

亀一が了助の手の位置を確かめ、ぴったり手を合わせ、会釈(えしやく)して去った。

最後にお鳩が残った。そっぽを向いている。了助はずっと手を上げたままだった。だが一向にお鳩が来ないので、手を下げた。

お鳩が歩み寄り、了助の右手を取って、おのれの頬に押しつけた。了助は柔らかくすべすべした感触にびっくりした。それがどんな符牒かわからなかった。

お鳩が、ぱっと了助の手を離し、小走りに脇を通り過ぎた。

「おい、今の、なんて符牒だ?」

了助が慌てて訊いた。

「知らない!」

お鳩が、振り返らずわめき返した。その可憐な姿が、お堂の角へ消えるのを、了助は目を丸くして見送った。

八

「あの御仁の言葉を借りれば、まことに重畳……という次第ですかな」

忠秋が言って、茶碗を手にした。忠秋が住まう、武蔵忍藩の上屋敷の茶室である。光國だけが応接され、他に客はなかった。

「はい。秋津が毒で殺したのは、紀伊田辺藩の藩士でした。屍を送り届けたところ、版木を取り戻すよう命じたと、安藤帯刀がわしに話してくれました」

「ようやく絵図の出所がわかりましたな。それを作らせた者を逃がしたものの、これ以上、絵図が広まることを防げます」

微笑む忠秋に対し、光國は顔を険しくしないよう、意識して表情を緩め、

（――それがしが話さなかったは、御三家の方々とのみ、お話しすべきだからです）

安藤帯刀の話を、思い出していた。

光國が、家人に命じて藩士の屍を安藤帯刀の屋敷に運ばせると、ようやく安藤は口を開いた。その言によれば、絵図製作を命じたのは、藩主たる紀伊徳川頼宣である。光國の伯父であり、尾張徳川義直亡きあと、徳川家の長者でもある男だ。

「絵図は以前より準備されており、大火後、新たな町割りに従って修正し、作成されました。また殿は、大火そのものも調査するよう命じております。それら絵図と調査の成果を、博奕に狂った藩士が盗み出し、不逞浪人に売り渡したのです」

「ゆえに、賊が火元を知っていた、と」

「はい。盗みを働いた藩士は、殿自ら、首を刎ねましてございます」

「さようでしたか。しかし、由井正雪の一件による謀叛の嫌疑は晴れたはず。今さら何を警戒し、口を閉ざすのです？」

安藤帯刀の眼差しが鋭くなった。

「賊がまいた絵図の火元には、我らの調査と異なるところがあります」

「なんと？」

「度重なる出火のうち、一つが本妙寺からのものとされておりますが、違います。その火元は本妙寺の隣にある、老中・阿部豊後守様の親戚筋の者の屋敷なのです」

光國は驚きで瞠目したが、いったいどういうことか咄嗟にわからなかった。

「老中たちが決めたのです。幕閣に縁のある者の屋敷から火が出たと世間に知られるのはよろしくない、と」

「理屈はわかるが……そのようなこと、父からも聞かされておりませぬ」

「老中たちは、御三家には一切伝えていません。我らが独自に調べ、判明しました」

光國は唸った。幕閣による御三家外しは、想像よりもはるかに強硬であることを察したのだ。大火の火元という重要な情報を隠すなら、それ以外にも何か秘しているかもしれなかった。

「だがそれでは、賊めらが老中を慮って、本妙寺を火元としたということに……？」

光國は口をつぐんだ。それでは賊まで阿部忠秋に遠慮したことになる。そんなことがありⅿ得るのか、という衝撃が遅れて来た。

安藤帯刀が、深くうなずいてみせた。

「老中どもを信用してはなりませぬ」

光國は、また唸った。

そのときと同じ声を、阿部忠秋の前でこぼしかけ、ぐっと顎に力を入れた。

阿部が、ゆるゆると茶を淹れながら言った。

「秋めいて参りました。長雨が来れば火つけも難しくなるでしょう。しかし雨が去れば、逃走した賊どもに加え、連中の手口を学んだ賊が現れるはず。今や江戸は、全国の賊どもの標的です」

「同感です、豊後守どの」

「御曹司様が拾人衆の目付となられたこと、心強く思っております。どうぞ今後とも、ご助力のほどお願い申し上げます」

阿部忠秋が、茶碗を差し出し、慇懃に頭を下げた。

「こちらこそ」

光國も頭を下げ返しながら、

（――信用してはなりませぬ）

安藤帯刀の言葉が、しつこく胸の内でこだました。

浅草橋の御門

一

「えいさ！　えいさ！」

東海寺の敷地に、威勢の良い掛け声が響いている。

僧だけでなく、近隣の村の男たちまでもが、総出で働いていた。

拾人衆も駆り出され、傷が癒えたばかりの両火房も望んで参加した。

仕事は石運びだった。ただの石ではない。どこかの武家が寺へ寄進したという、二十個余りの大小様々な灰色の石である。それらを大事に運び、池の縁を飾るようにして並べるのだが、これが大変だった。最も小さいものでも、了助が両手で抱えきることができないほどの大きさがあるのだ。

力自慢の仁太郎や辰吉をはじめ、どんな大人も一人ではどうにもならない。並べた丸太の上に、みなで石を乗せて転がしたり、あるいは縄と駕籠の棒を用いて、十人がかりで吊り上げたりする。

芥運びで暮らしていた了助も、石を運ぶのは初めてだった。めいめい芥を背負えばいい仕事とは画然と異なる、まぎれもない普請だった。何日もかけて、大勢が協力し合わねば、到底達成できない仕事だ。

池の縁には、石を入れるための窪みが掘られている。罔両子が庭師と相談して定めた通り、向きや角度を整えながら、ぴたりと窪みに石を設置する。一つまた一つと置き終わるたび、みなが歓声を上げた。そうして仕事が進むたび、了助は、拾人衆とだけでなく、僧や村の大人たちとも、喜びを分かち合った。

罔両子は、指示するだけで手出しはしないが、人手を石運びに回すため、庫裏で典座たちとともに、食事の用意をしてくれていた。

了助は作業中、たびたび水戸邸で一緒に稽古をさせられた剣術家たちとの連帯を思い出した。何日かすると、三吉と暮らした日々を心によみがえらせるようになった。三吉を喪って以来、思い出すのが辛かったあれこれも、汗みずくになって働くうち、不思議と平静に思い返せるようになっていた。

その頃は、三吉や他の持たざる人々とともに助け合うのが普通だった。そんな生活を意図して忘れようとしていた自分を、了助は強く省みることになった。また喪うのが怖くて、ずっと避けていたものごとを。

十日余りかけ、大仕事を終えたときは、全員が誇らしげだった。誰もが、それまで顔も名も知らなかった相手に感謝していた。その間、了助は気づけば一度も木剣を握らずにいた。おのれを守り、楽しみと自信を与えてくれる貴重な品を、完全に手放していたのだ。それが了助をことさら奇妙な気分にさせた。労苦と喜びの日々が終わってのち、木剣を持って改めて完成した庭を眺めたとたん、自分はいったい何なんだろう、などと、これまで経験したことがない疑問がどこからともなく飛んできた。

　しかも、その疑問をやり過ごせなかった。むしろ増長するものが身に現れていた。

「のびたなあ」

　と石運びの最中、しばしば拾人衆の面々から言われるほど、毬栗頭だったおのれの頭に、ふさふさした髪が生じていたのである。

　以前は、しらみにたかられないよう、ちょっとでも髪がのびたら、おとうの形見の懐刀でぶつぶつと切って捨てていた。だが東海寺で了助は、しらみのいない世界を知った。部屋の掃除と水浴びは毎日行い、数日おきに風呂にも入れる。清潔そのものだ。

　また同房の者たちはみな、将来を期待し、髪をのばしている。いつか養子の口を得て、職人や商人になりたいと願っているのだ。しかし僧形では願いがかなわない。髪は、身分を得る上でも、示す上でも、きわめて重要だ。お鳩も、そう言っていた。

「髪のばしなよ。もしかしたら水戸様のお小姓にしてもらえるかもしれないのに、どうやって前髪作るのよ」

　しきりに言われるので、了助も、髪をぶつ切りにし、塵と一緒に掃いて捨てるということをやめていた。だが、髪をどこまで切らずにおくべきか、のびたあとどうすべきか、と勝手に伸びた髪に、禅問答を仕掛けられているような気にさせられた。

了助は、綺麗に並べられた石の上に、そっと乗った。純粋に、大仕事を終えた喜びにひたりたかった。だがすぐに、ただの石ですら、その個性に従って定められる居場所があるのだ、という思いに襲われた。

お前はどうなんだ。池に映る自分まで、そう問うてくる。

――うるさいな。

了助は、石から降りて小石を一つ拾い、水面で揺れる自分の影に、ぽちゃんと投げつけ、邪魔くさい前髪を払った。

二

その日、水戸徳川光國は、中山勘解由との面会に、浅草の茶屋の二階部屋を選んだ。

正月の大火後、浅草はいち早く復興を遂げ、以前にも増して賑わいをみせている。大川（隅田川）と神田川を活用した物流の恩恵を受け、寺社地・武家地・町人地がほどよく並び、異なる身分の人々が連携し、焼失した家屋の普請に尽力した成果だ。浅草寺の裏にあたる千束の地に、吉原が移転したことも大きかった。浅草寺の境内とその周辺は、もともと雑多な店がひしめく盛り場だ。そこに吉原の存在が加わったのだから、江戸最大の遊興地と化したといってよかった。

「なぜ、こんな場所を選んだのです？」

盛り場嫌いの中山が、まったく寛ぐ様子もなく尋ねた。

対して光國は、片肘を畳につけ、寝そべったまま応じている。

「敵は市井に紛れ込んでおるのだ。馴染んでおかねば下手人を取り逃すぞ」

「馴染んでいる者を、上手に使えばよいだけでしょう」

光國の予想通りの返答を中山が口にしたとき、戸の向こうから階段をのぼる足音が聞こえてきた。

「御免よ、入ぇるぜ」

威勢の良い声とともに戸が開き、奇妙な取り合わせの二人が現れた。

声の主は、水野十郎左衛門成之である。きんきらきんの異装を好み、旗本奴の集団である大小神祇組を作った、三千石の旗本だ。丹前風呂の一件ののちも、火付け強盗に関する噂が入れば、幡随院長兵衛と同様、光國や中山に報せてくれていた。

その横にいるのは、鎌田又八だ。こちらは勧進相撲の一件がきっかけで、光國や中山のために働いてくれている。

「よく来てくれた。入ってくれ」

光國が身を起こして、二人を手招きした。

「谷様、駒込様のお二方がお揃いとは、かたじけねえや」

水野が、にやっとして言った。

又八にとって、光國と中山はいまだに、旗本の谷左馬之介と駒込八郎である。だが水野の方は、光國の本名と身分をとっくに見抜いている。そのため光國は中山から、

「旗本奴どもに姿を見せたのは、少々、軽率でしたな」

などと面と向かって誹りを受けたものだ。

だが身分というものは、争いを抑止するといった効果がある限り活用し、邪魔なときは無視すればいいというのが光國の考えだった。合理的すぎて身分を道具のように使うという点は、ある意味、奴どもよりも過激で始末が悪い。水野と又八を茶屋で同席させるなど普通ありえないが、光國は、市井のためという目的のもとであれば当然とした。

「二人とも、まずはやってくれ」

光國が、盃を並べた盆を差し出し、徳利を取った。

「こいつは、ますますかたじけねえ。ありがたく頂戴しますぜ」

水野が、不遜な態度で盃をつかんだ。はなから坐相を崩し、片膝を立てている。

一方、又八は神妙に座っており、身なりも良く、堅実な商人体である。

「又八、貴様も盃をとるがいい」

「はい、ありがたく頂きます」

そして光國もふくめ三人とも抜きん出て大柄だった。そんな男たちが集まったせいで二階部屋が急に手狭になり、彼らに比べて小柄に見える中山が、居心地悪そうに肩をひと揺すりした。

「二人とも、我らに話があるそうだな？」

光國が切り出すと、

「ええ、ちょいとね」

水野が、勿体ぶるというより警戒を示した。又八は口をつぐんで微動だにしない。

「例の正雪絵図の摺師は、賭場で極楽組や紀伊藩士とつながった。賭場が、火つけ浪人どもの仲間捜しに使われたとみて、この駒込八郎が、ほうぼうに監視をつけておる」

光國が水を向けたが、水野はまだ喋らない。自身も賭場に出入りしており、それを喋ったとたん、問答無用で引っ捕らえられることを警戒しているのだ。

賭博は犯罪である。江戸では一般に追放か遠島だ。これは、開府者・徳川家康が命じ、二代目将軍・秀忠が発布した武家諸法度の第二条、「群飲佚游ヲ制スベキ事」の文言を根拠としている。大勢で酒を飲み、遊興に耽ってはならない。だが何を制すべきかは場合によって異なるし、むしろ武士のたしなみとみなされる遊戯もある。

盤双六の賭博は芸とみなされ、名人と呼ばれて旅する者たちが古くからいる。将棋や囲碁も当初はそのたぐいだったが、今では碁方（ごかた）という立派な職制が定められていた。寺が富籤（とみくじ）（宝くじ）を売るのも賭博だが、これは幕府公認だ。

　そして明暦（めいれき）三年（一六五七）の今、大火後の復興に際し、賭博が大流行していた。寺社の普請料を賄（まかな）わせるため、富籤や相撲の興行を幕府が許したからだ。普請料のためならば賭博も許される、という空気が広がり、武家、寺社、町家、農家のいたるところで、賭場が開かれるようになったのである。

　必然、身を持ち崩す者、人を欺（あざむ）く者が増加する。こうなると各奉行所も、賭博に敏感になる。湯屋数百軒の取り潰しについで、賭場の一斉取締りも噂されていた。

「案ずるな。わしも、近くの賭場で軽く遊んできたところだ」

だが光國は堂々と言った。中山が天井を向いて溜息をつき、又八がぽかんとなり、

「豪気（ごうき）なこった」

　水野が、にやりとなって盃を口に運ぶのへ、光國は真顔で持論を述べた。

「賽（さい）の目に賭ける遊びを行ったのは戦国の世の武将たちだ。合戦に生命を賭ける気迫を、賭け事で培（つちか）ったという。兵を鼓舞（こぶ）せんとして賭けを行わせた者もいるぞ。土佐の武将などは、兵を昂揚させんとして闘犬を催したそうだ。もともと博奕（ばくち）の奕の字は、勝って輝くことをいう。すなわち文武両道の心がけよ」

屁理屈をこね合わせたような言い分に、水野が大笑いした。又八は、武家の人が言う

ならそうなのだろう、というように感心した顔だ。

　中山が咳払いし、話を戻した。

「それで、話とは？」

「そちらは、賭場をどうやって見つけてるんだい？」

　水野が無視して聞き返した。中山が不機嫌そうに細い目をうっすら見開いた。普段は平和な面相(めんそう)の中山がそういう表情をすると、冷酷そのものといった印象になる。だが、水野も平然としたもので、ただでは教えるものかと全身で中山を拒絶していた。

　ここでも光國が橋渡しをした。

「札差(ふださし)と座頭金(ざとうがね)を見張らせておる」

　前者は武家の、後者は町家の金貸しだ。どちらも賭場に出向いて金を貸し、あるいは回収する。調子が良い客にはどんどん貸すが、負けが込んだ客は脅(おど)して回収しにかかる。後世にいう、代貸(だいが)し稼業のようなものだ。当然、札差も座頭金も、江戸のどこに賭場が立つかを知り尽くしている。

「さすが、目の付け所がめっぽう確かだ」

　水野が誉め、さらりとこう告げた。

「若菜久喜(わかなひさのぶ)ってな御家人がいる。暴れ者の三男坊で、足は洗ったが元は鶺鴒組(せきれいぐみ)の奴だ」

「鶺鴒組というと……確か先年、取締りで消えた組であったか？」

光國が、すぐさま思い当たって言った。

「ああ、よく知ってるねえ。御家人の次男、三男が、上様の耳に入るほどの不行跡ってやつをやらかして大捕物になったわけだ。まんまと逃げた若菜と元鶺鴒組の連中が、人を集めて石川播磨守の邸に放火したたっていうのさ」

ほう、と中山が身を乗り出した。

「そやつらを奉行所に突き出したのでは？」

「二十人ばかりだが、全員じゃない。特にこの若菜って野郎は、江戸から逃げちまってたんだが、六日ほど前、名と風体を変えて賭場にいんのを、おれの仲間が見たわけだ」

中山の目が鋭く光った。

「どこの賭場だ？」

「ほうぼうの賭場さ。上客を引っこ抜いて、自前の賭場に集めてやがんのよ」

「賭場を開帳したのか」

これにはさすがに光國も驚き、

「上客ばかりを集めて、か……」

その点に表情を曇らせた。賭場に集うのが裕福な遊蕩者ばかりでは、金を借りる者がいない。借金取りは無用の存在だ。せっかく張った諜報の網が効果を失ってしまう。

「おれも肝心の賭場がどこかわからず、行き止まりにぶつかったところを、こちらの鎌田さんが、意外にもきっかけをくれてねぇ」

水野が話を向けたが、又八は黙りこくったままだ。自分が喋ってよい場ではなく、ただ拝聴しようと決め込んでいるのだろう。

「又八よ。仔細を話してくれんか」

光國が言った。

「え？　わしが？　や、はい。その……、色々ありましたが、近頃やっと家の商売を手伝う気になりまして。はい、出が商家で。伊勢国の松坂藩で、蔵が江戸にもあります」

「豪商ってやつさ。腕っ節も強けりゃ、銭もあるってんだから、それこそ賭場の一つも開いたらいいじゃねぇの」

「や、滅相もない……鎌田村という、小さな村の味噌造りから始まった、小さな蔵元に過ぎませんです」

「又八の里と、この一件と、何の関わりがある？」

中山が少々苛立ったように口を挟んだ。

「おっと、混ぜっ返して悪かったな。さ、続けてくれ」

水野が親しげに又八の腕を叩いた。又八のほうはともかく、水野はすっかりこの巨漢が気に入っているらしい。

「へえ……、その、家の手伝いで、よく、ここの船着場におりまして。勢州から来る船の荷下ろしのためです。それであるとき、水野様の言う男が、いきなり現れまして。博奕好きの上玉を、自分たちの賭場に誘うのが仕事で、このわしに、用心棒をやってくれと言うのです。縄張り荒らしがひどいのかと聞くと、まあな、と笑うんですな」

いわゆる客引きと用心棒の関係だが、この頃の賭場はまだ組織化されてはいない。

後世、貸元を頂点とし、代貸し、中盆といった賭場組織ならではの階級が定められ、遊俠の徒を称する人々によって全国的な人脈が築かれることになるが、この頃はもっと曖昧で単純だった。それでも、賭場の主催者たちが縄張りを争い、そのため用心棒を雇うという構図は、今も後世も不変である。

「ただ一緒に歩くだけで、銭はたっぷり払う、と。なぜわしなのかと訊くと、この男、草譯組の一員で、浅草橋の御門のことに義憤ある俠客を集めている、と言うのです」

「先の大火で御門を閉じたゆえか」

光國が言った。又八が目を伏せ、深くうなずき返した。それは、正月の大火における数々の悲劇の中でも、特に無惨な事件だ。

始まりは、小伝馬町の牢屋敷である。牢屋奉行であった石出〝帯刀〟吉深は、このままでは囚人たちが焼け死ぬのを哀れみ、全員の切り放ちを決断した。再び戻ることを大前提として、囚人全員を解放したのである。

牢の鍵は町奉行所が保管し、それを持ち出すにも官僚的な手続きが必要となる。そんな余裕はなく、石出は自ら、牢を閉ざす錠を破壊して回った。まさに切り放ちである。後日、囚人が一人として欠けずに戻ったことから美談として語られることになったものの、別の悲劇を生み出したことでも知られるようになっていた。

浅草橋の御門を守る門番たちが、囚人が現れたと聞き、脱走とみなして門を閉じてしまったのだ。大火の混乱の中で御門が閉じられた理由がそれだった。結果、日本橋一帯から浅草方面へ逃げようとした二万人余が、逃げ場を失って死んだ。ある者は焼け死に、ある者は川に飛び込んで凍死し、ある者は狂乱する群衆に踏み潰されて死んだ。

そしてその門を押し開いたのが、怪力で知られたこの鎌田又八なのである。

なお、囚人たちは門が閉ざされるや、すぐさま方向転換して生き延びたという。凍てつく寒さの中、大川を泳いで渡り、あるいは船を見つけて漕ぎ、対岸へ逃げたらしい。やせ細った囚人たちが、そのような試練に耐えられたのが奇跡だった。もし多くが死んで川に流されていたら、逃走と判断され、切り放ちを決めた石出も処罰を免れず、悲劇に悲劇が上乗せされていたはずである。

ただし、石出の処分についての最終的な決定は、まだ下されていない。大火から半年以上を経てなお、幕閣の意見が割れているからだ。

光國が、ふうむ、と唸り、首を傾げた。

「浅草橋の御門の件で、誰に義憤を向けるというのだ？　門を閉じた門番たちも、結局、見附が火で崩落し、全員死んだではないか」

「また御門が閉じるときは、押し開くことを大義とするとか言っていました。それと、石川播磨守様が、懲らしめられることを願っているそうです」

「なんだと？　石川播磨守が、御門を閉じさせたとでも言うのか？」

光國は驚いた。確かに、石川〝播磨守〟総長は一時、大番頭に任じられていたが、その後、父祖の遺領のうち一万石を継いで、伊勢国神戸藩を立藩し、大名となっている。江戸在府の大名たちには、当番制で火消しの務めが回ってくるが、大火の際に石川播磨守が当番だったとしても、わざわざ御門を閉じさせた張本人とは思えない。

いや、どんな大名も、そのような命令を下しはしないはずだった。

浅草橋の御門は、常時開放の門の一つである。夜でも閉じないのだ。誰もが開いていると信じる門を、大火のまっただ中で閉じれば大勢が死ぬのは明白だ。もし本当に石川播磨守が門を閉じさせたなら、幕閣がとっくに処罰を決しているだろう。

「でっち上げだろう。憎む相手がいりゃ、有象無象を簡単に束ねられるってもんだ。思うに、裏で仕切るやつが、作り話で元鶺鴒組の連中を集め、賭場まで開帳させたのさ」

水野が、経験上の意見という感じで述べた。中山も、その点ではうなずいていた。

「では、石川播磨守の邸に放火させたことも、そやつの意趣があってのこと、か……」

「だろうねえ。ちなみに、石川家から盗まれた金についちゃ、おれらが分捕ったってことを噂で流したんだ。なのに何の動きもありゃしない。つまり、草譯組を仕切ってるのがどこのどいつにしろ、金が目当てじゃねえってわけさ」

「仕切っている者の名や風体は、わかっているのか？」

光國が尋ねると、また水野が、又八の大樹の根のように太い腕を叩いた。

「え……？　あ、はい、会ってはいませんが、緋威と名乗る老武者で、草譯組の惣頭だと聞きました」

又八が言うと、光國が、中山とちらりと目を見交わし、さらに問うた。

「惣頭……緋色の緋という字を使うのか？」

「はあ、たぶん。そいつの居所をつかむまで、用心棒として雇われようと思います」

「よし、頼む。お前の身に危険が及ばぬよう、見張りは万全にする」

光國が即座に告げた。中山も反対しなかった。水野が破顔した。

「おれらも手を貸すぜ。何でも言ってくれ」

「大いに頼むことになるだろう」

光國が請け合った。中山は渋い顔をしたが、やはり異論を唱えることはなかった。奴どもは盛り場の事情に長けている。今こそ、彼らを上手に使うべきときだった。

水野と又八が揃って立ち去ってのち、改めて中山が口を開いた。

「緋……極楽組が残した歌にあった字です」

錦きて　ゆくへも鶴の　緋のそらや
ねがふ甲斐ある　極のしるべ

極楽組が、屍の口の中に、わざわざ残した歌のことだ。光國も中山も諳んじることができるほど頭に叩き込んでいた。

「惣頭という言い方も、極楽組に特有であったな。我らの包囲を破った五人の一人が、仲間とともに江戸を出たと思わせ、その実、潜伏していたというのか」

「阿部様にお知らせしましょう。町奉行、寺社奉行の手の届かぬところには、拾人衆を配置します」

眼光鋭く言って膝を立てる中山を、光國が咄嗟に手を振って止めた。

「待て。品川へ向かう船を手配した。阿部どのへの報告は、後にしろ」

「船？」

「うむ。楽だし、速い。わしも行く」

中山が中腰のまま呆れ返った。

「どれだけ経費がかさむやら。それで、いつ阿部様にお知らせするのです？」

（――信用してはなりませぬ）

光國の脳裏にあったのは、紀伊徳川家の附家老・安藤帯刀が告げた言葉だが、表には出さずに言った。

「あとでわしが報せを出す。とにかく今は寺へ行く。極楽組を取り逃してはならぬぞ」

だが、そこで中山が眉をひそめ、

「阿部様に対し、ご懸念が？」

たちまち見抜いたのは、その眼力の確かさと同時に光國の若輩ぶりを物語っている。

「大目付などに獲物を掠われないようにしたいのだ。どこで内情が漏れるかわからぬ」

光國が咄嗟に切り返し、中山も納得してくれた。相手の執念を刺激して目を曇らせる、我ながら嫌なやり口だが仕方なかった。身内を疑い、嘘を重ねる。諜報というものの不快な領域に足を踏み入れたことを感じながら、光國は、中山とともに船着場へ向かった。

三

「何ならこの寺で賭場を開いて、大儲けしましょうか」

罔両子が、しれっと言った。むろん私腹を肥やしたいわけではない。罔両子は、無一文になって橋の下などで貧者に混じり、修行し直したいと願う種類の人間だ。むしろそうしたいのを我慢して、東海寺の管理をしているといっていい。

罔両子の発言は、寺や拾人衆の管理に金が要るというだけの話だった。寺は賭博を咎められない聖域と考えてもいるのだろう。

だが、同席した三ざると了助のうち、お鳩が珍しく口を挟んだ。

「このお寺で賭け事をするだなんて、とんでもないことです。いけません。駄目です」

「でも、すごく儲かるんですよ、賭け事」

罔両子はどこまでも涼しい顔だ。

「わざわざ新たに賭場を設ける必要はありません。又八が賭場の場所を調べてくれています。我々は、草譯組の賭場と緋威の捜索に注力しましょう」

中山が意見し、罔両子が反論しないのを見て、拾人衆へ命じた。

「いわざるの巳助、きかざるの亀一、〝韋駄天〟の鷹を、私の手元に置く。いわざるのお鳩は、緋威を首尾良く捕らえられたときに働いてもらうことになろう」

そこで光國が口を挟んだ。

「市中の賭場は、わしと水野たちで調べる。了助、どうだ？　わしと働いてみるか？」

「え？　あの……はい、やります」

了助は言った。どうだ、と光國から訊かれれば、こう答えるしかない。内心では、旗本奴と行動することに嫌なものを感じていた。父の仇の同類なのだから当然だ。

お鳩が、じろりと横目で了助をにらんだ。

「変なこと覚えちゃ駄目だからね」

何をさせられるのかもわかっていない了助は、ぼんやり頭をかいた。髪が指に絡まるような感じが、ひどく鬱陶しかった。

話が終わると、すぐ出発した。船である。海岸に出て光國が手配した船に乗った。

快晴で波も穏やかだった。ひんやりする潮風を浴びながら、街道、品川湊、宿場町を海から一望した。了助には初めての体験だ。たまらなく爽快だが、風に煽られて顔のあちこちに触れてくる髪が、その良い気分にも水を差した。しきりにかきあげていると、

「髪、邪魔なのか？」

と巳助が訊いてきた。

「うん」

「了助も、手合いの行師になるのか？」

「さあ……」

「御師様たちがいるところに一緒に座れるのに」

同房を差し置いて優遇されるのはなんでだと訊いているのだろう。罔両子からは、

「行師になりたければ、なってもらいます。ただし、そのときは誰かの命を預かることになりますよ」

の技には一目置いています。御曹司様も中山様も、あなたの棒振りなどと言われている。技を教えれば、それが必要となる局面に、その相手を置くこと

になる。教えが悪ければ死なせてしまいかねない。そもそも教えられるものだとも思っていないのだ。責任など持てそうになかった。

「わかんないよ」

了助が投げやりに返すと、巳助が肩をすくめた。

「おいらも、行師になると思わなかった。寺に拾われなきゃ野良犬に食われてたってことしか考えてなかったんだ。捨てられないよう、必死に技を覚えたよ」

了助も、必死に生きるすべを求める気持ちは、よくわかる。むしろそれ以外で、何かをまともに考えたことなどあっただろうか、と思うほどだ。

「お鳩は、お前のこと、弟と思ってんのかもな」

巳助が急に話題を変えた。了助は首を傾げた。

「弟？」

「あいつの弟、病気で死んだんだ。ちょっと変わっててさ。武士になりたがってた」

「武士に？」

「お鳩は、お前が、弟の願いを代わりに叶えてくれるって思ってんのかな」

了助は、何と言っていいかわからず、口を閉じたままでいた。

「おいらも、お前なら、なれるかもって思ってるよ」

巳助はそう言って、了助が背に差した木剣を、ぽんと叩いた。

「わかんないよ」

またそう返し、頭を撫で、髪をひと房握り込んだ。自分が髷を結ったところを想像したが駄目だった。生えた髪が、おのれの一部だという実感すらなくなりそうだった。

四

日本橋にある長屋が、了助たちの仮住まいとなった。当然ながら「寺」の一つで、あるじは阿部の配下の忍だ。

翌日、中山が来て、巳助と亀一と鷹を連れて行った。

了助は、白い衣の上に黒い羽織をまとい、庭で木剣「不」を振るっていた。そこへ、光國が旗本奴を大勢つれて現れ、了助はたちまち凝然となった。きらきらした衣裳の奴どもが並んでこちらを見ている。それだけで心臓が震える思いだった。

水野が笑みを浮かべて言った。

「見ねえ、く、く、くじりの了助様だぜ。いいかお前ぇら、童と侮るなよ。おい、了助どん、よろしくな」

了助は目線を落とし、何とか小さくうなずき返した。

血が沸騰するような、それでいて心が凍てつくような、わけのわからない気分になりながら、光國と奴の徒党とともに、浅草方面へ徒歩で向かうこととなった。

光國は、珍しく了助の気分をすっかり察しているようで、

「案ずるな。決してお前に手を出させぬ。奴とみれば頭に血が昇り、心乱されては、お前が危うい。気を漲らせれば、かえって喧嘩を売られる。嫌だろうが、慣れるのだ」

了助を同行させた理由を、そう述べた。

「……何のために喧嘩なんか売るんですか？」

「恥をかかせ、相手の名を貶めるためだ。家柄だけがあり、お役も将来もなく、あるのはただ名のみ。それゆえ、相手の名を称えるか貶めるか、ということに執着する」

了助にはまったく共感できない。食うために必死の者からすれば、天災そのものだ。

「むろん、そのような心根こそ恥ずべきなのだ。決して、そうなってはならんぞ」

光國は、了助の嫌な気分をすっかり理解している様子だ。それで、ぴんときた。

「御曹司様も喧嘩を売られたことがあるんですか？」

「うむ。何度となくな」

そのたびに撃退してやった、という感じの返答だった。了助は安心した。この人は自分の側なのだ。奴との関係においては、純粋にそう思えた。

了助は、落としがちの目線を上げ、亡き永山に教わったように、丹田に力を入れて歩いた。人でごった返す日本橋を渡り、浅草の盛り場へ向かう途中、水戸家の蔵屋敷に入

り、そこの長屋に、みなで上がった。

一同が腰を落ち着けると、彼らの前に光國が座り、いかにも威風堂々と話し出した。

「貴様らの手を借り、草鞋組の賭場と、惣頭の緋威を捜し出す。十日の間、ここは出入り自由だ。風呂焚き、酒肴は、おのおの用意せよ。長屋以外は、足を踏み入れるな。よいか」

「おうよ！」

水野たちが威勢良く返した。数は十二名。大小神祇組の中でも、喧嘩と博奕に自信のある者たちだという。

「では、賭場が開くまで、手指を温め、目を鋭くしておくとしよう」

光國が手を叩き、戸ががらりと開いた。水戸家の用人たちが、大小様々、色取り取りの品を運び入れ、水野たちが、おおっと歓声を上げた。

賭博の道具である。双六盤、かるた、さいころ、碁盤に将棋盤。全て、遊びが過ぎる家臣から、光國の父が没収させたものだ。

「くれぐれも、金銭や着衣、腰のものなど賭けるなよ。あくまで遊びであるぞ」

光國が言ったが、これには合いの手がなかった。水野たちはさっそく賭博の品に飛びつき、そこかしこで遊び始めた。

あっという間に部屋が賭場と化すさまを、了助はぽかんとなって、ただ眺めた。

遊び戯れるというには殺伐とし過ぎだった。彼らの間を光國が歩き回り、賭場に送り込むべき賭け上手を吟味した。かと思うと、了助のそばで腰を下ろして言った。

「了助。お前も少々たしなんでおけ。大人になってから下手にのめり込めば、いくら借財しても足らなくなる」

その言葉だけで、恐ろしくて博奕などできないと思ったが、光國が用人に道具を用意させるのを黙って見守った。

まず綿布を鋲留めした茣蓙が置かれた。幅二尺（六十センチ）、長さ二間（三・六メートル）が普通だという。仏様への供え物を乗せる茣蓙みたいだった。

その盆切れと呼ばれる茣蓙の上に、三種の品が置かれた。さいころが二つ。ツボと呼ばれる、笊を壺型に編み、中が見えないよう黒い布を貼ったもの。そして、コマと呼ばれる、銭と交換する木札の束だ。

「丁半の道具だ。江戸で鉄火博奕の賭場といえばこれ、という遊戯でな」

「鉄火博奕？」

「賭場の熱気を、鉄が焼けるさまに喩えたのだ。そこそこの賭け金で遊べる場でも、大金が必要な場でも、遊戯そのものは変わらぬ」

「はあ」

「このツボに賽を二つ入れて振る。出た目の合計が丁（偶数）か半（奇数）かを当てる。

半とは字とは逆に、きっかり半分にできぬ数と覚えよ。一、三、五、七、九だ」

了助はうなずいた。半分にできる数かそうでないかは、芥運びの手間賃を分け合うときに重要だったから、しっかり頭に入っている。

「どうやって当てるんですか？」

数よりそっちが重要だった。さいころの出目を予測できるとはとても思えない。

「運を頼む」

光國が、きっぱり告げた。

「一か八か、という言葉がある。これは丁と半の字の上の部分をとったものだという。この一身を、天運が決するままに任せるのだ」

得意げに語りながら、盆切れを指でなぞり、「丁」と「半」の字を教えてくれた。

「百聞は一見にしかずだ。やってみるぞ」

光國が木札を自分と了助に配り、

「賭場では、中盆と呼ばれる者に、客もツボ振りも従う。ここは遊びゆえ、わしがツボ振りをしながら賭けてくれよう」

手慣れた様子でツボを取り、さいころを二つ、さっと放り込んだ。

ツボを振り、さいころが小気味よい音を立てた。ついで、たん、と勢いよくツボが盆切れの上で伏せられた。ツボの中で、さいころが止まる最後の音がした。賽の目が決したのだ。そのことが強く意識され、了助はツボをじっと見つめた。何も見えるわけがないのに、目を釘付けにされる気分だった。

「張った張った、と中盆が言ったら丁か半にコマを出せ。待て、一度に全部出すな……いや、出してもよいが、手習いゆえ少しずつ出す方がよかろう。どちらに賭ける？」

「えっと……丁です」

「ではツボ振りの前に、コマを置け。半の場合は、ツボ振りの手の届かぬ辺りに置く。では、わしは半に賭けよう。よいか？　よいな？　では開くぞ」

光國が、ツボをそっと持ち上げた。出目は、四と六。丁だった。

「お前の勝ちだ。勝った者が、負けた者のコマをもらうことができる」

二人が出したコマが、ひとまとめにされ、了助の前に置かれた。

「四と六で、シロクの丁だ。どの数が出るか当てることでより多くのコマがもらえる」

光國が指先でさいころを動かし、組み合わせについて説明した。二つ同じ数字が出たらゾロ目またはトオシ。一と一はピンゾロ、三と一はサンミチ、五と一はグイチなど、全ての出目に異なる呼び名がついていた。

「出目のかたちは、二十一通りだ。丁となるのは十二通りだが、半は九通りしかない。出目によっては、コマの返し、賭場を営む者たちへのテラ銭、といった支払いをする。これらは一律ではないゆえ、賭場に行くたび、確かめねばならん」

さいころを二つ用いると、丁半の組み合わせの数に差が出ることが不思議だった。光國が相手だから頑張って組み合わせを覚えたが、これが拾人衆同士だったら、とっくに飽きて居眠りしていたかもしれない。数字の足し引きは、禅問答なみに眠くなるのだ。

日が暮れる頃、茶漬けが振る舞われた。賭場でも酒や料理が出るが、腹を満たして気を落ち着けておくためだと光國は言った。

「賭場で、多少の酒を口にするのはよいが、あらゆる者に目を光らせよ。よいな」

光國が命じると、おうよ、と奴どもが勇ましげに応じた。数人ごとに分かれて蔵屋敷を出発し、夜の灯りが点り出す浅草へ向かった。

光國も、お忍びの出で立ちで、了助と水戸家の供二人と、水野との連絡役である奴一人を連れ、蔵屋敷を出た。市中において、光國は御家人の谷左馬之介を称する。了助は間違えないよう、谷様、谷様、おれは谷様の小姓だ、と口の中で何度も呟いた。

町奴から奪った黒い羽織姿に、木剣を帯の背側で差すという、いつもの出で立ちで歩いているのだが、なんだか奴連中の一員になった感じがして落ち着かなかった。実際、本物の旗本奴が一緒にいると思うと胸がざわざわする。確かに光國の言う通りだった。喧嘩をふっかけられたとき、こうも心が乱れては身が強ばって棒立ちになる。

こいつらに慣れろ。怖じ気づくな。野犬と同じだ。きらきらした服を着て喋る犬っころだ。そんな風に自分に言い聞かせながら、光國たちと一緒に、御門をくぐった。

江戸に三十六あると俗に言われる見附御門のうち、外曲輪の最東北、神田川の南岸の橋詰めに設けられた、浅草橋の見附御門である。

通称、浅草口、または浅草御門。奥州道中・日光道中へ通じ、神田川と大川の合流地点にあり、戦時では江戸の防衛拠点の一つとなる重要な門だ。普請したのは、越前松平、すなわち徳川家康の次男であった結城秀康の子、福井藩主の松平忠昌である。

見附と呼ぶのは、番兵を配するからで、ちょっとした砦といっていい。どの見附も門は二重で、外側を高麗門、内側を渡櫓門という。両門と巨大な石垣に囲まれた空間は、右折型の枡形と呼ばれる構造となっている。入って突き当たりの壁際に番兵が詰める小番所が建っているが、防備はそれだけではない。

江戸城を攻めんとする敵が、浅草橋を渡って日本橋へ向かうとき、まず高麗門を抜け、右へ直角に曲がって櫓門を抜けねばならない。櫓門の上部は、文字通り、弓や鉄砲を打ち放つ櫓となっている。高麗門を抜けた敵は、正面の小番所の番兵を相手にしつつ、右側から矢や鉄砲の弾を浴びることになるわけだ。さらに櫓門を抜けた正面には大番所があって多数の士が待機している。江戸城の御門の多くが、この右折型だ。

平時の今の世では、両門とも終日開きっぱなしである。通るのは町人、百姓、武士が主で、浅草寺や吉原へ行く者の多くが、この門をくぐる。

町人には馴染み深い門だが、将軍様や大名は通らず、西の筋違橋の見附門から、日光街道へ出るのが普通だった。

通行を咎められることはまずないが、銃を担ぐ者と、夜中に一人歩きをする女は例外だ。そうした者が来たら門番が呼び止め、記録に残すことになっている。

番兵は、三千石以上の旗本の家々から、十日交替で派遣される。江戸城に近い大手門(おおてもん)の番兵ともなると、朝晩の開閉に加え、日々の行事にも参加するため、十万石以上の譜代大名の藩士を揃える。そこに伊賀(いが)・甲賀(こうが)などの手練れが、見張り番として加わることで、緊張感の維持に一役買っていた。

外曲輪の番兵は行事に参加せず、門の開閉もないので、務めの大半は、雑草取りと掃除だ。門前で箒(ほうき)を担ぐのは、野犬を追い払う犬追い中間(ちゅうげん)だが、通行人を監視する番兵ともども、立ったまま寝ているに等しい弛緩(しかん)した様子だった。

光國一行も咎められることなく、両門を抜けた。そして、浅草橋を渡り始めるや、了助の脳裏で、突然、叫びがわいた。正月の大火に襲われ、逃げ走るさなかに耳にした、怨みに満ちた声だ。

(御門が閉じやがったぁ!)

了助は息を呑み、門を振り返った。

もしあのとき、この御門が閉じなかったら。きっと大勢が生き延び、自分を育ててくれた三吉のおやじさんも、死ななくて済んだかもしれない。了助は思わず右手で木剣の柄を握っていた。誰かを打ち払いたいのではない。復旧した門にまとわりつく嫌な記憶を払いたかった。目に見えない地獄が確かにここにあると思い、棒振りを渾身の力でしてやりたいと痛切に願った。だが往来の激しい橋の上でできることではなく、了助は木剣からしいて手を離した。

「どうした？」

光國が、立ち止まって振り返るのへ、

「いえ、なんでも……すいません」

了助は身をすくめるようにして頭を下げ、一行の歩みに従った。

五

連夜、賭場に出入りした。

了助は、放蕩者の御家人にひっついて役得を得る、素性の怪しい小姓役を首尾良く演じた。子ども連れは問題ではなかった。むしろどの賭場でも、働く子どもがいた。寺では見習いが、農家の蔵では百姓の子が、商家では奉公人が、中間長屋では場主の子が、客に料理や酒を出し、出入りの際の提灯持ちや、下足番、木戸番を担う。後世、三下などと呼ばれる下っ端の仕事で、この頃は子どもがその仕事をさせられていた。

賭場を咎められれば、関係者はみな追放か遠島だ。その危険を冒して賭場を開帳する者がこれほど大勢いることに了助は驚いた。要は、それだけ儲けが見込めるのだ。

そして儲けを生み出すのは、ひとえに客の熱気だった。誰もが、目に見えぬものを見ようとしていた。賽の目に翻弄されて動転し、有り金を全て失う者の哀れさを、了助は見た。逆に、波に乗って勝ち続けたものの、コマの山の重さに耐えられぬとでもいうように、最後は何もかも放り出すようにして負ける者の、蕩尽といっていい虚脱の面持ちを見た。どの大人も、この上なく必死で、そして滑稽だった。

どこも町奴や旗本奴どもがおり、激昂して喧嘩をしでかそうとする者が出るや、

「よそでやってくんな」

場主や、別の誰かが、すぐさまたしなめ、あるいは追い出した。

騒ぎになれば賭場の存続が危うい。賭場を営む者たちは例外なく一身を賭けている。真剣さでは賭場で働く者たちも、客に負けていない。いかにも喧嘩好きな奴どもが、中盆のどすの利いた一喝で大人しくなるさまを何度も見た。

――こういうもんか。

おかげで、了助の奴どもに対する意識が如実に変化した。

賭場での最大の学びがそれだった。奴どもは確かに危険で恐ろしいが、ゆえにこそ平静に、胆力をもって対処すべきであるのだ。まったく野犬と同じだった。いや、野犬は

言葉を解さないが、奴どもには通じる。その分、木剣を振るう以外に、できることは多い。気づけばそんな風に思うようになっていた。

定められた十日間のうち半分が過ぎた頃、

「よい面構えになってきたな。偉いぞ」

賭場への道中、ふいに光國から誉められた。

「ありがとうございます」

素直に礼を返した。心にわだかまる地獄が、また一つ薄らいだ気分だった。

捜索のほうも成果を挙げていた。ほうぼうの賭場で、草譯組の噂が広まっていたのだ。上客ばかりか、腕のよいツボ振りや中盆まで引き抜き、ときには賭場を買い取るなどして、浅草一帯を縄張りにしようとしている、とのことである。

水野の配下が、草譯組の組員だという御家人の子息らと意気投合するふりをし、酒を飲ませて話を聞き出すなどして、裏を取った。噂は本当のようだった。全て、惣頭の緋威という老武者の指図で、それを若菜が組員に伝えるのだという。草譯組の誰も、緋威の所在や、上客を集めた賭場の在処を知らなかった。

知るのは、若菜だけである。

若菜のほうは、中山と拾人衆が監視しており、了助も往来でたびたび見た。巨漢の又八が、派手派手しい装いをして同行するのだから、雑踏の中でもすぐにわかる。

若菜は、又八を草譯組の顔にしたがっているらしい。火が迫る中、浅草御門を押し開いた人物を祭り上げ、組の大義とする、という魂胆なのだという。

「お上を刺激せんとすること甚だしい。あれでは幕閣と大目付が動きかねん」

光國は、そのことを懸念した。中山も同感だった。御家人の子息が組員として多数いては、三奉行所には取り締まれない。管轄外だからだ。必然、幕閣が動くことになる。

「我ら以外に、若菜に話しかける武士がおれば報せよ。幕閣の遣いかもしれん」

光國が命じてのちすぐ、拾人衆の鷹が、報告の文を届けに来た。

受け取ったのは、了助である。賭場へ向かう途中、雑踏に紛れて鷹が現れ、

「御師様に、手合いの届けもんだ」

符牒混じりに言うや、竹筒を了助に渡した。

「わかった――」

了助が返事をしたときには、鷹は人混みの中に消えている。了助より頭二つも背が高いのに、一瞬で姿を見失った。光國たちは誰も鷹が接近したことに気づいていない。韋駄天の異名に恥じぬ俊敏さに、了助は大いに感心した。

「谷様。今、手合いからこれが」

了助が言って、光國に竹筒を渡した。

「茶屋に寄るぞ」

光國が言って、手近な店に入り、竹筒の中身を確かめたところ、巳助と亀一が見聞きしたことについての報告書だった。

つい半刻ほど前、浅草を練り歩く若菜と又八に、二人の供を連れた侍が、

「草譯組の宍若久右衛門か？」

と若菜の表徳（偽名）を口にし、呼び止めたらしい。

「ええ、そうですが。そちらは、どなた様ですか？」

「石出という者だ。惣頭とやらと話がしたい」

「どこの石出さんだか存じませんが、うちの頭は、組の者以外と話さんので、私が代わりに聞きましょう」

若菜の不遜な態度に、供の二人が殺気立ったが、侍は平静だった。

「浅草御門について、お主らが言い触らすことで、わしの知る者たちが迷惑を被りかねんのだ」

「迷惑？　私らにけちをつけるんですか？」

「そうではない。人の生き死にがかかっている。しばらくの間でいい。お主らの大義名分というのを吹聴せんでくれ。その分の謝礼がほしければ、用意する」

「なんだか知らないが、一応、伝えますよ」

「返事はもらえるのか？」

「つきまとわれちゃたまりませんからね。明日の晩、同じ頃に、ここでどうですか？」

「よい。頼む」

という次第であった。巳助による、石出の人相書きが最後にあった。身なりは質素だが、なかなか貫禄のある渋い面構えをした壮年の侍である。

「なんと。あの石出ではないか？」

光國が唸ったが、了助や他の面々には、意味不明である。

「この者こそ、石出〝帯刀〟吉深だ。囚人切り放ちを断行した、牢屋敷の囚獄だぞ」

光國が告げると、みな目を丸くし、それから眉をひそめた。

「なんだって、その立派な石出さんが、若菜の野郎なんかに話しかけたんですかね？」

同行している旗本奴が、疑問を口にした。

「知らぬ。本人に訊く」

光國は、すぐさま席を立った。

六

牢屋敷は、浅草御門をくぐって町家の間を少し進んだ先の、日本橋小伝馬町にある。日没後の来客にもかかわらず、牢役人がすんなり通してくれた。夜間に捕縛（ほばく）された人間が投獄されることもあるため、日夜問わず応対するらしい。

表門をくぐったのは、光國と供二人、そして了助である。旗本奴は、光國が牢屋敷に赴いたことを、水野へ伝えに行っていた。

煉塀と堀に囲まれた牢屋敷の敷地は、およそ二千六百坪もあるが、広さはまったく感じられない。役宅でもある屋敷、囚人を閉じ込める牢、処刑を執行する場などが、土塀で区切られているからだ。あっちもこっちも壁ばかりで、息苦しい限りだった。

役宅は、いかにも厳格な、四角四面の建物である。その表玄関から上がり、宅内の一室に通されてすぐ、あるじの石出吉深が現れ、慇懃に挨拶をした。

「御曹司様がいらっしゃるとは。その出で立ち、愉快な歌会でもありましたか」

「装束や歌を披露しに来たのではないのだ、帯刀」

光國が苦笑した。石出吉深は、牢屋奉行としてだけでなく、連歌の名手としても知られているのだ。光國も、詩作を通して江戸の文化人と交流を持っており、石出とも懇意の仲だった。

「若菜久喜こと、宍若久右衛門。お主と、草譯組の因縁が知りたい」

ずばり告げた。光國としては、石出が大目付と通じているか見定める必要があった。

「私が、あの者に話しかけるのを、御覧になっておられたので？」

石出は、そう解釈するしかない。光國も面倒な説明を省くため、無言でうなずいた。

「正月の大火の際、私が何をしたかはご存じでしょう。私が切り放ちをした囚人数百人が、一人残らず帰ってきたことも。彼らが戻らねば私は今頃とっくに、これでした」

石出が、右手でおのれの首を刎(は)ねる仕草をしてみせた。武士らしく腹を斬るのではなく、罪人として斬首(ざんしゅ)されるというのである。牢屋奉行がそんな真似をすることに了助のみならず供二人も驚いた。それだけの覚悟で囚人を解き放ったというのだ。

「私は彼らに、戻れば罪一等を減ずると約束し、お上もひとたびはそれを了承して下さいました。しかし草譯組なる者どもの狼藉(ろうぜき)が、ことを危うくしているのです」

「浅草御門と囚人の因縁が取り沙汰されれば、減刑の件が覆(くつがえ)るかもしれぬと？」

「はい。門が閉ざされたことも私の責任です。草譯組なる者どもも、お上も、咎めるべきは私と存じます」

光國は深々と息をついた。石出に感心させられたのだ。

囚人の解放だけでなく、二万人余の焼死の責任ありとなれば、武士とて極刑である。幕閣がそう判断するかは不明だが、当人の石出はとっくに覚悟した様子だ。跡継ぎの届け出といった死ぬ準備は、すでに万端整えている、という態度だった。

「さては、草譯組の惣頭に、直談判しに行く気か？」

「はい。石川播磨守様への狼藉など働かず、この私を咎めよ、と言うつもりです」

「石川播磨守？　なぜその名が出る？」

「それは……先日の歌会で、播磨守様の弟君である、石川〝東市正〟総氏様から、内密に教えられた件があるからです」

「草譯組の前身である鶺鴒組が、なぜか石川播磨守の屋敷に放火した件か？」

「おお……ご存じでしたか」

「石川東市正は、他に何と申していた？」

「お互い、浪人どもに迷惑しておるな、と。いざとならば、ともに狼藉者を成敗しようと仰るので、我が一身にて始末をつけたく……」

「待て。石川東市正は、草譯組に報復される、と考えておるのか？」

「父祖が、浪人と因縁を持っているとかで」

「浪人……。ははあ、そうか。そういうことであったか」

「そう、とは……？」

「東市正と話をせねばならん。後できっと話すゆえ、動かんでくれ。お主のような男に迂闊に死なれては、江戸の損失だ」

　呆気にとられる石出をよそに、光國はまたしても急いで席を立った。

　牢屋敷を出て、駆けるように進む光國に、供たちと了助が急いで従った。向かったのは、東市正こと石川総氏の屋敷である。

　当然、夜の来訪は好まれない。追い返されても文句は言えないが、

「水戸徳川子龍と申す。夜遊びの行きがけに、東市正にご面談仰ぎたい」

光國が堂々と告げ、門番をぎょっとさせてやった。

こんな言葉を、額面どおり受け取る武士はいない。門番は火急の用と解釈し、慌ててあるじに確認し、邸内に入れてくれた。

部屋に通されると、東市正が座って待っていた。

急いで着衣を整えたはずだが、乱れたところは少しもない。さすが将軍様お付きの旗本と思わせる、端然とした様子である。

「不躾な来訪、幾重にも詫びよう」

光國が、相手に膝を立たせる間を与えず、向かい合って座り、頭を深く下げた。

「いえ。水戸家の御曹司様をお迎えできるのですから、大変嬉しく思います」

東市正は、大迷惑なはずだが、そんな顔はちらりとも見せない。

歳は、光國より二つ上の三十二歳。亡き父・忠総から三千石を継いだ旗本で、若くして将軍家綱の小姓のお役を与えられ、将軍加冠の儀にも供奉した人物である。兄の一万石に比べれば低い石高だが、旗本の九割が五百石を下り、石出家などは家禄三百俵に過ぎぬことを考えれば、立派な大身だ。

「手短に済ませる。草譯組の緋威という老武者と、貴殿ら石川家との因縁を知りたい」

東市正は、意外な問いに虚を突かれた思いだろうが、しっかりと落ち着いている。後ろめたいことなど一つもない、と身をもって示そうとしているのだ。

「緋威とやらが、真実、当家と確執あるかは、会ってみねばわかりません。ただ、我が父祖が、他家の改易に関わったことが、因縁ではないかと推測していたまでです」

「やはり、それか。加藤家であったな」

「はい。かの加藤清正公のご子息、忠広殿の改易の一件に携わり、恩賞を得たのが我ら石川家であると亡き父から聞きました」

加藤清正は、豊臣秀吉の直臣であり、〝賤ヶ岳の七本槍〟の一人と称えられる、武士であれば誰もが知る武将だ。秀吉没後は、関ヶ原の戦いで家康に味方した。その功労により戦後、肥後一国に加え、豊後国に領地を得て、熊本藩主となった。武功の輝かしさから武断派と思われがちだが、天下平定と文治への転向、そしてまた豊臣・徳川の和解に尽力したという。

死後、三男の忠広が継いだが、約二十年後に突然、改易された。理由は定かでなく、ときの将軍家光と、その弟の忠長との確執に巻き込まれた、とも言われている。

新たに熊本藩主となった細川忠利は、清正の霊魂を称えて入城したが、子の忠広に栄誉はなかった。現在の山形県である出羽国の庄内藩のお預けとなり、僅かな家臣と過ごし、四年ほど前、五十三歳で静かに世を去った。

「加藤家の遺臣が、今になって現れたと考えているのか？」

「はい。当家に遺恨を持つ者は他にいません。思うに、守るべき主家が失われ、老いて浪人となり、一矢報いる他に何も願うことがなくなったのでは、と」

「主家なき者か……。忠広殿の子は、確か、改易のあと亡くなったとか」

「はい。病死とされておりますが、当時は、自刃したとの噂もあったと……。そう語ってくれた父も、とうに世におりませんので……」

「わかった。話してくれたことに感謝する」

「用件はこれで終わりと？」

東市正が、そんなはずはなかろう、という態度で訊いた。膝を立てかけていた光國が、座り直して相手を見つめた。

「どうやら御曹司様も緋威とやらに因縁がおありの様子。私もご協力したく思います」

「どのように？」

「私が、緋威に面談を申し込みます」

「なんと？」

「石川家に怨みを持つなら拒まぬでしょう。また我が家とて、祖父の代でひとたび改易されているのです。その後、父が大坂の陣で辛くも武功を挙げましたがね。当家とて、武士の苦衷と無縁ではありません。それを緋威とやらに伝えたいと思うのです」

七

「どこまで芋づるを引く気なんですか」

中山が呆れ果てた様子で言った。関係者を増やしすぎだというのである。

引き込んで使うのは又八だけでいいのに、水野十郎左衛門、石出〝帯刀〟吉深、石川〝東市正〟総氏と、次々に人を増やしてどうするのか。外部に情報が漏れやすくなる上、旗本ばかりときては命令もできない。水野は奴どもの首領。石出は牢屋奉行。東市正は将軍小姓。どう統率しろというのか。これでは事態を混乱させるばかりだ――

「もうよせ、わかった」

くどくど説教する中山を、光國が手を振って遮った。

長屋ではなく駒込の水戸藩中屋敷にいた。わざわざ中山が訪れての面会である。拾人衆の前で、目付の光國に配下の中山が小言を言うべきではないからだ。幕府が奨励する上下の別に差し障りが出る。光國はともかく、中山はそうしたことに厳格だ。

「勘解由よ。貴様とて三千石の大身旗本、徒頭の身だ。水野はともかく石出も東市正も従おう。水野は大小神祇組、石出は家臣団と同心、東市正は家臣団、みな総出でことに当たる。大した手勢ではないか」

「市中で合戦でもする気ですか？　そんなことをすれば全員の首がとびますよ」

「わかっておるが、以前は手勢が足らず、極楽組にしてやられたことも事実だ」

「あくまで東市正を使うと？」

「浅草一帯は調べ尽くした。若菜は肝心なことを又八にも話さぬ。おそらく緋威は浅草にはおらぬのだ。となれば江戸中を探さねばならず、その間に大目付が出てくれば、一件は我らの与り知れぬところとなり、貴様や拾人衆の働きも水泡に帰しかねん」

「それは……、その通りですが……。しかし東市正も、無鉄砲な……」

「肝も肚も据わった男だ。日々、上様を狙う曲者があらば、ただちに身代わりとなって死ぬ覚悟を決しておるのだろう。石出も死を覚悟する点では同じだ。放っておけば二人が草譯組を誅滅し、その後で腹を切りかねん。我らの面目など塵芥も同然だぞ」

中山が、どこへ顔を向けていいかわからぬ様子で首を振り、溜息をついた。

「それで、どうする気なのです？」

「石出が若菜と会う約束を取りつけておる。そこに東市正を行かせる。石出を遣わしたのは、実は東市正だということにしてな。若菜が現れぬとしても、賭場を巡って上客を誘うことはわかっておる。どこぞの賭場で、東市正が上客ぶりを見せつけ、若菜を釣ってもよい。その上で、石川家の者と自ら告げる」

「いずれも、あからさまです。罠と見抜かれますよ」

「緋威がまことに老い先短い加藤家の遺臣であれば、罠こそ好機と見る。怨みを持つ者にとって最も辛いのは、怨む相手から無視されることだ。石川家のほうから動いたとなれば、緋威にとって拒めぬ誘惑となる。もし緋威が石川家と縁もゆかりもなければ、東市正は上客として振る舞えばよい。どうだ?」

「子龍様の悪知恵ときたら……、悪党として跋扈せずにいらっしゃることを神仏に感謝せねばなりませんね」

「否か応かを訊いておる」

中山が溜息ではなく、ふーっと気息を整えた。そのひと呼吸で、うっすら微笑んだ覚悟の顔となっている。こちらもこちらで、後年、幕府から火付改加役（のちの火付盗賊改）を命じられ、鬼勘解由と呼ばれて盗賊どもを恐懼させることになる男なのだ。

「応」

中山が告げた。それで決まりだった。

ただちに拾人衆、中山の家臣、町奉行所の者たちが、又八と東市正の陰からの護衛の任に就いた。光國も父の家臣を応援に頼んだ。水野ら大小神祇組と石出の両方に、事の次第を話したところ、どちらも進んで協力してくれた。東市正の家臣も、当然あるじを守るべく出動している。

かくしてその夜、お忍び装束で供一人のみを連れた東市正を、立場も出で立ちもばらばらの集団が守ることとなった。その総勢、百名余。旗本奴ども、牢屋同心、町奉行の同心に与力、各家の家臣団が、浅草御門から浅草寺にいたるまでの辻々にたむろした。総員、ことあらばすぐさま一箇所に駆けつけることになっているのだが、おかげで一帯は急に賑わいを増したようになり、

「今夜はお出でになる方々が多いねえ。いつもより稼げそうだよ」

店々の者たちはみな、忙しくしながら嬉しげに顔をほころばせている。

光國と中山は、水野と又八と会った茶屋の二階部屋に詰めた。

今回は、又八の代わりに石出がいた。障子を開け放った隣室に、了助、巳助、亀一、鷹がいる。一階や店の近くには、各々(おのおの)の配下が詰めていた。

「こんな大勢の捕り物、おいら初めてだよ」

巳助が右手をぶらぶらさせた。逃走した極楽組のうち、緋威と目される者の人相書きを何十枚も書いて、召集された侍たちに配ったのだ。版木を彫って摺らせるより、巳助が描くほうがずっと速いのでそうなったのだった。

「又八様も、これだけ守られれば安心ですね」

亀一が、巳助の肩を揉んでやりつつ言った。

「悪党のほうは、絶対(ぜって)ぇ逃げらんないぜ」

鷹が、寝そべったまま気楽に言った。行儀は悪いが、これもお務めのためだという。

脚力をなるべく温存するため、命令があるまで出来るだけ横になっているのだ。

了助も鷹と同感で、四者四様の男たちがこうも協力し合うことが純粋に驚きだった。

隣室では、光國、中山、水野、石出の四人が車座になり、緋威の人相書きを手にしている。白髪白髭だが筋骨逞しい男で、矍鑠そのもの、絵の中で目が爛々と輝くようだった。会えばすぐにそれとわかる相貌だ。

その人相書きを見据える四人は、決して仲良くしそうにない者たちだった。

中山や石出は、奴を頼る人間ではない。水野は、牢屋奉行や役人を侮る、旗本奴だ。

光國は、御三家という尊い血筋で、本来、三人と親しくするような身分ではない。

なのに、一丸となっている。不思議だった。了助にわかるのは、四人とも、おのれが何者か確信しているということだ。これが自分だと誇りをもって示せる。だからこそ相手の覚悟を尊重することができる。

彼らを見ているだけで、なぜか熱いものを感じた。あの車座に列するには何者になればいいのか。そんな自分の思考が、了助には意外だった。侍になんかなりたくない。だが、出来ることなら、あの男たちのようになりたい。四人に比肩しうる何かがほしい。

そんな心が急に芽生えていた。

ふいに、階段を素早く上る音が響き、

「勘解由様、かかりました」

配下の者が戸の向こうで告げた。東市正が、まんまと若菜を釣ったのだ。

四人が一斉に立った。

「ゆくぞ」

中山が言った。隣室の拾人衆も急いで立ち、了助は木剣を握りしめ、みなで外へ出た。光國と中山が肩を並べて先頭に立ち、そのあとを水野と石出が並んで進み、拾人衆が付き従った。そこらの店に詰めていた他の者たちも一斉に動き出し、道々にいた侍たちも続々と集まり、東市正たちの行方を知らせてくれた。

「寺町ではなく、この松前に来たか。ここらは、すでに調べ終えており、草譯組の賭場はないはずだ」

光國が呟いた。松前とは、浅草橋から北の通りや一帯のことだ。松平姓の武家の屋敷が多いことから、そう呼ぶのである。

「松前から浅草御門をくぐり、南の日本橋へ出たのでしょう。やはり賭場は浅草ではなかった……」

中山が、言いつつ浅草橋の前まで来て、はたと足を止めた。全員が止まった。大勢の侍が橋の前に集まり、さすがに町の者たちも異変を感じて注視している。

「なぜあやつらが来る？」

光國が、怪訝そうに呟いた。

又八と東市正の供の者が、橋を渡ってこちらへやって来るのだ。その後を、門の向こうに配置していた侍五人が追ってきた。いかなるゆえか、若菜も東市正も姿がない。

「いかがした、又八？　東市正はどこだ？」

光國が訊くや、又八が焦った様子で言った。

「き、消えました」

「なんだと？」

すると東市正の供の者が、顔を真っ青にして説明した。

「本当です。宍若という者が、この先は東市正様だけ連れて行くと言い、私たちを橋の前で止まらせたのです。むろん、すぐに追いました」

「なのに、消えたと申すか？　我らは門の反対側から来たのだぞ。隠れる場所など、どこにもないはずだ」

光國が、そう言いながら辺りを見回した。他の侍たちも同様である。門の両側を見張っていながら見失ったのだ。やがてみな、ある答えに行き当たった。

中山が、門へ鋭く目を向け、こう命じた。

「巳助、櫓を見よ。何か見えぬか？」

中山に呼ばれた巳助が、前へ出て、門へまなこを凝らした。他の者たちには、櫓や城壁の窓口はいずれも黒い穴にしか見えない。ただ巳助の目だけが、その暗がりに潜む者たちをとらえていた。

「櫓からこちらを見る者たちがおります。あっ……あの男が！　人相書きの男がおります！　弓に矢をつがえました！」

「みな、下がれっ！」

中山が怒号を放った。全員が扇状になって後退し、侍の集団を遠巻きに見物していた町の者たちも驚いて後ずさった。びゅっ。突如として空を裂き、それまで中山が立っていた地面に矢が突き刺さった。

「おう、見ろ！　門が！」

水野が指さした。

なんと常時開放の高麗門が、ぎぎーっ、と重々しい音を立てて動き始めたのだった。人々の驚愕の声が上がった。了助は総毛立った。又八が、衝撃を受けたようによろめいた。再び浅草御門が閉じるさまを見るなど、誰も想像だにしなかったことだ。

どーん、と太鼓を鳴らすような音とともに完全に閉じた。門前の人々は上下の別なく、完全に足止めされてしまった。まさに大火の悪夢の、異様な再現だった。

「よもや、見附の中に、東市正様が捕らわれてしまったというのか？」

石出が、刀に手をかけ前に出るのを、光國が慌てて肩をつかんで止めた。

「いかん、下がれ！」

矢がまた猛然と飛来し、地面に突き刺さった。石出が進んでいたら、身のどこかを貫かれていたに違いない。とんでもない弓上手だった。

「下がれ、もっと下がれ！」

光國がわめき、みなを町家のほうへ下がらせたところへ、大音声が浴びせられた。

「我こそは草譯組が惣頭にして、極楽組が一人、緋威！　徳川勢と一戦仕らん！」

浅草見附のどこからか放たれた、朗々たる声に、光國たちが一様に瞠目した。驚愕したのではない。挑発に対し、反射的に血気が沸く思いを味わったのだ。

「巳助！　町家に登って櫓門が閉じているか見よ！　亀一、巳助の声を伝えよ！」

中山の命令で、巳助が了助の肩を借りて、町家の屋根に取りついて登り、右折型の浅草御門に設けられた、反対側の櫓門の様子を見に行った。

「櫓門も閉じているとのこと」

亀一が、巳助の言葉を伝えた。中山が歯を剝いて門を睨みつけた。

「おのれ、門を奪うとは……。番兵は皆殺しか……」

「違うぞ、勘解由よ。あれが根城なのだ」

光國が言い、中山、水野、石出をぎょっとさせた。

「番頭に、弓鉄砲や槍持ちの番兵。犬追い中間や同心連中。二十人以上も人知れず殺せるものか。門番を仰せつかった寄合の旗本を抱き込んでのことに違いない」

そんな馬鹿なという顔の中山のそばで、水野が、ぴしゃりとおのれの額を叩いた。

「賭場は、小番所か櫓の中か！　見附を賭場にするたあ、なんてえ悪事だ！　しかも御門を開くが大義とぬかしながら手前ぇらで閉じやがるたぁ、とんだいかさまだぜ！」

外曲輪の門番は、万石以下の無役の旗本から交代で選ばれる。素行の悪い旗本の子息もいるとはいえ、まさに命知らずの悪事だった。

「敵は籠城の覚悟。東市正様が危険です」

石出が焦慮もあらわに言った。光國はうなずいた。そんなことはわかっている。肚が凍りついたように冷え冷えとし、そのくせ吐く息が激しく熱を帯びていた。

「石出よ。切り放ちを決したときのお主の心境は、このようなものであったろうな」

「子龍様？」

「一か八かだ。天運が決するに任す」

光國は一歩前に出て、みなを振り返り、轟然と吼えた。

「これより合戦を致す！」

百名余の侍が、その一瞬で揃って顔つきを変えていた。呆気にとられたままの又八、了助、鷹、亀一をよそに、光國が続けて叫んだ。

「一切の責任はわしにある！　よいかっ！」

「応ーっ！」

身なりも立場もばらばらの侍どもが、ものすごい声で叫び返した。

「あの橋を渡り、門を打ち破る！　盾となる俵、畳、樽、板を、近隣の町家より買い取り、集めよ！　門内に入りては果敢に攻め討ち、降らぬ者に容赦は無用！　ただし火は放つな！　やつらにも火を放たせるな！　よいな！」

「応ーっ！」

「ただちにかかれえっ！」

侍たちが散った。町家や店の戸を叩き、これとみなしたものを銭で買い上げてゆく。中には、賊が御門に立てこもったと知り、率先して家具を提供する町人もいた。

「お前たちは決して加わるな！」

中山が拾人衆と又八に命じたが、

「わしにもやらせて下さい」

又八が、ずいと迫った。

「ならぬ！　これは武士の務めだ！」

「わしは、あの門を開いたことがあるのです。お忘れですか」

中山が又八を見つめ、ややあってうなずいた。

「門を開くまでだ。それ以上は何もするな」

「ありがとうございます」

その間にも、橋のたもとに、俵、畳、樽などが積まれ、矢と弾丸を防ぐ仕寄(しより)が作られた。机に古畳を縄でくくりつけたもの、雨戸を重ねたものなどを、即席の盾として構えるのだ。これらの盾の背後に、梯子や丸太を抱え、槍を担ぐ者たちが、光國の差配で整列した。全員ではなく、一部を別働隊として放っている。こちらは西隣の新シ橋(あたらしばし)側から川を渡り、櫓門のほうへ向かうよう命じられていた。

了助たちは、町人とともに、突如として戦支度(いくさじたく)をする侍たちを見守るばかりだ。彼らは今や一個の軍団だった。囚われの東市正の存在と、一戦仕らんと叫んだ敵が、彼らを立場を超えた一つの生き物にしていた。むろん合戦など誰も経験がない。だが何をすればいいかは十分に学んでいた。

了助は、加われる場所はないかと探している自分に気づいた。そうしなければいけない理由も探した。だが、どちらも存在しなかった。

「かかれぇーっ！」

光國も盾を掲げ、陣中で号令を発した。

するすると盾を構えた者たちが歩を進めた。びゅっ。矢が飛び、盾に突き刺さった。空を切る音が響いた。射手は五、六人もいると見え、矢が間断なく降り注いだ。それを盾に受け、あるいは仕寄をぐいぐいと前方に押し出して防ぎ、門へ近づいていく。

だーん。突然、櫓から銃声が轟(とどろ)いた。銃弾を盾で受けた者がよろめき、隊列が止まった。

「怯むなっ！　かかれ！　かかれ！」

光國の叫びとともに、前進が再開された。

橋の半ばを過ぎると、攻撃が真上から来るようになった。盾を頭上に掲げた者たちの間を、丸太や梯子を数人がかりで抱えた者たちが、喊声を上げて進撃した。

又八は丸太を一方の手で抱え、他方の手で軽々と盾を掲げている。

どーん。また太鼓を叩くような音がした。

門を閉じる音ではない。丸太を叩きつけて押し破ろうとする音だ。

梯子が門へかけられた。盾を掲げて何とか梯子を登ろうとする者へ、至近距離から矢と銃弾が浴びせられた。まさに合戦だった。負傷して倒れる者が続出した。これが光國と中山の手勢だけであれば手も足も出なかっただろう。攻城には守備側の三倍の戦力を要するという。だが手勢は十分だった。人数だけで軽く敵の五倍はいた。

間もなく櫓門側へ、別働隊が攻めかかった。守備側は二手に分かれざるを得ず、おかげで高麗門側へ放たれる矢や弾丸が半減した。

どーん。門を破ろうとする音が、繰り返し響いた。どーん。

そして、又八の言葉にならぬ叫びとともに、門の内側で閂がへし折れ、高麗門が弾けるように開かれた。どっと侍たちが門内へ殺到してゆく。吶喊の声が門内へ吸い込まれるようだった。城壁に遮られて、了助たちがいるほうへ声が届きにくくなるのだ。光國も、中山も、水野も、石出も、門内へ消えた。橋が静かになり、矢も弾丸も降らなくなった。壊れた盾、丸太や梯子が放置された橋に、又八だけが息を荒げ、肩を激しく上下させて立っていた。

了助には、遠くに見えるその又八の背が、奇しくもこの橋にまつわる嫌な記憶を、払拭(ふっしょく)できたと言っている気がした。羨ましかった。自分も何かしたくてたまらなかった。

又八がきびすを返し、橋を渡ってこちらへ戻ってきた。

そのとき、開かれた門から、わっ、と声がわいた。

それまで攻め手が上げていた果敢な声ではない。狼狽(ろうばい)の声だ。

攻め手の一部が、門内から退きながら現れた。刀を構えた、光國、中山、水野が後ろ向きに戻ってくる中を、石出が、東市正に肩を貸しながら現れ、橋を渡ってくる。

東市正は手で胸の辺りを押さえているが、血を流しているようには見えなかった。何かで突き飛ばされるかしたのだろう。

そこへ、開かれた門から、凄まじい何かが飛び出した。

真っ赤な具足(ぐそく)姿の、緋威だ。面頰(めんぼお)で顔を覆ってはいるが、白髪と白髭、そしてその眼光が、人相書きの男であることを告げていた。手に持つのは、穂先とは別の、上へ湾曲した刃を一本だけ横につけた、奇妙な槍だった。

「いええやあーっ！」

緋威が雄叫びを上げ、東市正を助ける石出が、ぎくりとなって橋の半ばで振り返った。橋のたもとにいる又八や了助ですら、そのたった一声で、身が痺れて棒立ちとなった。光國たちが放つ気合いの声を圧倒する気勢を放つ緋威が、尋常ならざる膂力と果敢な槍さばきで、侍たちをなぎ倒しながら歩を進めていった。棒で葦を払うようだった。何人もの侍が、吹っ飛ばされて川に落ちていった。

光國と中山が、転がるようにして槍をかわした。水野が、槍の石突きを食らい、もんどり打って倒れた。

ずん、ずん、と緋威が跳ねるように橋に足をかけ、間断なく槍を振るった。誰も止められなかった。固まっていた石出が、慌てて肩を貸す東市正とともに歩みを再開した。だが緋威のほうが格段に速く、みるみる石出と東市正の背へ迫った。

又八が、だっと走った。

反射的に、了助もそうしていた。

「おい！　馬鹿、行くな！」

背後で鷹が叫んだが、了助には聞こえていない。

又八が、石出と東市正の横を走り抜けた。そのまま迫り来る緋威の前に立ち塞がり、両手を肩の高さに上げた。相撲の中段の手合いである。

緋威が喊声とともに、槍を猛烈な勢いで振り下ろした。

又八が臆せず前へ出て、槍の柄を右肩で受けた。常人なら叩き伏せられているところだが、又八は耐えた。肩に下ろされた槍の柄に両腕を回し、封じ込んだ。かつて了助の木剣を、脇腹で受けたときと同じように、槍を奪おうとしたのだ。

だが出来なかった。いきなり又八の巨体が宙に浮いた。

緋威が又八ごと槍を振り上げたのだ。誰にとっても信じがたい光景だった。次の瞬間、又八の巨体が振り払われ、弧を描いて川へ落ちた。

ぶん。槍を唸らせ、緋威が駆けた。東市正の背のほかは何も見ていないようだった。

だがその眼前に、了助が飛び込んだ。

両手で木剣を肩に担ぐようにし、片方の足を出して身をひねる、いつもの構えだ。

「いええああ！」

緋威が咆哮を上げ、了助へ先ほどと同じく槍を振り下ろした。

「キイイイヤアアアー！」

了助の口から叫声が迸り、木剣を振り抜いた。

がーん。寺の鐘を撞くような鈍く耳に残る音とともに、槍が打ち払われた。

緋威が目をみはり、初めて歩を止めた。木剣が内に秘めた刀の重さに、意表を衝かれたのだろう。

了助はさらに踏み込んで相手を打とうとしたが、できなかった。打ち払った際の衝撃があまりに凄くて、両手が痺れて上手く木剣を握れなくなっていた。

殺されるよ。いつか聞いたお鳩の声がよみがえった。本当にそうだ。でも勝手に体が動いてしまった。どうしても、おのれの地獄を払いたくて木剣を振るってしまった。

了助のすぐ横から、誰かが走り出た。

石出だった。橋を渡って東市正を地面に座らせると、すぐさま刀を抜き、緋威へ向かって行ったのだ。

緋威が、槍を振り上げ、石出をなぎ払おうとした。

そこへ、駆け寄せた光國が、肩から緋威の背へ激突した。

緋威がぐらつき、槍が空を切った。中山と水野が駆けてきて、がら空きの緋威の胴へ、刀尖（とうせん）を突き込んだ。

石出も加わった。光國もそうした。続いて何人もの侍が、緋威の体に刀を突き込んだ。具足の隙間を上手く突いたものもあれば、弾き返されるものもあった。

片膝をついた了助の目前で、緋威の体を、前後左右からおびただしい数の白刃が貫いていった。血飛沫（しぶき）が飛び散り、呆然とする了助の頬にもかかった。悪妄駆者（あもくもの）の血だった。ひどく熱かった。

――地獄だ。

四方から刃に貫かれた緋威の姿は、まさに剣樹（けんじゅ）地獄に落とされた罪人だった。

体中に刃を生やしながら、緋威が、一歩進んだ。みな、緋威がまだ立って動くことに愕然とし、突き込んだ太刀を手放して脇差しを抜いている。

緋威が、槍を持たぬほうの手で、面頰を外した。血みどろの顔が現れ、微笑んだ。

「おう。ようやく、天命が尽きたわ」

橋の向こうの東市正へ、無邪気とさえ言える様子で声をかけた。

「我が主君は立派であった。まこと立派ゆえ、主君に代わり、少々の悪事を働いた次第。それも、これにて落着。こののちは、極楽組の捲土重来（けんどちょうらい）に任す」

一方的に言うや、槍をたぐり、穂先をおのれの喉に向け、どっと突いた。

穂先が緋威の首の後ろから突き出ていた。さんざん刃で貫かれながら、最後はおのれ自身でとどめを刺してのけたのだ。

その槍がつっかえとなり、前のめりに撓（たお）れる緋威の体が、立ったままとなった。自ら貫いた喉からわき水のように血が流れ落ち、その足もとを血の池にした。誰も咄嗟にその屍（しかばね）に触れることができずにいた。

川に落ちた者たちが、手助けされながら這い上がってきた。又八も、ぐっしょり濡れた姿で戻り、緋威の屍を囲む人々を見た。

「むざむざ死なせるしかなかったとは……、本名すら聞き出せなんだ」

光國が悔しげに脇差しを納めると、緋威に歩み寄って肩をつかみ、その首から槍を引き抜いた。緋威の屍が、どっと横倒れになった。みなが脇差しをしまい、虚脱したような顔で、屍から太刀を引き抜いていった。

光國もおのれの太刀を取り戻し、血に濡れた、二つの刃を持つ槍の穂先を見つめた。

「この槍を何と思う？」

中山に尋ねたが、怪訝な顔を返されただけだった。

「敵ながら見事な戦ぶりであった」

光國は、ただそれだけを言った。

八

「まさに、加藤清正公の片鎌槍だ。以前、兄の邸で見せてもらったことがある」

父・頼房が、駒込の中屋敷の一室で、手にした槍をしげしげと眺めて言った。

光國は、「やはり」と呟いた。加藤清正の娘である八十姫の、輿入れ道具ともなった槍だ。輿入れ先は、紀州徳川頼宣である。中山たちが居る場で、光國がそのことを口にしなかったのは、正雪絵図と同様、謀叛人と紀州家を結びつけかねない品だからだ。

「大火の際、盗み出したのであろう。紀伊家が、これを浪人に譲るはずがない」

頼房が槍を置き、じろりと光國を見た。

「石出帯刀と東市正が、届け出をした。市中にて合戦を致す、と吼えたそうだな?」

「咎めを受ける覚悟はできております」

光國はぐっと肚に気を込めた。てっきり、ぶん殴られるかと思ったが、頼房はぷいとよそを向き、こう告げた。

「賊が御門に押し入り、通りかかった貴様らが成敗(せいばい)した。幸い、賭場は開かれておらず、客もなく、貴様らの側に傷を負うた者はおれども死者は出なんだ。それゆえ、たやすく話がついた。東市正が当て身を食うただけで済んだのも幸いであった」

見附を草鞋組の賭場とすることに加担した旗本の子息とその近親者は、「賊の侵入を許した」ことでのみ、厳しく裁かれる、と頼房は言った。賭場の存在は、幕閣の強い意向で秘されたのだ。その点、緋威が東市正を迎え入れるため、賭場に客を入れなかったことは幸運だった。裕福な商人や武士が、もし巻き添えになって死んでいたら、さすがに、なぜ見附などで殺されたのか、と疑問に思う者が、後を絶たなかったろう。

「くれぐれも、御門が賭場であったなどと噂が出ぬようにせよ。今は、決して、あの一帯で不始末があってはならん」

「それは……どういう次第ですか?」

「曲輪の内側にて、大川(隅田川)に、橋を架ける。幕閣の決定だ」

後世、両国橋と呼ばれることになる橋だ。光國は、驚くあまり大口を開けてしまった。そんな場所に橋を架けては、御城の守りを捨てるに等しい。

「ずいぶんと思い切ったことを……」

「無辜の民が多数死んだゆえ、な」

浅草御門が閉じたゆえの悲劇が、幕閣にそのような決定を促したというのだ。民衆に避難経路を用意するため、橋を架ける。城の防備よりも民衆の生活と、そのための江戸の拡張を優先する。江戸がまた一つ、新たな時代を迎えた瞬間だった。

「江戸が変わりますな」

頼房がうなずいた。

「そうした折、遺恨を持ち出す者は百害あるのみ。新たな悪事が生まれぬようにせよ」

「はい。極楽組の残り四人が逃げおおせたのも、浅草御門が敵の手中にあったがゆえ。逆に言えば、連中がどの街道を通って逃げたかが明らかになりました。今度こそ一網打尽に致します」

「市中にいる浪人どもの監視も怠るなよ」

「万事、お任せを」

そもそも全て任せると言ったではないか。そう返したかった。だが刹那、ものすごい衝撃が来た。

頼房が、いきなり光國の頬をぶん殴ったのだ。

完全に油断していた。光國は真後ろに吹っ飛び、障子を破り倒した。家人が驚いて飛んで来たが、仁王立ちで憤気を発する頼房を恐れ、部屋に入ることもできなかった。

「合戦などと二度とほざくな。それと、貴様が気にかけていた石出帯刀の件だが、首尾良くお咎めなし、と落着した」

言うだけ言い、くるりと背を向けて退室した。

光國は何か言ってやろうとしたが、声も出ない。ばったり手足を投げ出して天井を見つめ、城門に突進したときのことを思い出した。おれの初陣だ。そんな風に思った。武士が合戦を失った今の世で、そんな経験ができる者などいない。父とて、そうなのだ。

——羨ましいんだ。

自分を殴りつけた父の内心を察し、声に出して笑う光國を、家人たちが心配そうに見守っていた。

九

罔両子が、僧たちとともに、土を盛って石を乗せただけの墓の前で、読経していた。

緋威の遺体を東海寺に運び、念入りに検分してのち、無縁仏として弔ったのだ。僧たちの後ろでは、見附攻めの場にいた了助、巳助、亀一、鷹に加え、今回は働きどころを与えられなかったお鳩が、手を合わせて拝んでいる。

なお、門内には、突入した侍に斬られて死んだ不逞浪人が他に十人ほどもいたが、又八と水野たちが率先して近隣の寺に遺体を運び、後から役人が来て検分した。了助が驚いたのは、又八と水野たちが揃って、弔い金を寺に払ったことだ。又八はともかく、水野までもが、殺した相手を律儀に葬るとは思っておらず、それまで旗本奴に抱いていたものが揺らぐようで、了助を落ち着かない気分にさせたものだ。

やがて、罔両子と僧たちが読経を終え、無縁仏となった緋威の墓の前から立ち去った。巳助、亀一、鷹も、そうした。何となく居残る了助の隣で、

「あんた、毎日、賭場に行ってたんでしょ？　博奕なんか覚えなかったでしょうね？」

お鳩が、くどくど訊いた。

「むつかしくて、あんまり覚えらんなかった」

「それでいいの。本当にお侍になれても、博奕なんかで身を持ち崩しちゃ馬鹿よ」

きっぱり言うお鳩に、

「お前の弟、武士になりたかったんだって？」

ついそう尋ねていた。

「あら。誰かに聞いたの？」

お鳩がきょとんとした顔で聞き返した。

「巳助に」

「ふうん。ま、どうせ、あの子には無理だったわよ。そんなことより、丈夫に育ってほしかったなあ……」

「おれ、お鳩の弟に似てんのか？」

お鳩がまじまじと了助を見つめた。

「全然違うよ。何言ってんの？」

「おれが、弟の代わりに武士になったら嬉しいか？」

お鳩が、何と言っていいか困ったように、可愛い口を開いたり閉じたりした。

「あんたは、あんたよ」

代わりなんてない。そういう言い方だった。了助は頭をかいた。髪の感触にまだ違和感があった。一本つまんで、ぷつっと引き抜いた。意外な痛みに、うっと呻いた。

「何やってんの？」

「けっこう痛いんだな」

お鳩が呆れた顔をし、かと思うと、にっこりして言った。

「髪があるほうが似合うよ」

了助は肩をすくめた。まだしばらくは、おのれの髪へ戸惑いそうだと逆に思った。

「こちらであったか」

声で振り向くと、石出がいた。了助とお鳩が頭を下げ、石出がうなずき返した。

「おう、お前ぇさんも来たのかい」

水野が続いて現れ、石出へ親しげに声をかけた。

「供え物が置かれた墓石があったので、てっきりそちらかと思いました」

石出が、大きな楠(くすのき)がある方を指さした。

「おれもさ」

水野が言って、石出と並んで墓へ手を合わせた。彼らと入れ違いで、了助はようやくお鳩とともに緋威の墓から離れながら、

「供え物……」

首を巡らせて呟いた。無縁仏の墓石に、わざわざ供えるのが意外だった。

「ああ。水戸の御曹司様ね。寺の人がそう言ってた。誰のお墓か知らないけど」

へえ、と呟いて、了助は楠のほうを眺めた。いったい誰の墓だろう。光國が、わざわざ品川まで来て供養するからには、よほど縁のある人物に違いない。日頃何かと光國にお世話になっている御礼に、その墓を掃除していいか訊こう、と考える了助の視線の先で、楠の葉がざわざわと風に揺れた。

浅草の見附攻めから数日後に、幕閣は、石出に対する最終的な沙汰を下した。

石出に、咎めはなかった。切り放ちののち戻った囚人たち全員、石出が約束した通りの減刑となった。大火における石出の処置は、以後、幕府が公認するところとなり、慣例として受け継がれていった。そうしてはるか後世、関東大震災や、また太平洋戦争においても、過去の倣(なら)いとして、囚人の切り放ちが行われることとなった。

不動智

一

その日、光國は、予期せぬ場所で、かつての因縁と出くわした。

そして、こうなったからには、逃げも隠れもせぬ、と瞬時に覚悟を決めた。

場所は、本郷丸山である。小高い台地を境内とする、徳栄山本妙寺に、用があった。

徳栄とは、徳川家が栄えますように、という祈願からきている。

江戸開幕の前、徳川家の一部の家臣が、三州（愛知県）にある法華宗の海雲山長福寺に帰依し、家康の移封に従って、駿府および江戸に寺の建立を請願したのが、本妙寺の由縁だという。当初は、清水御門の内にあったが、城市の拡大とともに、飯田町、牛込、小石川と移転を繰り返したが、寛永十三年に、出火で全焼した。

再建地として本郷丸山を与えられ、六千坪の土地に、本堂、山門、講堂、庫裏、食堂、浴室、東司、塔など、七堂伽藍を備えた寺院として復興を果たしたのだが、その本堂も伽藍も、正月十八日から十九日未明にかけての大火で、再び灰燼に帰した。

しかも、またもやの出火だった。

その後、新鷹匠町、麴町でも火が起こって大災害となった。その全ての始まりが、この本妙寺であることは、公然の事実として江戸中に広まっている。

二日にわたる数度の大火をひとまとめにし、「振袖火事」などと呼ばれるようになりつつあり、光國も、ほうぼうで話を耳にしたものだ。

なんでも、着た娘の命を次々に奪う、不吉な振袖があって、本妙寺の住職である静世院日暁に、相談が持ち込まれたという。

日暁は、振袖を焼いて供養することにし、誦経とともに護摩の火へ投げ入れた。

そこへ、突如として強烈な北風が吹き、振袖が舞い上がって人が佇立した姿をとりながらお堂の屋根に乗るや、たちまち軒先を燃え上がらせた。さらに風が、湯島と駿河台へ飛び火させ、ついには江戸の町を焼き尽くす大火となった――

「眉唾もいいところだ」

初めてその話を家人から聞いたとき、光國は苦々しい気分でそう呟いていた。

だいたい、湯島も駿河台も、火元ではない。

百歩譲って、振袖供養が実際に行われたとしても、それが原因で出火したという記録は皆無だ。寺社奉行である松平〝出雲守〟勝隆も、「振袖火事」は迷信であり真に受けないように、と寺社関係者に通告したと聞く。

それほど急速に噂が広まった、とも言えた。それがもし意図的に流されたものであるなら、目的は二つに絞られる。一つは本妙寺を貶めるため。一つは本妙寺が火元だと民衆に信じさせるためだ。

確かに「徳栄」の山号を持つ寺から火が広がるなど皮肉極まりなく、汚名は免れないだろう。さりとて、いくら噂が広まろうと、本妙寺に処罰が下されるということはなかった。幕閣は本妙寺の復興を支援しているし、火元だったからといって郊外へ移転させるような処置も取っていない。あくまで防火の観点から、寺社や門前町の移転を命じているに過ぎず、幕閣が火災を理由に寺社を罰するといった動きは皆無だ。

ならば噂の目的は、本妙寺が火元であると周知させることにある。

事実、光國もそうだと信じ込んでいた。紀伊藩附家老の安藤帯刀の口から、あの言葉が出るまでは。

(火元は本妙寺の隣にある、老中・阿部豊後守様の親戚筋の者の屋敷なのです)

そのことを世間に知られてはまずいので、幕閣が隠蔽を決めた。

そう、安藤帯刀は告げた。理屈はわかる。だが御三家にも秘すとは尋常ではなかった。老中と御三家との間には、それほどの確執があるというのだろうか。父と話しても、容易にそうとは断定できなかった。

困惑させられるのは、極楽組という賊がばらまく正雪絵図もまた、本妙寺を火元としている点だ。

老中の阿部忠秋が、実は賊を使って汚名を避けていた、という疑いもわく。だが、極楽組は、火を逃走に用い、かつその手法を世に広めんとする、まったく新種の強盗だ。火元を隠蔽したいのに、放火を流行させるなど、理屈が通らない。

（老中どもを信用してはなりませぬ）

安藤帯刀の警戒も、それこそ尋常ではなかった。

もし、老中の狙いが紀伊家、ひいては御三家を幕府中枢から追放することであれば、理屈が通る。嘆かわしいことだが、自然と思考がそこへゆきつくのである。

先の由井正雪の騒動で、紀伊家が関与を疑われたことは記憶に新しい。幕閣の追及は厳格をきわめた。それでも紀伊家が無事だったのは、ひとえに藩主の剛胆さゆえだ。光國の伯父であり紀伊藩主の徳川頼宣は、謀叛の証拠として示された書状を偽書と断じ、

「めでたきかな。外様大名の偽書ならばともかく、我が名を使うならば天下は安泰」

と豪語した人物である。外様大名なら謀叛の可能性はあるが、将軍の身内たる自分が謀叛を企むものか、と言い放ったのだ。胆力一つで嫌疑を吹き払ったのである。

このとき、紀伊家への嫌疑を主張したのは、松平〝伊豆守〟信綱と、その配下たる大目付の中根〝壱岐守〟正盛だったという。

他の二人の老中のうち、阿部〝豊後守〟忠秋は、そもそも浪人に同情的で、紀伊家追及にも消極的だったと光國は父から聞いていた。

れていたらしい。

残る老中の、酒井〝雅楽頭〟忠清のほうは、信綱の理路整然とした主張に納得させら

そもそも紀伊家追及の目的は、政策風土の転換だ。尾張家当主・徳川義直亡きあと、武断派の筆頭となった頼宣を幕閣から追放したい。新しい政治のため、旧態依然とした御三家の力を殺ぎたい。それが老中の、特に信綱の本音であることは明らかだ。

そのため、ここでまた紀伊藩に濡れ衣を着せる。江戸城の天守閣すら焼亡させた大火の咎など、もはや謀叛そのものだ。安藤帯刀が最も懸念していることはそれだろう。

そうした思惑があるとして、忠秋の立場が問題だった。拾人衆の管理を司ると同時に賊を操るような恐るべき策士とは、どうにも思えないのである。

拾人衆への気遣いに偽りは見られず、いつぞや亥太郎が惨殺されたときの忠秋の嘆きは本物だった。火元の隠蔽のためだけに、放火を急増させ、たとえ結果的に拾人衆が凶悪な火つけ強盗の犠牲となることも厭わない、という思考は、まるで忠秋らしくない。

だがもしその忠秋が、他の老中から強要されているとしたらどうか。それならしっくりくる。大火の火元という事実を隠蔽してやった上で、協力せねば追及すると信綱に脅されているなら、忠秋が信綱の情報網の一端を担ったとしても不思議はない。

(そもそも、本当に火元は豊後守の屋敷か?)

とにかく、その点をはっきりさせる必要があった。

本妙寺が「振袖火事」の噂に、まったく反論をしないのも気になる。あえて本妙寺が、火元の咎を引き受けたような印象もあった。

事の次第をはっきりさせるため、まず父の許しを得て、水戸家の家臣を使い、正雪絵図と現実の町割りを比べさせ、光國自身、立ち合ってその目で見て回った。

実際に訪れてみると、火元とされる下屋敷は、正確には忠秋のものではなかった。

今年二十三歳になる、阿部定高、すなわち本家である岩槻藩阿部家の嫡子が、家督を継ぎ、拝領した屋敷である。父親の重次は、老中を務めた大人物だが、前将軍家光の薨去の際、追腹を切って殉死している。

試しに身分を隠し、道を尋ねるふりをして辻番に話を聞くと、岩槻藩の下屋敷の復旧と管理を実際に担ったのは、忠秋だと判明した。

代々、備中守や対馬守、あるいは伊予守の官位を賜る阿部岩槻家に対し、忠秋は分家の阿部忍家である。本家を守るため、忠秋が定高の火元の咎をかぶり、下屋敷の復旧にも努めている、と考えると十分に納得できる。

試しに「振袖火事」のことを話題にすると、辻番はすっかり信じているらしく、

「どえらい祟りだ……くわばら、くわばら」

真顔で、厄除けの言葉を唱えたものだ。

こうして、次に訪れるべきは、本妙寺だった。

住職と相対し、「振袖火事」の真相を探り出すのである。こちらは身分を隠さず、法華宗に興味があるので話を聞きたいと打診し、快諾を得た。水戸家の上屋敷は、寛永寺、伝通院、湯島天神と、寺社に囲まれているのに、藩主の頼房は寺社嫌いで有名だ。その息子の光國が寺に興味を持てば、菩提寺に選ばれることも夢ではない。住職の日暁からの返事は、いつでもいいからぜひ来てほしい、というものであった。

光國は、すぐに僅かな供を連れ、本妙寺へ向かった。

建てられたばかりの真新しい山門をくぐると、境内には木槌の音がさんざめいていた。市中に満ちるものと同じ、復興の音である。客殿や庫裏は再建済みで、本堂がよみがえるには数年かかるだろうが、

（全て焼かれたにしては、立ち直りが速い）

普請料を賄うため、本妙寺で勧進の祭礼が、盛大に行われたとも聞かない。有力者が資金を提供しているのは明らかだ。

光國は供を待たせ、単身、客殿に向かい、たまたま玄関先にいた坊主に声をかけた。

「それがしは、水戸徳川の子龍と申す者。住職にお目通り願いたい」

坊主が弾かれたように振り返り、光國の顔を見て、その場に凍りついた。

あまりの反応に、光國も意表を衝かれ、まじまじと相手を見返した。

覚えのある顔だった。だが品川の東海寺以外で、坊主に知り合いなどいない。川底の

泥を手でかくように記憶を掘り返し、ふいに確信がわき、ぞっと総毛立った。

「……新馬」

光國の口から、ぽろりと名がこぼれ出た。頭のどこかで年月を数え、実に十年ぶりであることに呆然となった。

「……谷公」

坊主が呆然となって呼び返した。途端に、光國の脳裏に他の名と顔が浮かんだ。

(鶴市、天傘――これが……これが因縁というもの、因果応報というものか……)

立ちすくむ光國の頭上を、さあっと音を立てて霧雨が覆っていった。

二

了助は、そんな因縁があることすら忘れていた。だが相手はそうではなかった。

その日、了助は、朝から日本橋の辺りを行き来していた。傘運びの仕事のためである。

それが、このたび拾人衆として了助に割り振られた役目だった。

紐で束ねた何張もの傘を天秤棒で担ぎ、ひたすら往来する。体の前には新しい傘が、背には破れた傘があった。首や腰に簑笠をいくつも吊し、合羽も一着あった。

傘屋から預かった新品を、町々のお得意様へ届け、同時に破れた傘を回収する。道行く者が簑笠を欲しがれば、その場で売る。簑笠ではなく傘をくれという者はいない。傘は高級品なのだ。のちに紙張りの安価な番傘が造られるようになるが、それとて庶民には中古品を買うのがせいぜいで、最も一般的な雨具は、笠屋が売る簑笠に合羽だ。

了助が働く傘屋は、小網町にあり、寝泊まりもそこでしていた。

その傘屋は諜報のための「寺」の一つで、いるのは阿部忠秋の配下の者たちか、拾人衆の子どもだ。みな、ご公儀のためという以前に、傘屋が気に入っている様子だった。傘屋は高級な仕事なのである。芳町に多い傘張り浪人なども、みなどこか鼻を高くしている。同じくらい高級なのが履物屋だ。雨が降れば、普通、草履や下駄は脱いで懐に入れる。それだけ貴重なのだ。

その傘屋と履物屋が多くあることから、日本橋の小網町から小舟町にかけては、照降町などと呼ばれてもいる。雨が降れば傘屋が喜び、晴れれば履物屋が喜ぶからである。

了助は別段、傘屋に誇りを覚えず、雨が降れば笑顔になることもなかったが、真面目に務めたい気持ちはあった。だがなぜ傘屋なのか。そう中山勘解由に尋ねたら、

「木剣を隠し持てるからだ」

と言われた。確かに、傘の束の中に木剣を差しておけば誰にもわからないし、いつでも抜くことができた。お務めの間も、木剣を肌身離さず持ちたいという了助の意向を、中山が汲んでくれたのだ。

「同じかさでも、すだれ売りは無理があろう」

中山はそうも言った。この男には珍しく洒落を口にしたのである。すだれは物売りの中でも特に、かさばるのだ。背丈の大きな者でなければ持ち運びに苦労する。子どもが売り歩くものではなかったし、木剣をくるんでしまったら取り出すのに手間がかかる。

かくして了助は傘運びとして、決まった道を行き来することとなったのだが、これまた芥を運んでいた頃とは比べものにならないほど、清潔で安全だ。

なお、決まった道を行き来するのは、むろん本当のお務めのためだ。了助は中継役だった。各方面から来る〝韋駄天〟や、その他の使いの者から文が入った筒を渡される。それを、また別の者が来たら渡す。ときには、筒を傘屋に持ち帰って店の主人に渡すよう指示されることもあった。

通信者がどれほど迅速に走っても、中継がしくじれば、情報が途絶えるか錯綜し、諜報そのものを失敗させかねない。特に今は、浅草方面での諜報が佳境を迎えていた。

なんでも、「正雪絵図の売り買い」の確かな情報をつかんだのだという。江戸から逃げた極楽組が背後にいることは確実とされた。冬が来る前に、連中を一網打尽にすることが、拾人衆と御師達の悲願となっていた。

江戸が火に弱いのは、冬から春に限られる。夏秋は雨が多く、六月から九月にかけては火災など滅多にない。起きたとしても、湿った戸板が延焼を防いでくれる。

その九月も終わろうとしていた。ここでしくじれば、これまでの働きがおじゃんになる。そう、了助は、さんざんお鳩に脅された。

お鳩はこのところますます、遠慮なく了助の居場所に現れるようになっている。毎日のように、わざわざ小網町にまでやって来て、

「ちゃんと働いてるのね。偉い、偉い」

と、まるで姉のような態度を取る。しかも去り際には必ずといっていいほど、了助の手を取って、自分の頬にそっと押しつけるということをする。

「何の符牒なんだ？」

と尋ねても、

「知らない」

お鳩は、いたずらっ子のように綺麗な目を見開いて笑うだけだった。

「なあ、あれって何の符牒なんだ？」

他の拾人衆に訊いても、にやにやされるだけで教えてもらえなかった。

「お鳩が言わないんなら、おいらが勝手に教えるわけにはいかねえよ」

伏丸までもがそんなことを言い、くすくす笑うのである。

了助はあれこれ考えたが、結局わからなかった。そのうち、無事を祈るおまじないなんだろう、と思うようになった。ただ困るのは、おかげでつい、お鳩のすべすべした頬

を思い浮かべてしまうことだ。そうするとやけに倖せな気分にさせられた。幼い頃、父の腕に抱かれていたときに似た気分だ。ひどく安心させられ、満ち足りる思いがした。そしてその分、他のことに考えが回らなくなるのが、困りごとの種だった。

日本橋から小網町へ引き返したときもそうだった。頭上から柔らかな霧雨が降ってきたのも気にならなかった。商売にはもってこいの天気だし、お鳩の頬の感触を思い出すだけで、何でも我慢できる気がしていた。

その倖せな気分が、いきなり吹き飛んだ。

「おい、芥運びの河童（かっぱ）！」

怒鳴り声とともに、すぐ横から大柄な男に突進された。こちらを突き飛ばす気だと察したときには、すっと片方の足を引いて半身になり、あっさりかわしていた。棒振りと摺（す）り足（あし）の鍛錬のたまものである。

男がたたらを踏み、通行人が驚いて飛び退いた。

黒い羽織を着た男だった。了助はその男を視界の端に置きつつ、さらに三人の男たちが立ち塞がるのを見た。四人とも黒い羽織を着ていた。一見して町奴（やっこ）とわかる派手な髪型と出で立ちに加え、腹巻きには小ぶりな刀を差している。町人は帯刀が許されないため、刀ではないと言い張れるよう、鍔（つば）も拵（こしら）えもないものを用いるのだ。のちにドスと呼ばれるようになるしろものだった。

やっと彼らが何者か理解した。以前、深川で打ち倒した、町奴の仲間だ。

「童ァ！　そいつを着て出歩くたァ、いい度胸だなァ！　ええ⁉」

三人のうちの一人がわめいた。黒い羽織のことだ。了助も彼らと同じものを着ていた。彼らの一人を叩きのめして奪ったのだが、なぜそうしたか自分でも思い出せない。そのときは町奴と野犬を、ほとんど区別していなかった。犬の皮の一部を剝いで、犬除けにするのと同じ気分だったのかもしれない。

だがこの場合、かえって町奴を引き寄せたことになる。了助が最初に思ったのは、こんなことでお務めをしくじってはならない、ということだった。まだしばらくこの辺りにいなければならないのである。

つい、担いだ傘の束に差し込んだ黒い木剣を抜くことを考えたが、すぐに、駄目だと自分に言い聞かせた。ここは深川ではない。町奉行所がすぐ近くにある。騒ぎを起こせば見物人が集まり、当然ながら役人もやって来る。捕まっても拾人衆である限り心配はないだろうが、お務めに支障をきたしてしまう。傘屋のあるじからは、町で喧嘩を売られても、決して買うな、ときつく言われている。意地など捨てろ。下らぬ喧嘩とは比べものにならぬほど大事なお務めを担っているのだと。

「芥拾いが、傘なんか持ちやがって、えらく出世しやがったなあ！　偉そうに髪まで生やしやがってよう！」

先ほどたたらを踏んだ男が、そうわめきながら、三人のそばに戻った。了助は背後に回られることを警戒していたので、ほっとした。

「返します」

彼らが何か言う前に、了助が言った。眉をひそめる四人の前で、担いでいた天秤棒を置くと、素早く羽織を脱いでたたみ、差し出した。

四人の目が一様に殺気を帯びた。馬鹿にされたと思ったのだ。たたらを踏んだ男が、破れ傘の束を蹴り飛ばした。

「それで済むと思ってんのか！　手前ェ(てめ)にやられた奴ァ、まだ杖が手放せねえんだ！」

了助は、なおも頭を下げた。

「すいません。許して下さい」

だが男たち全員が、腹の刀に手をかけ、了助を取り囲み、

「どこの傘屋だ。てめえを雇った野郎にも、詫びを入れさせてやるぜ」

といったことを口々にわめいた。了助は背筋が寒くなった。「寺」に喧嘩を持ち込むことになる。自分はこれでお務めを外されるかもしれない。お鳩にがっかりされる。そう思うと悲しくなったが、黙って頭を下げることしかできなかった。

一人が、ぐいと了助の髪をつかみ、他方の手で刀を抜いた。

「よし、その前に、この生意気な頭を丸めてやるぜ」

髪を失う。お鳩が似合っていると言ってくれた髪だった。自分の一部であるのかどうかも実感がわかずにいたそれを、往来で切り落とされると思ったとたん、失いたくないという思いが急に込み上げてきた。やはりそれは自分の一部であり、それを奪われるみじめさに身が震えたが、了助は歯を食いしばって耐えようとした。

「待ちなさい」

落ち着いた声に、四人が振り返った。了助も髪をつかまれたまま、顔を上げた。

蓬髪の男がいた。

髪はともかく、顎髭は綺麗に剃られている。町娘好みの精悍な美男だ。長身瘦軀に医師を思わせる質素な僧服だが、そのまま平気で野宿をしそうだった。それだけ垢じみているというのではない。全てが自然なのだ。了助はこれまで何人も、背の高い男たちを見てきたが、その誰よりも威圧感がなかった。あるがまま生きる野の獣のような、風に吹かれる柳の枝葉のような柔らかさで、するすると近づいてくる。摺り足だとわかったが、あまりに見事な進み方に、了助にはまったく別の歩行法に思えた。

周囲の見物人は、誰も動かない。了助と四人への注目が、蓬髪の男へ移っていた。

「何の用だ！」

町奴の一人が了助の髪から手を離し、刀の切っ先を蓬髪の男へ突き出した。

蓬髪の男が右の手刀で、すっとその刀を流した。払ったのではない。まるで手に刀がぴったりくっついたようで、刀を握る町奴が引っ張られたように前のめりになった。ついで蓬髪の男の左手が、その町奴の肩の辺りを軽くつかみ、支えてやった。

同時に不思議なことが起こった。いつの間にか、蓬髪の男の手に刀があった。いつ町奴から奪ったのか、了助には皆目わからなかった。

蓬髪の男は、手にした刀を、無造作に相手の腹へ突き込んだ。その男は、自分の得物で刺された。了助はそう思った。見物人たちもそうだったろう。

蓬髪の男が手を引っ込め、刀を突き込まれた男が、どっと湿った地面に倒れた。

「こっ……、この野郎！　やりやがったな！」

残りの三人が、刀を抜いて突っ込んでいった。結果は同じだった。蓬髪の男が、左右の手で無造作に刀を流し、奪い取り、次々に腹に突き込み、手で押し倒したか、あるいは足を払ったかして、ばたばたと男たちが倒れていった。

屍の山だ。血の池だ。了助の脳裏で、死屍累々の恐るべき光景が浮かんだ。だがそれは、想像に過ぎなかった。最初に倒れた男が、むくりと身を起こしたことで、見物人たちが、わっと驚きの声を上げた。

残りの男たちも、呆然と半身を起こした。血は一滴も流れていない。四人とも無傷だった。だが刀がなかった。いったいどこへ消えたのか。

「うっ……」

町奴たちが、おのれの腹を見て一様に呻いた。なんと腹巻きに差した鞘に、全ての刀が元通り納まっていた。

了助も、遅れてそれを理解した。見物人たちも、感嘆の声を上げていた。

「取りなさい」

蓬髪の男が屈み、霧雨で濡れた地面に尻をつけたままの男たちへ、右手を差し出した。指が、銀をつまんでいる。男たちは意味がわからず、恐怖の目で相手を見返した。

「あの童が持っている羽織を、私が買おう」

了助はぽかんとなった。男たちも同様である。さすがに町奴風情が着る羽織一枚に、銀一粒は高額過ぎた。受け取るのがむしろ怖くなる額だ。しかしすぐに男の一人が受け取った。相手の静かな迫力に負けたのだ。

「取ったら去りなさい」

蓬髪の男が言った。四人が弾かれたように立ち、捨て台詞もなく駆け去った。退散という言葉がこれほどしっくりくる姿もなかった。

蓬髪の男がきびすを返した。なんと了助には一言も声をかけず、四人とは反対の方向へ歩き去っていった。

見物人たちが、えらく面白いものを見たねえ、見世物みたいだったよ、などと口々に言いながら場を離れていった。了助は羽織を持ったまま、ただ蓬髪の男が雑踏に消えていくのを見送った。理由は不明だが、喧嘩の始末をつけてくれたことは確かだった。

了助は再び羽織を着て、蹴られた傘の束を綺麗に整えて担ぎ直した。改めて男が去ったほうを見た。とたんに全身が、ぶるっと震えた。蓬髪の男が、無造作にしてのけたことに、言い知れぬ感動を覚えていた。

達人が見せる技を、芸術という。男が見せたのはまさにそれだった。四人から次々に刀を奪い、鞘に戻す。どうしたら、そんなことができるのか。了助は、お務めのため道を行ったり来たりしながら、蓬髪の男の動きを、頭の中で繰り返し再現し続けた。

三

大火ののち、水戸徳川家の人々が仮住まいする駒込の中屋敷には、立派な書楼が建てられていた。

「出来たばかりだが、なかなかであろう」

光國は得意げに、中山をその書楼に案内し、文机が並ぶ一室に腰を落ち着けた。

「私塾でも開くおつもりですか？」

中山が、感心した顔で尋ねた。こちらも、武士は文武両道と心得ているのだ。

「大火で、万巻の学書が焼けたゆえ、ここでその復興を目指す。散逸した史書をかき集め、編纂し直すのだ」

中山が、まだ紙一枚とてない、がらんとした棚を見た。

「御曹司様お一人で？」

「まさか。そこまでうぬぼれてはおらん。落成の祝いが済んでおらんせいで、書生どもも遠慮してここに詰めようとせんだけだ」

「早くやればよいでしょう」

「泰の体調が思わしくなくて、な……」

「御病気に？」

中山が、細い目を見開き、心配そうに眉をひそめた。過酷な拷問を淡々としてのける男が、そんな悲しい話には耐えられない、とでもいうような顔になっている。

泰姫と一度でも会うと、誰もが例外なくこのようになると光國は知っていた。惚れるとか忠義を抱くといったことではない。泰姫のような真心を持つ人物こそ誰よりも安楽で幸福に生きてほしいと思わされるのである。

「医師が言うには、大火のあと、汚れた空気と水にやられたらしい。十分に静養すれば持ち直す、とのことだ」

「さようですか……。一日も早いご快癒をお祈り申し上げます……。ところで、今日は何を話すためにお呼びになったのですか？」

「いくつかある。まず、垣根兵衛こと鹿賀兵蔵を覚えておろう。大目付たる中根正盛の配下の」

「丹前風呂の一件で、町奴に扮した男……忘れようもありませぬ。前任の拾人衆差配役の仇である渡辺忠四郎の骸を、持って行かれたのですから」

中山は目の奥で執念の光をちらつかせている。普段の涼しげな猫のような福相が、こうなると一転して冷酷な肉食獣のようで、光國でさえ怖いものを感じるほどだ。とはいえ、事件をともに追う仲間としてはやはり頼もしいことこの上ない男である。

「実はこたびも、姿を見せております。例の正雪絵図を買い求めようとする浪人どもの一団がおり、その一人が垣根であることを、拾人衆が突き止めました」

「そうか。やはり、老中伊豆守や大目付の諜者として働いているのであろう。その垣根だが、父が御城で見たそうだ」

「御城⁉　まことですか⁉」

「父も巳助の人相書きを見ておるゆえ、間違いなかろう。なんでも、大手門の門番の一人だったらしい」

中山が息を呑んだ。

「つまりは、百人組の一人と――」

これは、鉄砲を主力とする独立精鋭隊である。二十五騎組、伊賀組、甲賀組、根来組の四組からなり、それぞれが文字通り百人の鉄砲足軽を擁する。

「甲賀組のようだ、と父は言っていた。組員を選り抜いて老中や大目付が指図しておるのか、組全体がそうなのかはわからぬ」

「もし、後者であれば……」

「百人組が、我らの働きを妨げ、極楽組に通ずる手がかりを奪い去りかねん」

「そうはさせませぬ。正雪絵図の売り手どもの監視を強め、必ずや捕らえます」

「うむ。で、その売り手だが……」

「亀傘組などと称する者どもで、亀甲模様の傘を目印とし、旗本奴が中心となって狼藉をいたしております。そればかりか、遊ぶ銭ほしさに盗賊を匿い、報酬を得るほか、極楽組から正雪絵図の売りさばきを請け負うています」

「浅草界隈に、出没するそうだな」

「馴染みの傘屋があるとか。『寺』にも傘屋があり、職人の斡旋などを通してだいぶ情報を得ております」

「その亀傘組の頭……天傘と名乗るとか」

「はい。若い頃からの表徳のようです」

「それがまことなら、わしが昔、市中を闊歩していた頃の悪仲間の一人だ」

「なんですと⁉」

「逃げた極楽組の五人のうち、錦氷ノ介を馬上に載せて逃げた者のことだが……あれも同じ悪仲間だ。鶴市と名乗っておった」

「鶴……極楽組が残した歌にもその名が……」

「そうだ。他にも、新馬という者もおり、ともによく市中を練り歩いたものだ。今どきの浪人どもの狼藉ぶりに比べれば可愛いものだが……過ちも……」

光國はそこでつい絶句した。どう続けるべきか迷い、急に言葉が出てこなくなった。

「けっこうな悪さをしでかしたと？」

中山の口調は、軽いものだった。これまで光國の悪遊びの話を、さんざん聞かされているのだ。その軽さが、光國の口を再び開かせた。

「そうだ……いずれ咎めを受けるべきと覚悟しておる。ただ、我が身には、まっとうすべき務めがある。水戸家のためになり、義を損なわず、咎めを受けねばならぬ」

「それは何とも、殊勝なことで」

中山が意外そうに言い、話を戻した。

「つまりこやつらは、みなつながっていると……。天傘は極楽組の鶴市に、鶴市は極大師という極楽組の首魁に。今一人の……新馬という人物はいずこに？」

「本妙寺で、ばったり出くわしてな。驚いたことに、僧になっておった」

「はあ……なぜまた、本妙寺などに？」

「振袖火事の真相を知りたくてな」

「はあ……」

「これから話すこと、決して他言するなよ」

光國はそう前置きすると、紀伊藩附家老の安藤帯刀の言葉と、自身が本妙寺を尋ねて聞き知ったことを告げた。耳を傾ける中山の額に、険しい皺が刻まれていった。

「豊後守様が……屋敷が火元となった弱みにつけ込まれ、老中に我らの諜報を漏らしている……そう仰りたいのですか？」

「確証はないが、な」

「盗賊を使うのも、御三家を御政道から外すためと……にわかには信じられませぬ」

「わしも同感だ。しかし万一のときは、どちらにつくか決めよ。わしか、豊後守か」

「……どちらにつくか、という問題ではありませんでしょう。私はあくまで極楽組とその配下を一網打尽にするのみです。それでご勘弁下さい。子龍様。うむ。そう言うと思うていたが、つい、な。お主に無理なことを強いる気はない。お主が務めを全うしてくれればそれでよいのだ」

亀一が、そこで言葉を止めた。

忠秋が、深々と溜息をつく様子を、罔両子と、残りの三ざるの巳助とお鳩が、じっと見つめている。

「子龍様まで監視するというのは、ちょっとやり過ぎではありませんかねえ」

罔両子が穏やかに言うが、忠秋は厳めしい顔つきで、かぶりを振った。

「子龍様が私を疑うていることは、これで明白。我が本家の屋敷と本妙寺を訪れたことも わかっています。罔両子様もご存じの通り、大火の火元の一件は、幕閣の秘中の秘……御三家に関与させるべきではありません」

そこでいったん口を引き結び、それからおのれ自身へ、しかと告げるように言った。

「もし御三家が、将軍様と幕閣との確執を深めれば、ここまで築いた泰平の世が根底から揺らぐは必定。我が一命を挺してでも、子龍様を止めねば……」

「老中様のお務めは大変なもの。それはそうと、私とこの子たちも勘解由様と同じですよ。どちらにつくかなんて、尋ねないで下さいね」

罔両子のやんわりとした断りに、忠秋が苦い顔をした。

「私程度では、そこまで高慢にはなれませぬよ、罔両子様。ただ一つお尋ねしたいのは、なぜ、あの男を呼んだのかということです。こたびの件を仲裁させる気ですか？」

罔両子が、きょとんとなって言い返した。

「私？　てっきり豊後守様が呼んだのかと」

罔両子と忠秋が、互いを見つめた。重たい空気に、三ざるは身をすくめっぱなしだ。

「本当に、罔両子様もご存じなかったと？」

「信じられませんか？」

「や、信じておりますが……」

「私をさえ疑わせてしまうような、何か別の力が働いているのではありませんか？」

忠秋が険しい顔になって腕組みした。罔両子の言に考えさせられるものがあるのだ。

罔両子が、そんな忠秋を眺めながら、涼しげに言った。

「もしそうなら、きっと大した兵法家がいて、私たちをばらばらにしてしまおうとしているのでしょうねえ……。なんとも恐ろしい相手ですよ」

四

了助は、お務めが一段落して東海寺に戻ると、元拾人衆の僧である慧雪から、客人がいるので世話を頼む、と言われ、何も考えずに承知した。

この寺に来てから、すでに二度も同じことを命じられているのだ。亡き吽慶と、両火房である。吽慶は、息子である錦氷ノ介に殺されて弔われたが、両火房は、傷が癒えると東海寺に帰依し、率先して江戸を巡り歩いている。おのれを餌に、極楽組の手の者を釣ろうとしているのだ。

三人目はどんな人物か、といったことなど考えもせず、了助は木剣を脇に抱え、握り飯と茶を客殿に運んだ。客人はいなかった。廊下から部屋を見て、そう思った。木剣を床に置き、膝で進んで部屋の入り口に運んできたものを置いた。そのとき、すっと何かが動いた。

「わっ！」

了助は、驚いて後ろ向きに部屋から飛び退き、思わず木剣の柄を握っていた。障子の陰から、ぬっと伸びた手が、握り飯をつかみ、引っ込んだ。あまりに気配がないせいで、手だけ幽霊のように現れ、残りの体がないかのような錯覚を覚えた。

了助は木剣を再び置き、四つん這いのまま、そろそろと部屋を覗いた。

一人の男が、障子のそばで坐禅を組み、壁と向き合っている。握り飯を食っているらしいが一切無音だ。人が、これほどまでに音も気配も絶てるのかということにも驚嘆したが、何より、相手の蓬髪と背に見覚えがあることに、心底驚いていた。

了助は尊場に正座して、相手が振り返るのを待った。だが男は壁を向いたまま、身をひねって腕だけ伸ばして茶碗を取った。手で探るのではない。背にも目がついているかのように、正確に茶碗を取ってのけた。

男は依然、壁を向いたままだ。茶を啜っているのかどうかも音を立てないのでわからない。了助は待っていられず、相手の背に向かって、ぺったり頭を下げて言った。

「あの……この間は、ありがとうございました。日本橋で、町奴にからまれた者です。あの……羽織のお代、おれ、必ずお返しします」

「返報は不要。報酬は、他からもらうことになっている」

「え……？」

「なにゆえ、傘の中の得物を抜かなかった？」

了助は、驚いて顔を上げ、

「あの……お務めが……」

答えに詰まった。木剣を隠していたことがなぜわかったのか。しかもそれを取らなかったことを咎められているのだろうか。

「心を置いたがゆえ、かえって彼奴(かやつ)らの頭に血を昇らせ、つけあがらせた、な」

「心を……置いた……？」

「羽織、得物、得物を抜くまいとすること、お務めをなさんとすること。ほうぼうに心を置いたがため、身が固まり、彼奴らの手出しを読めず、かわせもしなかった」

男の言うことはわかるようでわからない。ただ事実、お務めに心を奪われていたせいで町奴が次にどう出るか、考える余裕がなかった。とにかく羽織を返せばいいと思ってしまった。改めて冷静に考えれば、決してそれで済む相手ではないのに。

「おれ……どうすればよかったんですか？」

素直に訊いた。男の答えが知りたかった。

すると男が、坐禅を解き、ゆったりとこちらを向いてあぐらをかいた。こうして間近で見ると意外に若い。柔らかな蓬髪が、かえって精悍な顔立ちを際立たせている。

「不動智(ふどうち)を学んではいないのか？」

「ふどうち……」

「不動であるとは、どういうことか。この寺の開祖が遺した教えだ。我が村では、経典代わりに詠む」

「あの……、すいません……。知らないんです」

男が障子を見た。いや、障子を透かすようにして向こう側にある木剣を見ていた。

「それを見せてくれないか」

おそらく僅かな音だけで察知しているのだろうが、それだけで隠し事は何もできないと思わされるものがあった。了助は手を伸ばして木剣を取った。そうした品を見せるときの礼儀など知らず、とにかく献(ささ)げるようにして差し出した。大事な木剣をそんな風に扱うのは初めてだった。

男は受け取らず、言葉通りただ木剣を見つめ、言った。

「そうした得物を握るとき役立つ。心の極意と、剣の極意は、同じという教えだ。その柄頭(つかがしら)に刻まれた言葉の意味は、わかるか？」

「お不動様の字で、うてなと読みます」

「よほど心の置きどころに迷い、救いを求めた者が彫ったのだな」

男が断言した。その通りだった。了助は叶慶のことを思い出し、その血まみれの死に顔を載せる気分で、木剣をおのれの膝の上に横たえた。

「心の台はどこにもない。心はどこにも置いてはならない。自己、他者、周囲の全てに遍く満たす。それが心の置きどころだ。その木剣は、すでに不動智を示している」

了助は神妙に聞いているが、やはりわかるようでわからない。ただ、相手の刀を奪って、相手の鞘に納めるという、男がしてのけた技がどうしたらできるのか、教えてもらっているのだと勝手に解釈していた。

体の鍛錬だけではない。心もどうにかしなければいけないのだと。

「あの……お名前を訊いてもいいですか？」

了助が遠慮がちに言うと、男が僅かに片眉を上げ、やけに愛嬌のある顔になった。

「慧雪めに、客人がいるとのみ聞かされたか」

「あ、はい……」

どうしてわかるのかとここでも思ったが、慣れてきたせいか驚きは薄かった。

「柳生列堂義仙」

「柳生の方なんですね」

了助も、柳生の名は知っていた。偉い剣術家が興し、将軍様にも剣を教える大名家だ。光國が、水戸邸で会わせてくれた剣術家達も、ほとんどが柳生流の達者だった。

「ここの住職に請われ、拾人衆に術を教えたことがある。慧雪は……夜目、隠形、礫の術に長けておった、な」

つまりは行師である。若いが、とびきり優れた使い手に違いない。なぜ寺にいるのかと重ねて尋ねようとしたが、男に遮られた。

「話はまたいずれ。使いが来た」

果たして、直後に足音が近づいてきた。伏丸だった。そばに来るなり、了助以上にべったり頭を下げて男へ言った。

「罔両子様から、義仙様を部屋へご案内するようにと言われて来ました」

棒読みの口調である。いつもぼんやりしている伏丸が、かちかちに緊張していた。

「案内は不要。勝手は知っている」

男がすっと立ち、部屋を出ていった。その姿が廊下の曲がり角へ消えるまで伏丸は頭を下げっぱなしだった。

「おれ達は？」

了助が気軽に訊いた。伏丸がふーっと息をついて、いつもの調子に戻って言った。

「今日の合議、拾人衆は出るなってさ。ああ、怖い怖い」

「何が怖いんだ？　静かな人じゃないか」

「柳生の人なんだよ」

「聞いた。偉い剣術家がいるお家だろ」

「そ。でも、義仙様はちょっと違うって。柳生のお国で、僧をしてるんだって」

伏丸の口数がいつもより多い。心底怖がっているときほどそうなるのだ。了助はますます不思議になって訊いた。

「怒ると怖いのか？」

「ううん。あの人が怒ったとこなんて見たことない。術も丁寧に教えてくれるし」

「じゃ、何が怖いんだ」

「昔、ご公儀のためにずいぶん人を斬ったんだって。僧になって、斬った人の供養をしようとしたら止められたから、そのときいた寺を出たんだって言ってた。あの人が罔両子様に話してんの、亀一が聞いたんだ」

ふうん、と了助は呟いた。ご公儀のためなら仕方ないだろう。暴発して人を斬る奴どもよりずっと上等だ。それに、死者の供養を望む人物を怖がる理由がなかった。

「義仙様ほど、たくさん人を斬った柳生はいないって、罔両子様は言ってた。でも、一人も斬ってないことになってるんだ」

「なんでさ」

「斬りすぎたんだ。女、子ども、年寄りも。あんまりにも人を斬りすぎるから、ご公儀も、あの方を寺に入れるしかなかったんだって。おれ、あの人の近くにいると、血の臭い以外なんにも嗅げなくなる気がして、怖いんだよ」

五

合議は、東海寺に新設された講堂の一角で行われた。

しんと冴え返るような新築の匂いに包まれたそこに、身が縮むような緊張が漂っている。しかも、一人の男が合議に加わったことで、誰の口も重く閉じがちになった。

「……どなたに遣わされたか、言えぬと？」

光國が、男に尋ねた。中山も忠秋も罔両子もすでに同様のことを尋ねていたが、

「さる人々から頼まれ申した」

男は、頑に同じ答えを繰り返した。

柳生六郎。またの名を、列堂義仙。あるいは芳徳坊義仙。柳生家の当主であった宗矩が、晩年になって側室に生ませた末子である。

宗矩の死後、その遺志に従って京の大徳寺で出家し、義仙と名を改めてのち柳生村に戻り、その地で、かつて沢庵が開いた芳徳寺の住持となったという。

「寺にほとんど居つかず、と聞いていますよ。最近は何をされているのですか？」

罔両子が、穏やかに探りを入れても、

「流れ流れるばかりです。いずれ別の住持が立つかもしれません。そうなれば晴れて御役御免です」

義仙はこともなげに返したものだ。この年、義仙は二十三歳。中山勘解由よりも若いとは思えぬほど達観しきった態度である。

「こたびの件の処置を、まとめますと……」

中山が咳払い（せきばらい）し、滞りがちな議事をどうにかまとめようとして言った。

「正雪絵図の売り買いが行われることは確実。売り手と買い手の双方に監視をつけ、売り買いの現場で、全員捕らえます。留意すべきは、まず買い手にくだんの忍（しのび）、垣根兵衛の姿が見られたこと……」

「豊後守、何か聞いておりませぬか？」

光國が口を挟んだ。忠秋がゆっくりと光國を見つめ、左右にかぶりを振った。

「残念ながら何も」

「まことに？」

「二言はございませぬ」

中山が、また咳払いした。

「奉行所の面々で現場を包囲いたします。これを事前に老中の御方々に報せるかは……」

「無用だ。また敵方に漏れかねん」

「同感。諜報は一任されておるゆえ」

光國と忠秋が、互いに言い、うなずき合った。だがかえって緊張が増す二人の様子に、中山と罔両子がそっと息をこぼした。その四人を、義仙は静かに眺めている。

「売り手のほうですが、子龍様によれば、亀傘組の頭である天傘と名乗る男は、極楽組の惣頭五名のうち『鶴』と旧知の仲と……」

「わしが家人を率いて天傘を捕らえ、口を割らせよう。必要とあらば拾人衆を借りる」

光國が言うと、中山が困惑を顔に出した。

「御曹司様のすべきことではありません」

「筋合いというものがある」

「それはいかなるもので？」

忠秋が半身を乗り出した。その眼差しが光國の表情をしかと読み取ろうとしていた。

「かつての悪仲間に引導を渡し、我が過ちを償うということです」

光國は、注意深く言葉を選び、確信を込めた調子でこう続けた。

「また、正雪絵図に記された火元の情報の出所が、紀伊藩のみではないことも、その男が口を割れば、はっきりするでしょう」

「では、我が家臣を、御曹司様の手勢に」

「無用です、豊後守」

「いえ。天傘なる輩は、何かあってはならぬ重要な男。是非にも手勢にお加え下さい」

忠秋が、一歩も引かぬ様子で言った。

「何かとは？」

「逃すこと。さもなくば捕らえる際、うっかり殺してしまうこと……」

(わしでは殺すかもしれんと考えているのか？　わし自身の過去を葬るために)

光國は、咄嗟にそう推察すると同時に、

(いや、天傘が口を割ると困るなら、豊後守こそ家臣に天傘を殺させ、わしに罪を着せる気かもしれん)

そんな疑いもわいていた。

(どうであろうとも好きにはさせぬ)

光國はいずれの思案も口にせぬよう自制し、いったん折れてやった。

「わかりました。ありがたく、お借り申す」

中山が、安堵したように吐息し、

「では……売り手、買い手、つぶさに監視をして参ります。本日の合議はこれにて……」

と告げつつ、また義仙を見て、こう尋ねた。

「で、貴殿は、いったいどうされるおつもりで？」

「拾人衆の手伝いをしましょう。それと、できれば買い物を一つ」

「買い物、ですか？」

中山が聞き返した。残り三人も、何か示唆されるのかと眉をひそめて答えを待った。

「黒い木剣と羽織を持った小僧を買いたいのですが、よろしいか？」

全員が、呆気にとられて義仙を見つめた。

「それは了助のことか⁉」

光國が目を剝き、怒号を放ったが、義仙は微動だにしない。

「なりませぬか？」

「ならぬ！　当たり前だ！　買うだと⁉」

光國が、片膝を立てた。義仙につかみかからんばかりの形相である。

罔両子が、すっと両者の間に割って入って尋ねた。

「了助さんをどうするおつもりですか？」

「廻国修行」

義仙が淡々と言った。その意表を衝く答えに、光國もいからせた肩を下ろした。

「なぜそうしようと考えたのですか？」

「よい買い物かと」

その言い方に、また光國が眦を逆立てた。

「修行ならば、この寺や我が道場でもできる。なんであれ、あやつは売り物ではない」

義仙はうなずくや、すっと身を引き、

「わかり申した。では私は日本橋の『寺』に」

そのまますするすると退いていった。

「待て」

光國が、義仙の襟をつかんで止めようと前に出た。だが義仙は、あっという間に縁側まで遠ざかり、四人に一礼した。

「ここにいて下さればいいのに。義仙どのと久々に禅の談義をしたいと思っています」

罔両子がやんわり引き止めたが、

「いずれまた。では失礼致す」

義仙はろくに耳を貸さず立ち去った。

「いったい誰があの男を遣わした？　いっそあの男から先に口を割らせるべきか」

光國が、忌々しげに呟いた。

「柳生家は、先代と先々代の将軍家のため幾多の蔭働きをしてきたと聞いております。よもやとは思いますが、上様の肝煎り、ということはありませんか……？」

中山が遠慮がちに口にした。推測に過ぎないが、忠秋が深刻な面持ちになった。

「迂闊には申せぬが……もしそうならば、あの人物の口を割らせたあと、面目を失うのは我らであり、上様のお叱りを覚悟せねばならなくなりますな」

光國が唸った。先代家光、先々代秀忠、両将軍が重用したのが柳生家である。どのような剣術家も、立身出世という点では、柳生家の足下にも及ばない。大目付の中根正盛の配下だという垣根兵衛に加え、なんとも厄介な存在が介入してきたものだった。

「さてはあの男、伊豆守が仕掛けた罠か？」

光國は、あえてこの場で、伊豆守のことに言及した。

「一応、私が探っておきましょう」

忠秋は、刺激された様子もなく返している。

中山が、二人をちらりと見て目を伏せた。

罔両子が嘆息し、縁側の向こうを眺め、呟いた。

「晴れるどころか、ますますの曇り空ですねえ」

誰も罔両子の言葉には応じず、やがて三人とも次々に退出していった。

六

どんより曇った空の下、了助は、お供という名目で、またもや光國の馬に乗せてもらった。普通、お供はそんな扱いは受けない。なぜ自分を特等席に座らせるのか、そろそろ尋ねてもいいような気がしていた。ずっと、光國の心を逆撫でするのでは、という怖さのせいで訊けなかったのだ。しかし、理由不明のまま厚遇されることに、言いようのない居心地の悪さを感じるようになってもいた。

今日こそ訊こう。なんでおれに良くしてくれるんですかと、はっきり尋ねよう。そう考えていたのだが、光國が他のことを重ね重ね述べるので、機会を逸してしまった。

「あの義仙という男、うかうかと信用してはならんぞ。背後に何者がおるかわからぬ」

「おれを助けてくれましたが……」

「たまたま居合わせたとは限らぬ。お前を買いたいなどとぬかしおった。お前を見張っていたのかもしれん」

「なんで、おれなんかを？」

「それは――」

(わしの弱みを握るためかもしれん)

光國の脳裏にはそのことがあったが、とても口に出来ることではない。

「わからぬ。お前の素質を見抜き、蔭働きに使う気かもしれぬな」

「蔭働きってなんですか？」

「む……人が、普通は嫌がるような仕事だ」

「ご公儀のために人を斬るとかですか？」

「ふむ……誰かがそう言ったのか？」

「伏丸がそんなことを言ってました」

「そうか……うむ、そのようなこともあろう」

「でもあの人、すごい達人です。技を教わってはいけませんか？」

「師とすべき者は大勢いる。水戸家で、剣術指南役を探しておるゆえ、待っていよ」

はい、と答えたものの、了助は内心、是非とも義仙に教わりたい気持ちでいっぱいだった。技のために心をどうにかしろと言われたのは初めてだし、「地獄払い」と罔両子が呼んだ自分の棒振りに、意味を持たせてくれる気がした。

だがそう主張することも、もともと尋ねたかったことも口に出来ぬまま、夕暮れどきの神田界隈で下ろしてもらった。

「ではお務めに励め。危ないことがあればすぐに誰かに伝えよ」

「はい。ありがとうございます」

いちいち気にかけてくれる光國に素直に感謝し、了助は「寺」へ向かった。

丹前風呂の一件でもお世話になった長屋だ。了助は道中、黒い羽織に木剣を差した姿でいた。また町奴に喧嘩をふっかけられないよう、目立たない格好をすべきかとも思ったが、すでに他の拾人衆が、了助の羽織姿を目印にしているため、すぐには変更できない、と中山から言われていたのだ。

奴どもに絡まれたら自力で退けるしかない。義仙のように見事にやってのける自信はなかったが、もともとそうしないと生きていけなかった身だ。それに義仙の教えを実践してみたい気持ちもあった。

心を置く、というのは気を取られるということだろう、と了助なりに考えていた。何かに気を取られず、周囲に気を配る。それもずっとやってきたことだ。寺暮らしで緩んだ警戒心を万全にしようと努めつつ、「寺」に到着した。経歴不明の長屋の主人に、丁寧に挨拶してから、部屋に入った。そのとたん、呆気にとられて棒立ちとなった。

なんと、三ざると義仙がいた。しかも三人がかりで義仙の世話といおうか、相手をしていた。寝そべる義仙の腰を亀一が揉み、その姿を巳助が絵にし、お鳩が三味線を弾いて唄っている。

義仙は、片肘を枕にして目を閉じ、膳にはなんと酒と肴が用意されていた。何か場違いなものを見てしまったような居心地の悪さを感じて棒立ちになっていると、

「おい馬鹿、了助。こっち来いって」

燕（つばめ）が来て、了助の羽織の袖を引っ張った。警戒心を万全にするどころか、室内の光景に気を取られるあまり、燕が近づいてきたことにも気づかなかった。

そのまま燕に引っ張られて別室に行くと、燕と同じ韋駄天である鳶一（とびいち）と鷹（たか）がいた。

「あっちの部屋行くと、義仙様にこき使われるぞ。こっちで飯炊き手伝え」

鷹に言われて従いながらも、了助は今見たものがまったく理解できなかった。

「おれたちをこき使う？　あの人が？」

「三ざるが言ってた。あいつらが相手するから、おれらはこっちにいろってさ」

鳶一が言う。了助は信じがたい気分だった。飯が用意されたときも、義仙がいる部屋からはお鳩の唄が聞こえてきていた。

了助が、何だか申し訳ない気分で韋駄天の三人と飯を口に入れていると、くたびれた顔の三ざるがやって来た。

「ああ、お腹空いた」

三味線を抱えて、ぺたんと尻餅をつくお鳩に、了助が箸と椀と小鉢を揃えてやった。もちろん巳助と亀一にもそうしてやったが、

「夫婦(めおと)みてえだぜ」

鷹が、妙なことを言ってからかい、了助をまごつかせた。お鳩が、じろりと鷹を睨んだが、わめく気力もないらしく、黙って箸を取った。

「義仙さんの飯、持ってかなくていいの？」

了助が訊くと、巳助が肩をすくめた。

「おいらが炊いておいたよ。手酌しながら食うから今日は休めってさ」

「私は、このあともう少し按摩をしてきます」

言いつつ、亀一が両手を閉じたり開いたりした。すでにたっぷり揉まされた様子だ。

「義仙さんのお世話もお務めなのか？」

燕が、目を剝いて訊いた。鳶一がぎょっとなり、

「おれら、朝から晩まで駆けずり回ってんだぜ？」

鷹が、冗談じゃないというように声を上げた。

「あたしらがするから、あんたたちは自分のお務めに精出してなよ」

お鳩が言い、了助に目を向けた。やけに真剣な眼差しだった。

「了助。絶対に義仙様に逆らったら駄目よ。いい？　あの人に何を言われても、逆らわないで。必ず、言うことを聞いて」

「別に……逆らう気はないよ」

了助は困惑したが、お鳩の勢いに圧されて素直に承知した。お鳩からすれば、自分はいまだに寺に馴染めず、我が儘に振る舞っているように見えるのだろうかと思った。

お務めのために黙って髪を剃られようとしたんだぞ。心の中でだけそう言い返した。

「約束よ。はい」

お鳩が小指を立てて突き出した。了助はちょっと戸惑いながら応じ、可愛い指に自分の指を絡めた。たちまち少年たちがにやにやし、指切りげんまん、とお鳩に唱和させら

れる了助を眺めて、互いに肘でつつき合ったりして面白がった。おかげで了助は、わけもなく恥ずかしい気分にさせられたが、我慢して指切りした。

飯を終え、片づけて布団を敷いた。お鳩は、紺屋町のほうにある三味線の師匠の家に泊まるという。そこも「寺」の一つなのだ。

「おい了助。お前ぇがお鳩の提灯持ちしてやれよ。お鳩、三味線抱えてんだからさ」

鷹が言うので、了助はその通りにした。

「ねえ、ほんとに、義仙様の言う通りにしてくれる？」

長屋を出てすぐ、お鳩がまた訊いてきた。信用がないのかと、了助はがっかりした。

「逆らう気なんてないよ。すごい人だし」

提灯で足下を照らしてやりながら、

「お前に言われて髪も伸ばしただろ」

と付け加えた。だから信じろというのも変な話だが、それだけお鳩の言葉を信用しているのだとわかってほしかった。

「うん。そうよね。了助を信じてるから」

お鳩がやっと、了助が聞きたかったことを口にしてくれた。

「約束守るよ。絶対」

「うん。あのね……」

「ん?」

「あたしのこと好きって言ったじゃない」

急に、了助の心臓が鼓動を打った。なんでそうなるのかわからない。

「ああ、言った……」

答えた途端、うっかり道のでこぼこに足を取られそうになった。またしても警戒心を万全にするどころではない。すぐ隣にいるお鳩に全神経を奪われる思いだった。

「あれ、どういう意味?」

「意味?」

了助はぽかんとなった。お鳩が自分を気にかけてくれる分、自分もお鳩を気にかけるようになったのだ。いつの間にか、ごく自然に。それに意味なんてあるのだろうか。

「そう。どういう意味で言ったの?」

「おれ……別に考えてなかった。あんときはただ、お前が大事だと思って。おれ……町奴に捕まって、髪を切られかけた」

「え?」

「そんとき、お前のことばっか考えてた。髪がなくなったら、がっかりされるかな、とか。でも、お前に言われたお務めのために、我慢しなきゃ、とか。まあ、義仙さんに助けてもらったけど」

我ながら、的外れなことを話していると思ったが、他に言葉がなかった。紺屋町の家の前に来ると、お鳩が三味線を置いてくるりと振り向き、了助の頭をつかんで引き寄せた。お鳩の顔が真ん前に来た。かと思うと、自分の片頬が、お鳩の片頬にぴったりくっついていた。この上なくすべすべして、あったかかった。

「あたし嬉しいよ、了助」

すぐ耳元で言われて、胸の奥が熱くなった。お鳩が手を離して下がった。了助は啞然となってお鳩の綺麗な顔を見つめた。

「気をつけて帰んなよ。じゃ明日」

「あ、ああ……」

お鳩が三味線を取って戸を開き、

「あたしも好きよ、あんたのこと」

そう言って中へ入り、了助が何か言い返す間もなく、戸を閉めてしまった。

帰り道が、とにかく大変だった。

了助は、ぼんやりしきりで、二度も転びかけた。こんなときに喧嘩を売られたら、わけもわからぬうちに殺される。腰の木剣にふれて気を引き締めようとしたが駄目だった。朦朧とする気分で長屋に戻ると、みなもう寝ており、亀一だけが義仙の部屋にいるようだった。了助は、木剣を傍らに置いて横になったが、目を閉じるとたちまちお鳩のことが思い出された。心を置くなと言われても無理だった。何度もお鳩の頰の感触が思い出された。最後の言葉の意味など、まるでわからない。だが幸福な思いに満たされることはわかり、寺の縁の下で、父の腕に抱かれて眠っていたときの幼い記憶がよみがえった。三吉と初めて長屋に住めるようになったときの嬉しさや安心感も。

ふと、こんな温もりに満たされては、無宿の身に戻れなくなる、という不安がないことに気づいた。それが良いことかどうかも考えられなくなり、やがて了助は眠った。

七

諜報は、間もなく最後の局面を迎えた。

売り手と買い手の面子、彼らの住み処、連絡手段、そして売り買いの場所が、綿密に調べ上げられた。了助たちが長屋に入って二日後の夜、中山がお忍び姿で現れたが、当然のように、義仙が同席して話を聞いた。

「売買は明晩。買い手が極楽組の傘下となる儀式を兼ねており、双方の組の者が残らず集う。場所は、大川（隅田川）の下総側。本所の無縁寺にある、万人塚だ」

のち本所回向院となる場所だ。大火で死んだ者たちの屍が集められ、回向すなわち死者の冥福を祈る場となっていた。まだお堂も仮設で、住持も不定とはいえ、そんな場所に火つけを流行らせんとする連中が集うとは、冒瀆きわまりなかった。

このため町奉行だけでなく、寺社奉行も、小検使と寺社役同心を総出動させると約束していた。異例といえるほどの積極的な加勢だ。

問題は、大川の対岸である点だった。七十年かけて築かれた江戸のほとんどが大川の西側で、東側は長らく芥捨て場の築地（埋め立て地）に過ぎず、江戸ではなかった。当然、両奉行所の管轄ではない。だがその点については、

「案ずることはない」

と中山は断言した。

「明朝、河口にある水戸様のお屋敷に集え。他の拾人衆も呼ぶ。日暮れ前に無縁寺へ向かい、その後は、我が指示に逐一従え。よいな」

了助たちが、かしこまって承知すると、中山は、部屋の隅で静かに座る義仙を見た。

「義仙殿は、どうされる気ですか？」

「拾人衆とともにいる」

義仙が端的に答えた。中山の指示に従うというようでもあり、逆のようでもある。

中山も、それ以上は質さない。現場で義仙がどう動くか見極め、瞬時に決断を下す。それしかないと覚悟しているのだ。万が一、義仙が賊の逃走に荷担したときは、部下と拾人衆を使って阻止せねばならない。老中と御三家の確執や、将軍家上意に右往左往さ

せられるなど旗本としては迷惑の極みだが、あくまで賊の追捕こそ使命と心得ていた。

「今宵はよく休め」

中山が、拾人衆に命じて長屋を去った。

翌日、人員が続々と、大川河口付近の、水戸家の蔵屋敷に集合した。

水戸家、中山家、阿部家の家臣団、町奉行所および寺社奉行所の手勢、そして三ざるや了助ら拾人衆と義仙。庭が、すっかり人で埋め尽くされるほどの大所帯である。

屋内では光國と中山が、両奉行所の面々と人員の配置を念入りに確認している。

「甲賀組の鉄砲隊と思しき者達が多数、無縁寺周辺にて徘徊している様子」

中山が言った。すでに甲賀組の隠密働きについては通知しており、浮き足立つ者はおらず、みな肚の据わった顔をしている。

「売り手と、買い手の不逞浪人どもを、まとめて始末する気であろう」

光國が断言した。各奉行所の面々が喉の奥で唸った。光國の言葉が信じられないのではなく、しかと肝に銘じているのだ。

「幕閣では、江戸鎮撫のため、盗賊とみなさば評定を待たず、斬り捨て、銃撃をも御免とする役職の是非が評議されているとか」

中山が続けた。忠秋からの情報である。のちの火付盗賊改方のことだが、そのような役職が定められれば、奉行所の管轄を超越した、殺人隊が江戸に出現する。実際そうなるのだが、江戸鎮撫のためと言って流血を招く処置には常に賛否がつきまとい、このとき集合した者たちも、そのような役職は否定されるべきとしていた。

「甲賀組の働きをもって、そのような役職を制定せんとするのが一部老中の肚やもな。火つけの賊を捕縛するはむろんのこと、絶対に甲賀組を阻止せねばならん」

これは、鉄砲組を止めることを意味する。町奉行所の与力・同心は鉄砲組出身が多く、どうすれば鉄砲を無力化できるか知悉していた。むろんそのためには決死の覚悟が必要であり、怖じ気づく者は皆無だった。

光國と中山がそうして士気を高める最中、屋敷の一角で、拾人衆が待機していた。三ざる、東海寺の韋駄天三名、ほうぼうの「寺」から呼ばれた子どもら、そして了助である。義仙もおり、相変わらず当然のような顔で、三ざるに自分の世話をさせていた。亀一に肩を揉ませ、目の前で巳助に一帯の地図を描かせ、お鳩に茶を運ばせる。そんな様子を、他の拾人衆が見て見ぬ振りをするという、妙に落ち着かない状態だった。

「なあ、なんであの人の世話ばっかしてんだ？」

お鳩が茶を汲みに行くのを見計らって、了助は一緒に部屋を出て尋ねたが、

「あんたは気にしないの」

にべもなく返されて不満を感じた。お鳩が意味もなくこき使われるのは嫌だった。するとそんな了助の気分を察したか、お鳩がぺたっと両手を了助の頬に当てて言った。

「義仙様を信じないと駄目。いい？」

いつもと逆で、頬をお鳩の手に包まれていた。それだけで安らかな気分になるものの、何だか無理やり納得させられるようで、釈然としなかった。思わずお鳩の手を取り、頬から引っぺがしていた。

「なんであの人のことばっかり約束させるんだ。わかんないよ、おれ」

「じゃ、あたしを信じて」

「え……」

「大事なことなんだから。信じて」

お鳩にそうまで言われたら逆らえなかった。了助は手を離してうなずいた。お鳩が微笑(ほほえ)んだ。その目が何か切迫したような光をたたえていることに了助は初めて気づいた。

「さ、部屋に戻って。きちんとお務めして」

お鳩が、了助の手をぎゅっと握った。すぐに離し、舞の稽古で鍛えた足取りですするすると立ち去った。その後ろ姿を、了助はただ見送るしかなかった。

日が暮れ始めると、男達が少数に分かれて次々に舟に乗り、本所へ向かった。

了助も拾人衆や義仙とともにそうした。対岸に到着してしばらく歩き、田畑の向こうに無縁寺の塀がかすかに見える辻で止まり、そこにある小さな寺に配置された。寺社奉行所が手を回しており、了助たちはこぢんまりとした客殿に詰めることとなった。

「よい場所だ」

義仙が、狭い境内を眺めて呟いた。景観のことを言っているのではなかった。

「勘解由殿は、兵法を知っているな」

拾人衆たちはその意味を知りたがったが、義仙はそれきり壁を向いて坐禅を組んでしまった。こうなるとこの人物は、壁に溶けるように気配を絶ってしまう。同じ部屋にいてもつい存在を忘れるほどだ。

了助は、できれば自分の棒振りを義仙の目で見てもらいたいと思ったが、

「声なんかかけんなよ。絶対、こき使われるって」

燕達に止められ、できずじまいになった。

日は急速に暮れていった。明暦三年の九月の末は現代の十一月頭である。虫の音は絶え、月は頼りない。暗がりが一帯を包み込み、ときおり冷たい風が吹いた。

やがて、深閑とする夜のどこかで、激しい銃撃の音が轟いた。

八

近辺に潜伏した甲賀組の働きを阻止することは、おおむね上首尾となった。事前に配置に予測を立て、念入りに諜報を行った成果である。寺社奉行所が味方したことも幸い

し、鉄砲を持った待ち伏せの人員のほとんどを、ことが始まる前に押さえていた。

各奉行所の手勢が提灯を掲げ、

「ご公儀である！　ご公儀である！」

と叫び、木陰や草むら、あるいは百姓小屋に潜んでいた甲賀組の鉄砲足軽を明るみに出した。市中で鉄砲を持ち歩けば、たとえ務めのためであっても、改めの対象となる。

「我らこそご公儀である！　だいたい、ここは市中ではない！」

鉄砲足軽の中には抗弁する者もいたが、

「架橋の儀だ！　架橋の儀を知らぬか！」

さらに言い返され、目を白黒させた。

大川に橋を架ける一大事業のことだ。火災における民衆の避難経路として、幕閣は架橋すべし、と決定を下していた。天守閣を再建せず、という決定に次ぐ、江戸新興策の一つである。このときすでに架橋の準備がされており、後世、両国橋(りょうごくばし)と呼ばれるその橋の存在によって、川の対岸もまた、江戸市中とみなされるようになったのである。

「橋だと⁉」

呆気にとられる甲賀組の鉄砲隊を、各奉行所の面々が追い立てて一箇所に集めていった。抵抗の気配を見せる鉄砲足軽には、問答無用で桶の水をぶっかけた。銃の火縄を駄目にさせるためである。水をかけられたほうは憤怒(ふんぬ)の顔つきになったが、

「鉄砲の改めを拒めば、入牢となること、存じておろうな！」

命を張って出動した与力・同心の迫力が勝り、鉄砲隊をものの見事に無力化させた。

問題は、無縁寺だった。

何万人もの遺骸が運ばれ、埋められたそこに、そのとき二十名余の男達が、集合するというより、対峙していた。

正雪絵図の売り手である亀傘組の構成員と、買い手の浪人集団である。住持不定をいいことに、かがり火をいくつも焚き、塚に尻を乗せて酒杯をかわすなど、怖いもの知らずも甚だしい様子だ。

「約束の金は揃えたはずだぞ、天傘よ。あれだけの金を渡したのに、絵図一枚だけで極楽組の当主に会えぬというのか？」

そう言ったのは、垣根兵衛こと鹿賀兵蔵である。しばらく前まで町奴に扮していたが、今は浪人の出で立ちで、名も古賀兵右衛門などと名乗っている。

「まあ待ちねえ、兵右衛門さんよ。あんたらを蔑ろにしちゃいねえし、それどころか、この亀傘組と肩を並べさせてやったんだぜ。まずは、そのことを祝おうじゃねえの」

そう、薄ら笑いを浮かべて言うのが天傘だった。身なりは良いが、絵に描いたような軽薄な態度だ。青黒く浮腫んだ顔をした、細身で小柄の、言動に芯のない、極楽組の惣頭と既知であることだけが頼りといった、吹けば飛ぶような男である。しかしそれが、ともすると双眸に狂気を宿し、何をするかわからぬ迫力を総身にみなぎらせる。相対した人間はたいてい、その天傘の凶猛さに凍りつく。いわば窮鼠の恐ろしさを知るのだ。旗本の四男坊として生まれ、兄達に折檻されて育った鬱屈を溜めに溜めてきたゆえの凶猛さだった。長子ではない旗本の子息達に共通の鬱屈だが、とりわけ苛烈な怒りを蓄え、かつ育て続けてきたことが、この小男を旗本奴の頭にしていた。

このときも、天傘は軽薄に振る舞いながら、万人塚を酒宴の場とするなど、ただ役人の目を逃れるためとは言い難い、ねじくれた心をあらわにしている。

垣根も、忍として蔭働きをしてきた身である。鬱屈とも無縁ではない。だが天傘とその仲間の醜悪さには、耐えがたいものがあった。

わざわざ万人塚を選んだのも、自分の逆鱗に触れれば、殺してここに埋めてくれるぞ、と脅すためだ。根が小心者のくせに狂気を強みにする人間にありがちな、自分の恐ろしさを誇大に示したがる気質のあらわれであり、垣根を心底うんざりさせた。

「貴殿と通じている極楽組の惣頭は、鶴市というらしいが、つなぎはつくのか？」

垣根が、不快な気分を隠して質すと、天傘がうるさそうに手を振って言った。

「心配しなさんな。あいつのほうから、おれにつなぎを送って寄越すからよ。大したもんじゃねえの。お上に追っかけられても見事に江戸を出てよ。まだまだ、どえらいことをして、立派に傾いて見せようってんだから」

「ほう。ならば、お前を消し、つなぎを待てばいいだけの話だ」

とうとう垣根が言った。同時に、逆手で脇差しを抜き、迅速に天傘の頸へ振るった。

天傘が命を拾ったのは本能のなせるわざだ。口にふくんだ酒を垣根の顔に吹きかけながら、後ろ向きに塚から転がり倒れるようにして逃げたのである。垣根の殺気を感じた瞬間、刀を抜いて応戦しようなどとはかけらも考えずに退き、

「傘開けえ！　傘開けえ！」

妙なことをわめきながら、地べたを這って仲間がいるほうへ逃げ込んだ。無様でみっともない真似だとも思わない。その心根が、命拾いの秘訣だった。

天傘の仲間数名が、言われたとおり、大きな傘を一斉に開き、横に向けた。組の名のゆえんである亀甲模様の傘が、天傘と仲間たちの姿をすっぽり隠した。

「撃ちかけーい！」

垣根が、顔にかかった酒を拭いつつ叫んだ。ただちに、仮堂の陰から、鉄砲足軽たちが飛び出し、迅速に片膝をついて銃を構え、横一列に並ぶ傘の群に、射撃を見舞った。また、浪人たちに紛れていた、垣根の仲間四名が一斉に抜刀し、周囲の者たちを手当たり次第に斬っている。天傘組だろうが、それまで行動をともにしていた浪人仲間だろうが、問答無用だった。

銃撃が一帯の静寂を破り、天傘たちをなぎ倒すはずだった。だが驚くべきことに、傘

は火花を散らして弾丸を防いだ。金板仕込みの鉄傘である。実用にはほど遠い、戦闘用の盾を、傘に見えるよう仕立てたしろものだ。

傘が並んだまま、するすると塚場(つかば)の外の暗がりへ後退していった。みな亀のように傘の内側へ引っ込んだままだ。

「何をしておる！　撃ちかけさせよ！」

垣根が怒号を放った。配置した伏兵にも、射撃命令が通達されるはずだったのだ。横手と背後から十文字に射撃を行えば、金板仕込みの傘があろうと全滅は免れない。

だが現れたのは提灯の群だった。中山とその家臣および各奉行所の手勢である。

「一歩遅れたわ！　みな、駆けよ、駆けよ！」

中山が、果敢(かかん)に叫びながら仮堂のほうへ馳せ参じ、

「ご公儀である！　尋常にせよ！」

周囲で起こる声を聞くや、垣根はすぐさま事態を悟った。

「お前達、そやつらを捨て置き、わしと来い！　鉄砲組は、同心どもの頭上に撃ちかけて足を止めよ！」

垣根が命じ、すぐさま天傘が消えたほうへ走り、四名が血刀(ちがたな)を携えて追った。後には、斬られて呻く者、何が起こったかわからず腰が抜けて這う者が残された。

鉄砲足軽たちは、弾込めをした銃に替え、中山達の頭上へ撃ちかけた。脅かして足止

めするためだ。さすがに役人を多数射殺しては、甲賀組の存続に関わる。

だが中山達は止まらず、勢いを増して雪崩れ込んだ。鉄砲足軽を片っ端から取り押さえ、負傷者の介抱にあたった。

このとき、光國とその配下の武士は、遁走した亀傘組を追っている。鉄傘を捨てて暗がりへ走り去ったのは五名。残らず捕らえるべく、こちらも駆けに駆けている。

だが亀傘組の五名が遭遇したのは、光國達でも垣根達でもなかった。路上でおかしな姿勢を取る、黒い羽織姿の少年である。木剣を肩に担ぎ、体を横に向けて、走り来る男達にも臆した様子がなく、待ち構えていた。

了助である。これぞ、中山の配置の妙だった。もし無縁寺から逃走された場合の押さえ、ないしは追跡のため、拾人衆を辻の寺へ置いたのだ。

「キイイイヤアアアーッ！」

了助の口から叫喚が迸った。男達が、了助をかわして走るか、抜刀してなぎ倒すか、咄嗟の判断を下すはずだった絶妙の瞬間である。男達が完全に思考を停止し、一様にたたらを踏んでしまった。するすると間合いを詰める了助に、何の対処も出来なかった。

木剣が唸りを上げて振るわれ、一人が胴を打たれて身をくの字にして真横に吹っ飛んだ。了助は、瞬時に木剣を持ち替え、巧みな摺り足で、別の一人に接近した。木剣がそいつの腰を存分に打ち、路傍に激しく転倒させた。

「逃げろ！」

天傘の判断は速く、叫びながら、道を外れて暗い雑木林に駆け込み、残り二人が慌てその後を追った。

了助は動かない。拾人衆の面々が、すでに三人を追跡しているはずだからだ。了助の背後から、義仙がやってきて横に並んだ。

「間合いをよくとらえている」

義仙が呟くように言った。誉めてくれた。了助はそう思って嬉しくなった。

続いて、何か教えてくれることを期待したが、そんな場合ではなかった。すぐに光國が、提灯を掲げて武士達を引き連れて現れた。

「此奴らの残りは⁉」

「あっちへ。拾人衆が追ってます」

了助が指さした。光國がそちらへ向かおうとしたところへ、別の一団が現れた。

垣根と四人の男達である。全員が脇差しを抜いており、光國達と遭遇するや、すぐさま左右へ広がった。光國達の足を止め、自分たちが亀傘組を追うためである。

「下がれ！　ご公儀ぞ！」

光國が刀に手をかけ、怒鳴った。

「こちらもご公儀なんですよ」

低い声で、垣根が応じた。

「ご公儀同士の対峙など、愚の骨頂だ！」

光國がわめいた。垣根が、同感だというようにうなずいたが、退かなかった。

その両者の間に、するりと入り込んだのは、義仙である。実に自然な足取りだった。

「私にお任せを。行きなされ」

義仙が言った。光國に対してである。

光國は、刀に手をかけたまま思案を巡らせている。任せろと言いつつ背後から垣根とともに来るのでは、という疑いが消えなかった。

義仙は構わず、垣根達に近づいていった。無腰である。一人が戸惑いつつ脇差しをちらつかせて退けようとした。そいつの手首を、義仙はこともなげにつかんでひねった。それだけで男が地に倒れ、気づけば脇差しを奪われていた。

義仙が、奪った脇差しを相手の腹の辺りへ突き込んだ。

倒れた男が、びくっと身をのけぞらせた。了助を除き、みな男がおのれの脇差しで貫かれたと錯覚した。実際は元の鞘に刃が納められたに過ぎない。だがそうされた側の衝撃は刺し貫かれたに等しいらしく、倒れたまま呆然となって声もない様子だ。

「かたじけない、任せた」

光國が、やっとその場を離れ、雑木林へ駆けた。配下の者たちも光國を追った。

了助はその場にとどまり、義仙がするりと移動し、垣根の行く手を阻むのを見た。

「義仙殿……なにゆえ、ここに？」

垣根がその名を口にし、了助を驚かせた。まさか知り合いとは思わなかった。

「さる人々から頼まれて。兵衛さんは、壱岐守様のお使いか？」

義仙が静かに尋ねた。壱岐守とは大目付の中根正盛のことだ。

垣根は答えず、逆手(さかて)に握った脇差しの先を振って三人に指示し、義仙を囲ませた。前後左右。四人が完全に義仙を包囲していた。

全員が脇差しを逆手に握り、柄頭を他方の手の平で押さえ、切っ先を体の前面に突き出す構えを取った。両手の力を使って突き抉(えぐ)るためだ。同時に、刀を極力奪われないようにするための構えでもあった。

「お覚悟」

垣根が、ぼそりと呟いた。刹那、四人が一斉に義仙へ突きかかった。

このときの義仙ほど自然な佇(たたず)まいを、了助は見たことがなかった。夜気に溶け消えるかのように柔らかで、それでいて苛烈だった。

義仙が前に出て、右の手刀で、突っ込んでくる垣根の右肩を流した。垣根の体軀(たいく)そのものを刀身とみなすような受け流しである。

同時に、義仙の左の手の平が、垣根の右肘を痛打している。これにより垣根の右手が瞬間的に握力を失って脇差しを放した。

さらには、義仙の右足が、垣根の右足を払っていた。これで垣根は脇差しを失ったまま、義仙と位置を替えるようにし、前のめりに倒れた。

その垣根の背のすぐ上で、三つの切っ先が交差した。もし義仙が足を払ってやらねば、刃を一身に受けたのは垣根自身だったはずだ。

義仙がくるりと舞うように振り返り、右の手刀を左右の男達の頸へ、次々に打ち下ろした。たちまち二人が昏倒し、垣根の上に倒れ伏した。

愕然となったのは、最後の男である。必殺の包囲で突進した次の瞬間には、目の前で仲間三人が倒れているのだから、悪夢としか思えなかっただろう。

義仙は、すっと手を伸ばして男の右手首を取り、ひねった。脇差しの切っ先が正確に鞘の鯉口に当てられ、義仙が他方の手の平で、脇差しの柄をぽんと叩いた。

男の手から脇差しがすっぽ抜け、音を立てて鞘に納まった。驚愕のあまり、男がその場にへたり込んだ。

「刀は自分で拾ってくれ」

倒れた二人の下から這い出た垣根に、義仙が真面目な調子で言った。それから、感動で痺れきってまん丸に見開いた目に、涙さえ浮かべている了助を振り返り、

「お前が打った二人を手当てしてやろう」

まったく何ごとも起こらなかったかのような穏やかさで、そう言った。

「川を渡り、浅草へ逃げ込む気だ！　川へ先回りせよ！」

光國の指示に従い、水戸家の家臣および忠秋がつけた武士が、雑木林を直進した。

大川の河岸に出るや、ほのかな月明かりの下、川を泳いで渡る二人の賊を見つけた。

「やつらを捕らえよ！」

光國の言下、冷たい急流の川へ、次々に武士が飛び込んでいった。

一方、光國はきびすを返し、単身、河岸を上流に向けて走った。その脳裏に、古い記憶をよみがえらせていた。悪仲間とつるみ、夜更けに酒を食らい、闊歩していた頃の記憶だ。果たして、十年も前の記憶通りのものを見つけた。渡し場の小舟である。それを拝借し、月下の川で悪仲間と笑い合ったときのことがまざまざと思い出された。

その小舟に今、天傘が足を乗せようとしていた。仲間を囮にして川に飛び込ませ、自身は舟を求めて駆けたのだ。

光國は、堤を駆け下りながら怒声を放った。

「天傘！　谷左馬之介が貴様に用がある！」

はたと天傘が動きを止めて振り返った。光國は、荒ぶる息を整えながら近寄り、提灯を地面に置き、右手に刀を抜いた。

天傘は、提灯に照らされる光國の顔を凝視し、奇矯(ききょう)な笑い声を上げた。

「あははっ、谷公だと？　やっ、あははははは！」

「何がおかしい？」

「鶴市から、お前がいたと聞いてよ。面白ぇ縁じゃねぇの、谷公よう。いや、水戸の御曹司様」

言いつつ、天傘も刀を抜き、上段に振りかぶっている。光國は中段に構え、じりじりと間合いを縮めていった。

「貴様らとの因縁、決着をつけてくれる」

光國が、間合いを詰めんとしたとき、

「子龍様、殺してはなりません！」

中山の声が、どこからともなく飛んだ。

気を取られたのは、光國ではなく天傘だった。思わずといった感じで、堤のほうの暗がりへ目をやった。途端、光國が迅速に相手を間合いにとらえ、刀を一閃(いっせん)させた。

かろうじて受けようとした天傘の刀が、ぎーんと鋭い音を立てて折れた。光國の膂力(りょりょく)みなぎる豪剣のなせるわざだ。返す刀で痛撃を見舞うや、まるで蝿叩きに打たれた小蝿のような有様で、天傘がばったり倒れた。

「殺したのですか？」

また中山の声がした。

光國は刀を納めて振り返った。中山であれば、提灯の群を従えてなければおかしい。

ふーっと息を吐いてから、暗がりへ声をかけた。

「お鳩よ、お前ではないか？」

すぐに反応はなかった。ややあって、堤に三つの小さな影が現れた。ほのかな月明かりの下、巳助、お鳩、亀一と知れた。

「峰打ちだ。肩は砕けたろうが、斬ってはおらん。なぜ、わしが殺すと思った？」

三人は答えず、黙って立っている。

「豊後守の様子からして、わしを見張っていたのであろう。本妙寺で新馬という男と話していたことを、豊後守に報せたか？」

「そのことは、誰にも話していません」

亀一が言った。

「本当に、そうなんですか？」

巳助が尋ねた。

光國が答えずにいると、

「ずっと黙っている気ですか？　もしそうなら私たちにも黙っていろと命じて下さい。絶対に喋りませんから」

お鳩の、泣いているような声が届いてきた。

光國は、気を失った天傘のそばで、どっかと地面に腰を据え、か細い月を見上げた。

(これが因果応報か)

その思いとともに、声を放った。

「こたびの件で、わしも東海寺に赴き、豊後守と談義することになろう。お前達は、機を見計らい、東海寺でわしが供養する無縁仏の墓があることを了助に伝えよ。墓石の下に碑文を置いてある。そのあと、わしが話す」

光國はしばし月を見つめ続け、それから堤を見ると、三人の影は消えていた。

九

大捕物の二日後、東海寺の真新しい講堂で、光國、中山、忠秋、罔両子が集い、一枚の絵図を囲んでいた。亀傘組が、浪人集団に売ろうとした、正雪絵図である。

「これ一つで、我らと両奉行所が、甲賀組と、ことを構えかねませんでした。全ては、極大師と名乗る極楽組の首魁の策……、と亀傘組の天傘が、吐きました」

中山が、深刻な顔つきで、光國と忠秋を交互に見て言った。

光國は、深く吐息しつつ頭を下げた。忠秋に対してである。

「豊後守を疑っていたことを、白状し申す。老中が紀州に謀叛の嫌疑をかけ、御三家を御政道から退けるべく、あえて賊を遣わしたやもしれぬ、と疑っておりました」

すると忠秋も、同様に頭を下げた。

「御三家による将軍の座の簒奪……恥ずかしながら、私も疑わざるを得ませんでした。流行する火つけの背後には、謀叛の意図があるのでは、と……」

頭を下げ合う二人を前に、中山は目を伏せるばかりである。

罔両子だけが、涼しい顔をして、こう言った。

「双方、どういった理屈か、お尋ねしたいところなんですがねぇ」

光國と忠秋が顔を上げ、目を合わせると、まず光國から口を開いた。

「本妙寺の僧、そしてまた住職から、仔細を聞きました。先の大火の火元は、本妙寺にあらず。かの寺は火元を引き受け、振袖火事の噂も率先して流した、と」

「はい。本妙寺が、大火の火元の汚名を請け負うた……全てはそこから始まったのです」

忠秋が、重々しい口調で告げた。

大捕物のあとも、義仙は東海寺の客殿に居座った。

ただ境内をうろつくか、あてがわれた部屋で坐禅を組み、了助や拾人衆に何かを教えてくれるでもなかった。

了助は、義仙の部屋に握り飯と茶を運んだが、特に会話もなかった。膳を下げ、日課の掃除を終えると、棒振りに励んだ。

心を置かない。その不思議な言葉がずっと脳裏にあった。義仙の途方もない技をたびたび見せつけられたのだから当然だ。

どうしたらあんな風に、武器も持たず、どんな脅威も無為にしてしまえるのだろう。考えれば考えるほど、自分とは遠くかけ離れた境地があるのだと思わされた。そこに一歩でも近づきたいという思いが、いつの間にか了助を夢中にさせていた。

寒空の下、汗みずくになって木剣を振るう。今の自分にはそれしかなかった。だがその先に何かがある。それが、この寺に来て良かったという思いを与えてくれた。

「了助」

ふいに声をかけられた。了助は木剣を止めた。振り返ると、三ざるがいた。巳助、お鳩、亀一の全員が、なぜか真剣な面持ちだった。

「どうしたんだ?」

お鳩が歩み寄って、了助の木剣を握る手にそっと触れた。

「あたしも、あんたが大事だよ、了助」

いきなり言われ、了助は、ぽかんとなった。当然感じるべき幸福な気分が、中途半端にぼやけて消えた。三人から、やけに緊迫を感じるせいだと遅れて気づいた。

「何だよ……」

了助が理由を訊こうとしたとき、亀一が口を開いた。

「それがしは水戸徳川の子龍と申す者。住職にお目通り願いたい。……新馬。谷公。まさか貴様と会うとは、あのとき以来か。谷公……いや、水戸様の御曹司がなんでここに」

「なんだよ、これ」

了助が三人を見渡して言った。そして亀一が続けた。巳助は黙って口を引き締めている。お鳩が了助の手をぎゅっと握った。

「新馬よ、今も鶴市や天傘と通じているのか。なんだって、お前に何の関係があるんだ。あるのだ、新馬。因果がお主のもとにわしを辿り着かせたのだ。何の話だ。忘れたとは言わせぬ。あの晩、浅草寺で、わしは貴様らによって、この手で無宿人を死なせた。その無宿人に子がいたとも知らずにな。かような因縁が、わしと貴様を結びつけておるのだ」

了助は、自分の手から何かが落ちるのを感じて、はっとなった。お鳩が触れている手が、握っていた木剣を、取り落としていた。

巳助が拾ってくれたそれを、了助は、お鳩が握るのとは違う手で受け取ろうとした。急に手が震えだして、すぐに握ることができなかった。

「なんだってんだよ……お前達……」

わけがわからなかった。頭が痺（しび）れて何も考えられなかった。

「来て」

お鳩が手を引いた。了助は引かれるままついていった。巳助と亀一が彼らに続いた。

行き先は、寺の無縁仏の墓場だった。大小様々な石が所狭しと置かれている。全て苔むしていた。いや、一つだけ綺麗に磨かれた石があった。楠の葉の下にある墓だった。

お鳩が、その石の前で、了助の手を離した。

「石の下に、碑があるって」

「いしぶみ……？」

聞き返したが三人は無言のままだった。了助は一方の手で木剣を握ったまま、恐る恐る屈（かが）み込んでその墓石に他方の手を当てた。

手に力を込め、丸い石を横へ転がした。

土があった。片手でそれを軽くかいた。すぐにそれが現れた。方形の石だった。

「与惣次郎（よそじろう）」

石の一面にそう刻まれていた。了助は膝をつき、木剣を傍らに置いて、両手でそれを取って見つめた。

知っている字だった。教わった字だ。何度も練習して書けるようになった父の名だ。

了助は、墓石から離れて木の根元に石を置くと、元いた場所に戻って木剣をつかんだ。何も考えずに、木剣の先端を土に突き込んでいた。両腕に力を込めて土を抉った。また木剣を土に突き込んだ。同じ動作を繰り返した。

三ざるの背後に、いつの間にか東海寺の拾人衆が集まってきていた。伏丸、燕、鳶一、鷹。力自慢の仁太郎と辰吉。まだ幼い春竹、笹十郎、幸松。

一心不乱に木剣で土を掘り返す了助を見て、最初に燕がきびすを返して走った。ついで鳶一と鷹がそうした。すぐに、三人が鍬と鋤を何振りも抱えて戻ってきた。

仁太郎と辰吉が鍬を持ち、了助のそばで土を掘った。了助が手を止め、彼らを見た。

幼い春竹が、鍬を了助に差し出した。

了助は、切っ先が土だらけになった木剣を背側で帯に差し、鍬を取った。

そして、仲間たちと一緒に墓を掘り返していった。

「私の本家筋にあたる屋敷が火元であることはご存じの通りです。これがただの出火であれば、秘事とはならなかったでしょう」

忠秋の言葉と口調から、光國はやっとそのわけを悟った。

「つまり、放火であった……と」

「その通りです」

「下手人は？」

「大火ののち、我が上屋敷に、文が届きました。文と言っても、記されたのは、ただ一字と名のみ……『火』の文字と、木之丞の名」

「極大師……極楽組の首魁の名ですか」

中山が呟き、忠秋がうなずいて続けた。

「私が、それを老中の評議に持ち寄ったところ、伊豆守が申したのです。これは島原で用いた、間者の名であると」

「島原……両火房の言と合致しますな」

今度は、光國が言った。

「はい。また、伊豆守はかねてより、江戸市中の脆きところを、配下に調べさせていたとのこと。いざ敵襲を受けたとき、何が弱みとなるかを知らねば城を守れぬと。その結論は、冬の時期、北から火を放たれることでありました」

「まさに大火の火元……」

光國が、はっとなり、忠秋が先ほどよりも深くうなずいた。

「その調査が漏れた、と伊豆守は断じ、放火の事実ごと葬るべし、と主張したのです。さもなくば不逞を働く者どもが、江戸を焼かんとしかねませぬ。それを防ぐには江戸の弱点を秘した上で、町割りを変え、その弱点を消すのみ。老中みな賛同し、保科公同席のもと、上様の下知を頂いております」

「……保科公も知ってのことか」

光國は、虚脱する思いがした。思えば、老中と御三家の確執を未然に回避しようとして働き続けているのが保科正之だ。その意図を汲んでしかるべきだった、という思いがわいたが、今それを口にしても仕方なかった。

「老中様方の考えなのに、なぜそれが、紀州の謀叛と結びついたのでしょう?」

罔両子がしれっと尋ねた。この僧が言わんとするところは明らかだった。

「そもそも、老中と御三家に確執があったがゆえ。それを利用されたのです」

光國が、口をつぐむ忠秋に代わり、答えた。

「木之丞こと、極楽組の極大師は、豊後守の言によれば伊豆守配下の諜者。紀州の謀叛嫌疑の件も詳細に知っておったのでしょう。また、極楽組の鶴市、その知己の天傘、さらにその知己の新馬を通し、本妙寺の火元の一件を知ったと思われます。そして幕閣と御三家を対立させんとする意図のもと、紀伊藩家臣より絵地図を買い、それにあえて事実と異なる火元を記し、正雪絵図と称してばらまいた……」

罔両子が深々と嘆息してみせた。

「たったそれだけで、ご公儀のために働く人々を、分裂せしめたわけですか。ここにいる皆さんまでも……実に恐ろしい」

これに、中山が抗弁した。

「術中に陥ったわけではありません。敵が弄した策は、こうして無に帰しました。この上は、伊豆守様にも談判し、木之丞こと極大師の素性を明らかにした上で追捕を……」

ふいに、だん、だん、と足音が響いた。これは不調法なのではなく、寺の僧が用件を抱えて住職のもとへ駆けてくるときの決まりである。

四人が黙ったところへ、僧が現れた。元拾人衆の、慧雪という若い僧だ。

「御師様方に、急ぎお知らせしたきことが」

「どうしましたか？」

罔両子がやんわりと尋ねた。

「拾人衆が、無縁仏の墓を暴きました。仔細は不明ですが、了助が中心となり、なぜか三ざるも集っております。いかがしましょう？」

中山と忠秋が、眉をひそめるのをよそに、すっと光國が、片膝を立てた。

「わしがゆく」

十

いつしか小雨が降り始め、土を柔らかくしてくれた。

土の底にそれが現れると、了助は鍬を使うのをやめ、泥だらけになるのも構わず手でかき出した。拾人衆が同じようにしてくれた。

関東の土は酸性が強く、埋められたものを溶かしてしまう。骨とて長く土中にあれば跡形もなくなるが、その骸はまだ形を残していた。

そこに眠る相手の姿がすっかりあらわになると、手伝っていた拾人衆が、一人また一人と手を止め、穴から出て行った。了助に気を遣ってのことだ。

了助は背の木剣を脇に置き、一人、それと向き合った。埋められてずいぶん経つ骸の手を、そっと取った。腕がずたずたになって折れ曲がっていた。明らかに鋭利な刃物で斬られた痕跡だ。了助は、その腕に抱かれるようにして、骸のそばに横たわった。すぐに幼い頃の記憶がよみがえった。温かな父の腕に抱かれていた頃のことが。

「おとう」

了助の目から、涙が溢れた。

骸に抱かれる了助を、暴いた墓穴の縁に佇む子どもたちが、じっと見守った。

そこへ、声が飛んだ。

「了助」

子どもらが、一斉に振り返った先に、ぱらつく雨の中に傘なしで立つ、光國がいた。背後には、従者に傘を持たせて立つ、中山、忠秋、罔両子がいる。

穴の底の了助は、横たわったまま動かない。

「了助、わしだ。子龍だ」

光國が、また呼びかけた。

了助はゆっくりと瞼を開いた。温かな記憶が遠ざかり、雨が冷たく肌を刺した。

ぼろぼろの骸の手をそっとどけ、横たえた。

両膝をついて骸骨を見つめ、合掌した。瞑目はしなかった。涙は消えていた。

了助は木剣を取って帯に差し、穴の縁に手をかけ、這い上がった。仁太郎と辰吉が、了助に手を貸した。雨がやや強くなったのを感じながら、了助は地上に戻り、立ち並ぶ大人たちを眺めた。雨のせいか、薄ぼんやりとして影法師の群のようだった。

「了助」

別の声がそばでした。小さな手が、泥だらけの自分の手に触れた。雨に濡れるお鳩が、泣きながらこっちを見ていた。なぜ泣いているのか了助にはわからなかった。

「駄目、了助。駄目。お願い」

何が駄目なのか。

よくわからないまま、影法師に目を戻した。

とたんに、光國がやるせなさで息をこぼした。茫々としきった了助のその眼差しは、眠りから覚めたばかりの子どものようでもあり、墓から出てきた亡者のようでもあり、光國には恐ろしく応えた。墓を暴くために泥まみれになった了助の姿は、光國の想像を絶して、声なき悲痛の訴えとなって胸に迫った。

了助が、一歩前へ出て、お鳩の手が離れた。

「了助……」

お鳩が呼んだ。了助には聞こえなかった。

「なんで、おとうだったんですか？」

了助が尋ねた。乾ききった声だった。

「あのとき、わしの手の先に、お前の父がいた」

光國は言った。背後の面々は、わけがわからない様子で顔を見合わせている。

「御曹司様の手……？」

「たまたまなのだ。何のゆかりもなく」

「どういうことですか……？」

光國は、ふーっと細く息を吐き、

「わしの若き日の過ちを聞いてもらわねばならぬ。常々、そう思うておった。お前と出会うてからずっとだ。一切は、わしの咎なのだ」

誰に聞かれようとも構わぬ思いで、全てを話した。

かつて――まだ二十歳になるかならぬかというとき、光國は血気の日々を過ごしていた。水戸家の世子として選ばれたことは、必ずしも喜びをもたらさなかった。不自由と鬱屈の念が常につきまとった。特に光國には、病弱だった長兄と早逝した次兄がおり、その兄達を差し置いて世子とみなされたことに、申し訳なさを感じ続けた。

そうした鬱屈を爆発させてくれたのが、江戸の町だ。その頃の光國は夜な夜な、屋敷を抜け出し、規律に支配された武士の世界とは異なる場所へと繰り出した。

そしてそこで、同じ思いの者達と出会った。新馬、天傘、鶴市――表徳を名乗る、若い旗本奴である。これに琴次という者もいたが、本妙寺で新馬から、大火の前に肺を病んで死んだと聞いていた。

四人は、光國の友だった。互いにどんな家の出かも知らない。どんな鬱屈を抱いているか聞いたこともなかった。言葉にせずとも同じ思いでいる。そう信じていた。

だがあるとき、光國が四人と落ち合うと、なぜか浅草寺に連れて行かれた。そこで酒を飲むうち、天傘が急にこんなことを言った。

「谷公、良い刀だなあ。前から思ってたんだ。お前さんの差してるそれ、良い刀だって」

事実、それは素晴らしい刀だった。父から与えられたものであり、そもそもは将軍家光から授かった刀なのだ。

しかし四人の意図は、ただ刀を誉めることではなかった。

「おい、無宿人がいるぜ」

鶴市が、だしぬけに言った。新馬がにやにやし、琴次が、

「おお、そりゃちょうどいい」

などとぬかした。

いったい何なのか。光國が眉をひそめていると、天傘がこう言い出した。

「斬ってみてくれよ。水戸様の刀がどれくらい切れるか見たいんだよ」

光國は凝然となった。その瞬間まで光國は、彼らを、互いに出自など関係のない、自由に振る舞い合える、真に気の置けない仲だと信じていた。

だがそうではなかった。四人とも、旗本の次男か三男か、あるいはそれより下の子だ。世子になれない冷や飯食らいがどれほど過酷な目に遭うか、光國も話でしか知らない。そんな彼らの中に、世子である自分が交じっていたのである。そのことに彼らは気づいた。しかも何かのきっかけで、光國が水戸家の御曹司だと知った。彼らは一様に、馬鹿にされ、裏切られたと信じた。そして、光國に報復してやることを決めた。

「斬ろうぜ、谷公」

新馬が、掠れた声で言った。

寺の縁の下で眠る無宿人たちを斬れと言うのだ。そんな無法が許されるわけがない。

だから光國には斬れない。そのことを徹底的に嘲笑ってやる。それが四人の計算だった。光國に恥をかかせ、その噂を流す。二度と夜遊びの場に出てこられないよう、笑いものにする。傾奇者達にとっての一番の復讐がそれだった。

光國のほうこそ、裏切られた思いだった。こんな奴らにいいようにされてたまるものか。そんな怒りがわいた。

「つまらんことを言うやつらだ」

光國が言い返した。わざわざ無宿人を捕まえて、斬れるかどうか迫るなど、誰がどう考えても馬鹿げている。

だが四人は、それで収まらなかった。

「どうしたんだ、谷公。おれたちのために斬ってくれよ。それともまさか、そのご立派な刀の使い方を忘れたんじゃあ、あるまいな」

そうまで言われ、血気に満ちる若い武士が受け流すなど、容易ではない。光國は、ここで真っ向から応じてしまった。

「そう言えば、まだ試し切りはしていなかったと考えていたのだ」

ついそう口にしていた。もう後には退けなかった。気づけば、光國は、寺の縁の下に眠る無宿人たちにつかみかかり、一人を引きずり出すと、刀を抜き放っていた。

「下らぬ恥のかかせ合いで、退くに退けなくなった……いや、そのような気にさせられた。恥ずべきことだ。しかもわしは、その男を斬りに斬った。だが容易には死ななかった。男があまりに毅然と反駁し、わしの剣筋を乱したからだ。そのとき男が口にした言葉は、今も胸中に刻まれておる」

背後にいる中山、忠秋、罔両子は、唖然となってこの告白を聞いている。

拾人衆の多くがそうだった。ただ三ざるだけが、すでに知っている顔だった。

「その人、なんて言ったんですか？」

了助が尋ねた。小雨が降りしきる中であるにもかかわらず、その声音はますます乾ききって、ざらざらとしていた。

「なぜでございますか、とわしに訊いていた。このような身に落ちぶれたとしても、命を惜しく思うことは万人と同じでございます……と。なのに、なぜこのようなことをするのですか、と」

了助の右手が、帯に差した木剣の柄を握った。何の思考もなく自然とそうしていた。

「おれのおとうも、そう言ってました」

「……やはりか」

「最期におとうの声を聞いたとき、おとうは、そう叫んでました。そのことを、今、ちゃんと思い出しました」

言いながら、了助が木剣を帯から抜いた。遅れて、拾人衆の面々がはっとなった。

「了助！」

お鳩が慌てて手を伸ばしたが、了助が、するりと前へ出たせいで、届かなかった。

「全ては、若きゆえの過ちであった」

光國は、いきなり着物をはだけ、諸肌（もろはだ）を脱いだ。長身ゆえ細身に見えるが、全身鍛え上げられた分厚い体軀をあらわにし、了助に向かって歩み出た。

「子龍様⁉」

中山が、慌てて光國の腕に手を伸ばしたが、これも届かなかった。

「了助よ――」

光國が言いかけたとき、すっと誰かがその目の前に入り込んで来た。

「止まりなされ」

義仙だった。いつ現れたのか、光國と了助の間に佇み、二人の足を止めさせた。

「そこをどけ！」

光國がわめいた。だが義仙は聞かず、振り返って了助を見つめ、

「心を置くな」

と言った。

了助は、いっとき義仙を見つめ返したが、すぐにその背後の光國へ目を戻した。

「おれのおとうなんですね？」

中山が、大声でわめいた。

「よさんか、了助！　子龍様も、おやめ下さい！」

光國が、構わず答えた。

「そうだ。それ以外に考えられぬ」

「子龍様！」

「了助やめて！」

中山とお鳩が、それぞれ声を限りに呼んだ。

「おれのおとうを殺したんですね？」

了助が、乾いた声で重ねて訊いた。

「そうだ。わしが、お前のおとうを斬った」

光國が、はっきりと告げた瞬間、了助が木剣を横ざまに構えた。

諸肌もあらわに、さらに進み出ようとする光國を、中山が背後から抱え止めた。

「何をしているのです！」

「離せ！　了助、わしを打て！」

同じく、お鳩が了助にしがみつこうとしたが、こちらは間に合わなかった。

「キイイイヤアアアーッ！」

血を吐くような叫喚を迸らせながら、了助が跳んでいた。義仙の存在すら眼中になかった。心の全てが、光國の存在に向かっていた。

なんで光國のような偉い人が、自分に親切にしてくれるのか。なんで無宿人の子に特別な居場所を与えてくれようとしているのか。怖くて訊けなかったことの答えが全て示された。想像もつかない答えが。そのくせ何もかもに納得がいった。

裏切りそのものだった。世のあらゆる良心と呼べるものを根底から覆すような、最もあってはならない答えだった。

――地獄だ。

もはや目の前の人間を打ち払うことしか考えられなかった。光國という人間の形をした地獄を、木っ端微塵に打ち砕くべきだった。

視界の端で、ちらりと義仙が動くのが見えた。

だがそれまで義仙が見せた技は、どれも自身が攻撃された場合のものだ。目の前で他者が攻撃されてなお発揮されるものとは思いもよらなかった。

気づけば義仙の右手が、木剣を振るおうとする了助の左肘を上から押さえていた。渾身の力で跳んだはずなのに。義仙は当然のように、了助に寄り添うように宙に身を置いていた。ついで義仙の左手が、木剣を握る了助の右手首をつかんだ。

天地が回転した。了助は地べたに叩きつけられ、手から木剣が奪われた。すぐに獣じみた咆哮を放ちながら起き上がったが、そこで唐突に、暗闇が降ってきた。

義仙が、奪った木剣の「不」の字が刻まれた柄頭を、了助の胸に打ち込んだのだ。

了助は、肺腑にすさまじい衝撃を受け、ことんと気を失い、仰向けに倒れた。

「了助！」

お鳩が泣きわめいて、倒れた了助にすがりついた。

「退け、貴様ら！　了助にわしを打たせよ！」

もがく光國を、中山が振りほどかれまいとして腕に力を込めながら叫び返した。

「衆目の中ですよ！　了助が咎人となります！　ご自分が何者かおわかりでしょう！」

「わしが望んでおるのだ！　どけ！」

光國がその膂力のありったけで中山を弾き飛ばした。その光國の胸へ、義仙が無造作に木剣の柄頭を突き込んだ。了助のときよりも格段に激しく、「不」の字が刻まれたそれが、光國の胸に突き込まれた。光國の大柄な体が吹っ飛び、仰向けに倒れた。息が詰まり、衝撃で起き上がれもしない。

「ぬ……ぐ……」

それでも、渾身の力で上体を起こした。その光國を、義仙が平然と見下ろしていた。

「あの子を、私が買います。よろしいか？」

光國は、口をぱくぱくさせ、

「なん……だと……」

やっとのことでそう返すのへ、

「了助は悪くない！　あたし達が決めたの！　あたし達が義仙様を呼んだの！」

お鳩のそう叫ぶ声が重なった。

「お前達が……？」

中山が起き上がって目をみはった。

「さる人々、となゝ……」

忠秋が、やっと理解がついたというように、義仙を見た。

「三ざるに呼ばれたわけですか。何の見返りがあって？」

罔両子が尋ねるのへ、

「似顔絵。按摩。三味線」

義仙が、木剣をおのれの帯に差し、淡々と答えた。

「おいら達で決めたんです」

巳助が、他の拾人衆にその場にいるよう手振りで示し、亀一の肩をつかんでやりながら、光國らへ歩み寄った。

「亀一が、豊後守様に命じられて子龍様の声を聞いたあと、三人で話し合ったんです。どうにかしなきゃ、御師様達が争い合うって」

巳助がそう告げ、亀一が付け加えた。

「豊後守様と子龍様だけでなく、了助さんまで、ひどいことになると思い、義仙様に助けを求めました」

「全て、わしの言が、発端か……」

光國が、地べたに座り直し、倒れたまま動かない了助を見た。

「了助を……どうする気だ」

義仙は、了助のそばで片膝をついて言った。

「鬼を人に返します」

お鳩が、了助にすがりつくのをやめた。義仙が了助の体を持ち上げ、肩に担いだ。だらんと垂れる了助の手を、お鳩が取っておのれの頬に押しつけた。

「鬼が、人に返らねば……どうする」

「さて。鬼には鬼の住み処（すみか）がありますが」

「どういう……意味だ……」

義仙は、首を傾げただけだった。どうとでも想像しろというように。光國は立とうとして片膝をついた。両膝が震えて直立できなかった。

罔両子が、代わりに義仙へ尋ねた。

「了助さんを買うなら、代金はなんです？」

「極楽組」

中山と忠秋が瞠目(どうもく)し、罔両子が続けて問いかけた。

「了助さんを連れて？」

「話を聞く限り、極楽組には、了助と因縁ある者が、一人います」

罔両子がうなずいた。

「なるほど、鶴市という人のことですね。ちなみに、錦氷ノ介という人も、そうです。詳しくは、了助さんに聞いて下さい」

すっかり了助のことを、義仙に預けると決めた口ぶりである。

「待て……勝手に、連れて行くな……」

光國がなおも立とうとした。その肩をまたしても中山がつかんで止めた。

「もはや了助を、子龍様のそばに置いてはおけません。子龍様を襲えば、了助の咎となるのですよ。いったい何がしたいのです。親を斬った詫びに、その息子を育てるとでもいうのですか」

「それ以外に……何が出来る」

光國が、歯を食い縛って返し、中山に嘆息させた。

「それは、この子が決めること。では御免」

義仙が、了助を担いで歩き出した。お鳩は、了助の手を、泣きながら離した。

「了助！　お願いだから、義仙様の言うこと聞くんだよ！　逆らっちゃ駄目だよ！　あたし、了助を信じてるからね！　必ずまた会えるって、信じてるからね！」

お鳩が懸命に放つ声も、了助の耳に届くか定かではなかった。誰も義仙を止めなかった。拾人衆も動かない。義仙を追ってはならないと誰もが理解していた。

そうして、義仙と了助の姿は、小雨が煙る中へ、消えていった。

六月村

一

四歳の了助は、おとうの腕の中で安らかに眠っていた。

蜘蛛の巣だらけのお堂の縁の下に、大勢の無宿人とともに身を横たえていても、了助は不幸ではなかった。空腹も、屋根がないことも、世を怨み、心が荒む理由にはならなかった。了助にとっての不幸は、ただただ、おとうの温もりを失うことだった。

「このような身に落ちぶれたとしても、命を惜しく思うことは万人と同じでございます！」

おとうの叫びが轟き、ざぶん、と水の音がした。堀川に身をひたしていた。肌を切るような冷たい水だ。なのに温もりが持続した。誰かが了助を抱いてくれていた。顔を上げると、焼けただれた三吉のおやじさんの顔が、にっこり微笑んだ。

「わしが、お前のおとうを斬った」

河岸から声が飛び、火の粉が辺り一面を覆い尽くした。赤く輝く鉄の雨だ。ふれれば手をずたずたにされる。その灼爍たる雨の向こうに男の影があった。その男こそ、おとうの仇だった。あいつを打て。地獄を払え。激しい思いに衝き動かされて、了助は痺れる両腕を動かして河岸に向かった。その身から三吉の腕が離れた。三吉は、山ほどの黒焦げの骸とともに流れていった。背から刃を生やす、吽慶の姿もあった。氷ノ介の、箍の外れた笑い声が響き、水面から氷柱のように光るものが生えた。刃の群だ。枝も葉も鋭い剣の森が現れた。真っ黒く焼かれ、目を抉られ鼻を削がれた亡者たちが、鋭い枝葉に貫かれ、もがくほどに刃に切り刻まれていった。

――どこも地獄だ。

そう思ったとき、火の粉も、骸も消えた。

覚醒は一瞬だった。了助は、気を失って夢の世界へ落ちていたことを悟った。

だが、すぐには動かなかった。瞼も開かず、声も発さない。全身が異常を訴えており、それが何であるか用心深く探った。

異常の理由は、手足の縛めだった。両手首を背後に回されて縛られ、ご丁寧に、両足首を束ねる縄が、手首の縄につながっている。まるきり咎人の扱いだ。

うつ伏せで、大きなものの上に乗せられていた。かっ、かっ、という蹄の音と、身の揺れ方から、馬上にいるとわかった。

夢で感じた温もりは、おとうでも三吉でもなかった。馬の体温だった。

しとしと雨の音がした。だが背に冷たさは感じない。頬や首に藁の感触があり、蓑をかぶせられているとわかった。それ以外にも、体の左側にふれるものがあった。騎手の腿と腰だ。

――誰だ？

という問いを抱く一方、

――逃げられるか？

と自問していた。

全身をばねにして馬から跳び降りることは可能だ。足の裏の感触で、草鞋を履いたままだとわかった。問題は馬から下りたあとだ。両膝で跳んで移動することはできる。現代でいう兎跳びの要領だが、それではすぐに捕まえられるに決まっていた。

刃物がほしい。それがあれば脱兎のごとく逃げ出せる。経験上、逃げるなら堀か川に飛び込むのが一番いい。

刃物は騎手が持っている。馬に乗るのは武士で、つまり両刀を差しているはずだ。

了助は左肩にふれる相手の腿の角度から、刀の位置を探りつつ、これからの行動を克明に想像した。堀か川が近くにあるとわかり次第、背の力で簑をはねのけ、後ろ手で相手の刀の柄を握る。そのまま跳び降りる勢いで刀を抜き、地面に転がり、膝の力で跳んで、水の中へ身を投げる。

騎手は出遅れるはずだ。馬から降り、どこかに手綱を結わえ、水へ入るために着衣を脱ぐ。残りの刀も鞘ごと抜いて地面に置かねばならない。それだけ間が空けば、了助は余裕をもって逃げられる。水中で縄を切り、潜ったまま遠くまで泳げばいい。

もし水中で刀を落とせば溺死は必至だ。しかし、他に脱出のすべはない。

「大人しくしていろ」

ぴしりと声が飛び、了助は危うく目を見開きかけた。覚醒した直後から、それこそ大人しく様子を探っていたはずなのに。

「私は刀を持たん。腰に差しているのはお前の木剣だ。こいつの刃を抜くのはひと苦労だろう」

なんだこいつは。了助は、夢で見た剣樹地獄以上に、戦慄した。なぜ、刀を奪おうという考えを悟られたのか。そもそも自分が覚醒したことを、どうやって察知したのか。だいたい木剣の中に、本物の刀があることをどうして知っているのか。

身が触れ合っているせいだ。こちらの僅かな身動ぎで、覚醒を察知し、その内心を読んだ。そう考えるしかなかった。

木剣の中に真剣が隠れていることも、相手は知っている。これについては、三ざるが教えたのかもしれない。そう。三ざるが――

(了助……)

急に、お鳩の声がよみがえった。

(お願いだから、義仙様の言うこと聞くんだよ！　逆らっちゃ駄目だよ！)

いったい、いつ聞いたのか。

ずきんと痛みを感じた。胸の奥だった。心臓の辺りから、ずん、ずん、と鈍痛が響いてくる。負傷ではなく幻痛だった。苛烈な打撃を受けたことを体が覚えているのだ。

いったい誰の一撃か。

——柳生列堂義仙。

その名が飛び出した。今、自分を運んでいる騎手、お鳩が逆らうなと告げた男だ。たちまち全てよみがえった。雨の中、おとうの墓を掘り返したこと。土中から現れた遺骸に寄り添って横たわっていたこと。

そして、あの光國が、墓穴の底の自分を呼び、はっきりと告白したこと。

「わしが、お前のおとうを斬った」

心臓がどっと鼓動を搏った。動悸ではない。冷たい血が心臓から流れ出した。頭が冴え、ひどく無感情になる一方、剣呑な意思がむらむらと黒雲のようにわいてくる。

報復の殺意が、自分を感情のない一個の刃と化さしめるようだ。過去にも覚えのある感覚だった。おとうの仇のことを思うと、そのような状態になると了助は知っていた。殺意に満ちた冷たい血が、他の感情を驚くほど抑制し、感覚を研ぎ澄ませた。

——悟られるな。

了助は意識して脱力し、今しがたかけられた声も、聞こえていないふりをした。まだ朦朧としていると思わせ、油断させるためだ。

まず耳で周囲の様子を窺うことに集中した。馬蹄の音からして一頭だけ。義仙の単騎だ。徒歩で従う者の足音もない。聞こえるのは雑踏と雨音だ。理由は不明だが、中山勘解由やその部下に囲まれているのではない。これで脱出できる目算が増した。

薄目を開けて周囲をうかがった。土塀ではなく、木造の建物が見えた。旅籠や問屋の軒先が並んでいる。雨なのに人通りがあり、商人や職人、あるいは武士たちが、笠をかぶり、泥を跳ねさせ行き交っていた。

日本橋周辺だろう。ということは、品川から江戸市中まで運ばれたのだ。いったいなんのためか。

「そろそろ小伝馬町だ」

また唐突に言われた。なんでいちいち悟られるんだ、と了助は叫びたくなった。こちらは微動だにしていないはずなのに。

――違う。ただの独り言だ。

そう決めてかかった。こちらが朦朧としていると思い、うっかり町名を呟いたのだ。

――小伝馬町。

だが遅れて意味を悟り、全身鳥肌が立った。牢屋敷がある町だ。浅草御門の大騒ぎの折に知った、牢屋奉行の石出帯刀のことが思い出された。いかにも律儀な石出の顔が、想像の中で、閻魔に従う鬼の形相になった。

——おれを牢に入れる気だ。

牢では、他の囚人たちにいたぶられたり病気になったり、とにかくひどい目に遭うと聞いていた。それで死ぬ者も大勢いるそうだ。

そんなのは嫌だ。おとうを殺した相手に騙されたまま仕返しもできずに死にたくなかった。せめて一度。ただ一度でいい。自分の苦しみを思い知らせるため、渾身の力で相手を打ち据えたい。そのあとで殺されても構わなかった。

牢屋敷に入れば逃げられなくなる。猶予はない。了助は簑の下で、目だけせわしく動かした。刃物を売る者、商売で刃物を使う者を探したが、見つからなかった。

晴れていれば路傍で古道具を売る、天道ぼしの連中がすぐ見つかっただろうが、あいにく雨で棒手振すら見当たらない。大工も休みだ。そこらの料理屋に飛び込んで包丁を奪うことも考えたが、手足を縛められたまま、ぴょんぴょん跳んでそんな真似ができるとは思えなかった。

絶望的な気分になったとき、向こうから、荷箱を背負う薬売りが、足早に来るのが見えた。鋏。ぱっとその言葉が閃いた。薬売りなら、包み紙や薬を刻むため、鋏を持っている。そんなもので縄が切れるかわからないが、一か八かだった。すれ違う瞬間、馬から跳ね降り、薬売りに体当たりし、そいつが背負った荷の中にある鋏を奪う。そのあとで堀に飛び込むのは同じだ。

いかにも無茶だが、牢に対する恐怖がその無茶にすがりつかせた。

「そんなに降りたいのか？」

義仙がいきなり、右の膝で了助の腰の下を持ち上げるようにした。そのまま蹴り上げられでもしたら、了助は頭から真っ逆さまに落馬する。眼前の恐怖から反射的に身を強(こわ)ばらせて義仙の膝に対抗した。おかげで覚醒していることがすっかりばれた。いや、はなから騙せていなかった。それどころか考えたこと全て、完全に読まれていた。

気づけば薬売りは、はるか後方だ。言いようのない悔しさに、身が震えた。

ふいに、馬が止まった。義仙が馬を下りて手綱を引き、どこかの門をくぐった。

一瞬、牢屋敷かと思ったが、堀がない。それに多数の馬の臭いが鼻をついた。

伝馬屋敷だ。宿場町を行き来するための牛馬を、常時用意する場所の一つである。小伝馬町や大伝馬町(おおでんまちょう)があり、隣接する馬喰町(ばくろちょう)は、産地から馬を仕入れる仲介人の町で、火除地(ひよけち)を兼ねた馬場がある。小伝馬町は宮辺又四郎(みやべまたしろう)、大伝馬町は馬込勘解由(まごめかげゆ)と佐久間善八(さくまぜんぱち)という、家康(いえやす)が任命した伝馬役の子孫が代々司(つかさど)った。日本橋北の一帯は、了助が恐れた牢よりも、むしろ馬の町として知られているのだ。

「柳生列堂義仙だ。中山勘解由どのに馬を貸してもらった。返しておく」

義仙は、馬の引き渡し手続きを済ませると、簀をかぶせた了助を、肩に担いだ。

伝馬役人は、了助のことを尋ねず、見ようともしない。興味がないというより、敬して遠ざけているのだ。罪人に無用な恥辱を与えず、罪の穢れを避けるためである。それが罪人移送時の、一般的な態度だった。

なんであれ、今度こそ本当に牢屋敷へ連れて行かれる。しかも義仙の頑丈な腕と肩でしっかり固定され、身をよじることもできない。了助は鉄鎖で丸太に縛りつけられた自分を想像した。筋力の問題ではない。腰の骨を正確にとらえられて動けないのだ。

だが義仙が向かったのは、予想に反し、長屋だった。了助が寝泊まりしたこともある「寺」だ。部屋の一つに上がると、義仙は、簑に包まれた了助を畳の上に転がした。

「縄を解いてやる。暴れるな」

了助はうなずき、脱力した。

義仙が、木剣を腰から抜いて了助のそばに置いた。簑が取られ、土間へ放られた。従う気はさらさらなかった。こんな好機を逃す馬鹿はいない。義仙が縛めを解いていった。了助は観念したふりを続け、手足に力が戻るのを待ったが、ほとんど痺れていないことに驚いた。血の流れを妨げず、これまた見事に骨のみをとらえて縛めたからだ。解けた縄を、義仙がたぐってまとめにかかった。義仙の視線が、了助から縄へ移っていた。その隙に、了助は跳ね起き、木剣を握った。

片膝をついた義仙へ、木剣を振るうことは考えていない。了助の体が無理だと言っていた。打ちかかっても、瞬時に取り押さえられるだけだ。

だから、外へ駆け出そうとした。幸い草鞋は脱がされていない。だが、いきなり膝に衝撃が生じ、前のめりになって狭い土間に倒れた。義仙が、縄の束で、膝の急所を無造作に打ったのだ。鋭い痛みが走り、右脚全体が痺れた。

木剣を杖にして逃げようとしたが、義仙が縄の束で了助の左腕を打った。これまた肘の急所だった。右膝に続いて左腕が痺れ、動けなくなった。それでも身をぶるぶる震わせ、唸りを発して這おうとする了助へ、義仙が縄を放ってこともなげに言った。

「食事にする。手伝え」

了助は半身を起こし、右手一本で木剣を振るって、義仙の脛を打とうとした。力を十全に発揮できずとも、そこを打てば痛みを与えられると考えてのことだ。

しかし、義仙がすっと向きを変え、脹ら脛の分厚い筋肉に弾き返された。諦めずに別の角度から振るった。結果は同じだった。

「ち、ちくしょう……ちくしょう！」

土間に倒れたまま、手も足も出ない口惜しさで、泣きわめいた。

義仙は取り合わず、部屋の灯りをつけ、飯炊きの準備をした。米味噌と野菜の用意があり、手早く調理しながら義仙が言った。

「動けるようになったら、手足と顔を洗って手伝え」

禅宗では、炊事は古参の僧の仕事で、下位の者は手出しできないんじゃなかったのか。そう言い返したかったが、了助は黙って狭い土間で膝を抱え、壁に背を預けて手足の回復を待った。

義仙を睨むが打ちかかれず、手足の痺れが引いても、むっつりしたまま動けない。情けなかった。拗ねている子どもと同じだった。

義仙が膳を一人分だけ用意し、部屋に上がった。作法通り米を三粒取って生飯を空じ、食い始めた。見事なほど無音で、目をそらせば誰もいないかと思うほどだ。

「ずいぶんかかるな。飯が冷めるぞ」

義仙が言った。了助はのろのろ立った。

木剣を土間に立てかけ、水瓶の水で手と顔を洗った。草鞋を脱ぎ、足の泥も落とした。湿って汚れた着物のまま、膳を用意し、相手と向き合った。相手に合わせて生飯を空じた。腹が減っているのはわかるが、空腹感はない。それでも意地で食った。なるべく音を立てないよう噛みながら考えた。

なぜかわからないが、義仙には自分を牢に入れる気がないらしい。そもそも子どもは牢屋敷ではなく浅草溜に送られるのだ。なぜここに運ばれたかは不明だが、この調子なら義仙が寝ている隙に逃げられるかもしれない。そんな魂胆がわいた。

義仙が食い終わり、瞑目した。了助が終えるのを待っているのだ。義仙がそうして坐っていると、物言わぬ松の木のような威厳があった。昨日までの了助であれば、こんな風になりたいと素直に思ったことだろう。だが今の了助にあるのは逃げる算段だけだ。逃げて報復を果たすにはどうしたらいいか。それ以外に思考が働かなくなっていた。相手が目を閉じている隙に逃げようか。そう考えたが、体が無理だと判断して動こうとしない。この男が覚醒している限り、かないっこないのだ。

了助が箸を置いた。音を立てなかったつもりだが、すっと義仙が目を開き、言った。

「お前は私が買った。旅に同行してもらう」

「買ったって……、いくらで？」

了助は呆気にとられ、つい訊いていた。

「後払いだ。代金は、極楽組の錦、鶴、甲斐、極大師」

度肝を抜かれた。偉い大人たちがさんざん苦戦した賊を、一人で捕らえるというのか。無茶な話だが、しかしこの男ならもしや、と思わされるものもあった。

「お前にも得はある」

「……得？」

「お前の父を、水戸家の御曹司が斬った」

了助の心臓が、どっと音を立てた。今しがた食ったものの温かさなど瞬時に腹の中で消えた。頭のてっぺんから足のつま先まで冷え冷えとした血が流れている気がした。

義仙は、そんな了助をよそに、こう続けた。

「水戸の御曹司に、お前の父を斬らせた者たちがいる。その一人が極楽組の〝鶴〟だ。少なくとも御曹司はそう言っていた」

確かにそうだ。光國をけしかけた一人がたまたま賊として捕らえられ、別の一人も本妙寺の僧だと判明した。二人とも取り調べで極楽組に協力したことを吐いている。そうしたことを了助はお鳩たちから教えてもらった。だからこそ光國は、もう隠しておけないと悟って、本当のことを了助に話したのだ。

「御曹司の話では、お前の父の死に関わった者は五人。うち一人は病で死んだ。一人は御曹司。残り三人は全員、極楽組に関わりがある。これは偶然か？」

了助は、眉間に皺を刻んだ。何が言いたいのかよくわからなかった。

「四人が御曹司を使い、お前の父を殺した。そのわけを知りたくはないか？」

義仙が問いを変えた。了助はぽかんとなった。そんな風に考えたこともなかった。父は理由もなく旗本奴のお遊びで殺された。もしそうではないなら、理由があったことになる。だが無宿人の男を、旗本の子息がわざわざ狙って殺す理由などあるだろうか？

「御曹司は、下らぬ恥のかかせ合いで無辜の民を斬ったことを悔いている。もしさらに自分が利用されたと知れば、お前に木剣で打たれるよりも、よほど打ちのめされることになるだろう」

それは、了助には理解できない武士の理屈だ。しかし、義仙の淡々とした言い方には、妙に説得力があった。

「お前は、ただ御曹司に嚙みつき、それが為に命を落としてよいと思っているか？」

また別の質問が来た。そうだ、と答えたかったが、脳裏で別の声が邪魔した。

――命を惜しく思うことは万人と同じでございます。

まぎれもない、おとうの声だ。野犬のようにとにかく食いつくことを、よしとしない心の声だった。斬首になれば、おとうのもとにゆける。三吉にも会える。少なくとも閻魔さまから二人の消息を聞くことができる。だがそういう考えを否定する声があることに、了助は歯がみし、意味もなく聞き返した。

「おれを牢に入れるんじゃないんですか？」

義仙は、首を傾げた。話を聞いていなかったのか、と言いたげだ。

「あの人が、はめられておとうを殺したなんて、どうしてわかるんですか？」

もう子龍様とは呼べず、あの人、としか言えなかった。

「それを確かめる」

「それで許せと言うんですか？」

「何が許せない？」

「だって、おれのおとうを――」

殺した、と口にすることもできないほどの激情が込み上げ、体が震え出した。

「お前の父を殺したのは刀だ。刀を握っていたのは御曹司だ。そうさせたのは四人の男たちだ。お前の父をその場にいさせたのは、別の何かだ。お前は、何が許せない？」

何をごちゃごちゃ言っているのか。妙な理屈で罪をうやむやにさせられることへの痛憤（つうふん）で、低い声音（こわね）になってこう言い返した。

「斬ったのはあの人だ。自分でそう言った。おれに、よくしてくれたからって……そんなことしたって、おとうは生き返らない。あの人は、おれにもひどいことをした。ずっと……ずっと黙ったまんま、おれに施しをしてた」

「それがお前の怨（うら）みか」

義仙が言ったが、了助には意味不明だ。だから何だ。怨むのをやめろというのか。

「旅に出て、報いを果たせ。怨みを晴らすことにもなろう。重ねて言うが、あの木剣で御曹司を叩くよりも打ち懲らしめることができる。それが、お前が得るものの一つだ」

「一つ……？」

「もう一つ。旅の仕方を教える。報いを果たしてのち一人で廻国（かいこく）修行に出られる」

それは了助の心の急所をとらえた言い方だった。旅への不思議な憧れを見抜かれているのだ。きっと罔両子（もうりょうし）から聞いたのだろう。

「……あの人を、おれが打ったりしないように、そんなこと言ってるんですか？」

「いや。きっと打てる」

あっさり義仙が言った。了助は、またわけがわからなくなった。

「お前が〝鶴〟から仔細を聞けば、御曹司は教えてくれと請う。そうなれば、お前は咎めも受けることなく、好きなだけ、いくらでも打てる」

了助には、さっぱりわからない。だが義仙は当たり前だと言いたげだ。これまた了助には理解できない武士の理屈なのだろう。

「むろん、私とお前の働き次第だが」

義仙が言った。はたと別の疑問がわいた。

「なんで、あなたが働くんですか？」

「三ざるに頼まれた」

ふと記憶がよぎった。巳助（みすけ）の人相書き。亀一（かめいち）の腰揉み。そしてお鳩の三味線だ。それらが報酬だと、どこかで聞いた気がした。

「また、私の誓願でもある。民と御政道（ごせいどう）に尽くし、天地人から学びを得る。全てを兼ねる機会は少ない」

無私の奉公であり、修行にもなるという。こんな達人が何を言うのかと本気で疑問だった。柳生という、偉い家の出のくせに。奉公も修行も必要ないに決まっている。

だが、義仙には偽りを述べている様子はなかった。やはり、当然のことを問われるがまま口にしている感じがした。

ふと戸口に、若い男が現れた。

「もし、義仙様。手合いの者です」

義仙が立って、土間に降り、若い男から大ぶりな包みを受け取った。手合いというからには、拾人衆の一人だろう。包みの他に、

「街道を探っていた者たちからです」

小さな竹札を、義仙に渡し、すぐに去った。

「膳を片づけろ」

義仙が戸を閉め、部屋に包みの中身を広げ、不足がないか調べた。

その間、了助は流しの横に正座してきちんと椀と箸を洗い、元あったところに積んだ。つい、いつもの行儀の良さでそうしていた。

「こちらに来て、これらのものを見なさい」

義仙が言った。心なしか、こちらも丁寧な感じになっている。

了助は言うとおりにした。並べられているのは二人分の旅支度だった。明らかに大きさが違うのは義仙の分と、了助の分だからだ。

簡素な着替えの他、木綿の手甲や股引、脚絆、袖のない大合羽、帯、旅用の丈夫な着物、風呂敷、肩提げの小ぶりな二つの葛籠、小銭入れ、蠟燭入れ、重たそうな巾着袋。

「これらを身につけたことはあるか？」

了助はかぶりを振った。

「肌を覆うのは日除けと虫除けのため。合羽は埃除けだ。素肌で旅をすれば三日ともたない。日焼けや肌のひび割れ、虫刺されで苦しみ、歩行に支障をきたす。天候によらず必ず笠をかぶり、頭と顔を守る。笠は明日、買おう」

義仙が、巾着袋から銭や銀の粒を出した。両替してもらってきたのだという。かなりの額だった。無難に旅するには銭が必要で、江戸から京都へは一人につき片道二両（約十五万円）はかかると言われ、了助は目を剝いた。

「小判や交換手形を持ち歩くのは無意味だ。釣を返せる者がいない。ゆえに最も重い荷は、銭となる。早道（小銭入れ）に入れるのは一日分の銭で、残りは総身に隠し持つ」

「隠す？」

「帯や襟などにな。決して、銭を入れた袋を首から吊したり、腹に巻いたりするな。歩くうちに首や腰を痛めるし、掏りや賊への用心に欠ける。銭をありったけ腹に巻けば動きでそれと悟られ、よからぬ者につけ狙われる」

了助は、帯を手にとった。確かに筒状になっていて銭が入るようになっている。襟も同じだ。蠟燭入れの底も銭入れだった。他にも、鞘袋やタバコ入れ、褌にまで銭を仕込むという。全身に金属片を帯びて歩くのだから、確かに相当な重量になる。

「無銭で、身軽に旅をする者もいる。道中で働いて稼げばいい、という考え方だが、それでは私とお前のお務めに差し障る」

働きがいつの間にかお務めになっていたが気にならなかった。初めて聞く旅の知恵に、いつしか気持ちを奪われてしまっていた。

「草鞋は、三日と経たず履き潰れるため、替えの草鞋を常に葛籠に入れておく。風呂敷を背負うときは肩の横側に巻くようにしろ。葛籠と一緒に肩に提げるとすぐに痺れる」

このように基本を教わったあと、用意された往来切手と手形を見せられた。

往来切手は東海寺が発行したもので、罔両子が了助の身元を保証すること、了助に万一のことがあれば東海寺または縁ある寺に葬ること、そして、「決して切支丹ではない」ことが書かれていた。

万一のときの遺品目録に、黒羽織、懐刀、おとうの血に染まった小石のほか、拾人衆として得た報酬と、罔両子の手蹟たる「吹毛剣」の掛け軸も律儀に記されている。いずれも、東海寺で保管してくれているのだ。

手形は、北町奉行所が発行したもので、こちらは人相書きがあった。巳助の手によるものとすぐにわかり、じわっと胸に温もりを覚えた。全て、三ざるの計らいだった。お鳩の手の感触を思い、どうしてここまでしてくれるのかと心の中で問うた。

仲間だからだ、と手形から声が聞こえるようだった。拾人衆はみな、こうして助け合って生きている。そのことを改めて感じる一方、やはり自分はそこに属せなかった、という無念があった。拾人衆の目付たる光國に怨みを抱いて、務めに戻れるはずがない。

悲しげな了助を気にせず、義仙は、往来切手と手形を脇によけ、小ぶりな葛籠の中を見せた。手拭い、ぬか袋、房楊枝、空の水筒、替えの草鞋、裁縫道具が入っている。

義仙のほうにはそれらに加え、筆記具、提灯、丸薬入れなどがあり、必要があれば使わせると言ってくれた。

「旅をする者は誰でも、護身のための脇差しを持つことが許される。ほしいか？」

「あ、いえ……上手く使えませんし」

了助は言った。旅人の大半が、同じ理由で、重くて面倒な佩刀を嫌うという。

「あれを持っていってもいいですか？」

木剣を指さして訊いた。

「むろんだ」

ほっとした。何よりも頼りになる得物だし、いざとなれば杖代わりになる。重たさという点で少し不安だったが、背に差し慣れているという自信もあった。

最後に、義仙が若い男から受け取った竹札を見せられた。

「六月一里」

と記されている。一日ではなく一里とは何か。了助には不明だが、

「賊の足取りだ。行って確かめる」

義仙が言うなり、竹札を竈(かまど)に放り込んでしまったので、質問しそびれた。

「道中の礼儀作法は、そのつど教える。洗濯は今済ませ、今夜はよく寝ておけ」

素直に従い、汚れた着物と褌を着替えると、さすがに爽やかな気持ちになった。洗濯と、水瓶の水を足すため、井戸へ行った。ついでに歯を磨く間、逃げることばかり考えていた。にもかかわらず、そうしなかった。

――木剣で御曹司を叩くよりも、打ち懲らしめることができる。

それが本当かどうか知りたかった。何より〝鶴〟がおとうの死に関わったという事実は無視できなかった。仇は光國一人ではない。残る一人の〝鶴〟という仇を探すため、

――旅に出る。

そのことが、急に実感された。

おのれの過去と未知の世界が、一直線に並んでいるようだった。その道筋から外れてはいけない。神か仏かわからないが、見えざる何かにそう言われている気がした。

それで、逃げずに部屋へ戻った。義仙が薄っぺらい布団を敷いてくれており、並んで横になった。目を閉じると、この義仙という男はどれほど人を斬ったのだろう、という考えがわいた。伏丸などは、義仙から血の臭いがすると言って怯(おび)えていた。了助は鼻ですーっと息をしてみた。血の臭いはしなかった。

刀を持たない蓬髪の修行者。それが了助の目に映る義仙だ。その心の内にはいったい何が秘められているのだろう。

――この人が、錦氷ノ介と出くわしたら、どうするのかな。

極楽組を追うのだから、可能性は高いはずだ。二人の対峙を見てみたい。そんな純然たる好奇の念が、首をもたげるのを覚えた。

光國に打ちかかろうとしてから、まだ半日しか経っておらず、心が落ち着くはずもない。だがそれでも次に目覚めたときは、今と異なる心持ちになりそうだ、という漠然とした予感とともに、了助は眠った。

二

出発は、日本橋本町からとなった。

そこで義仙が笠を買ってくれた。二人で新品の笠をかぶり、雑踏の中を北へ歩いた。身に帯びる全てが、しっくりきた。木剣も揺れないよう前結びに締めた帯にしっかり差した。体の前で結ぶのは、懐の重さで帯が解けるのを防ぐためだと義仙に教わった。

雨はやんでいた。道は冷たくぬかるんでいるが、久しぶりに気分の好い晴天だった。自分が旅装束のせいか、いつもより道行く旅人に目がいった。町から町へ、土地から

土地へと旅する者たちの一員として認められたいという思いもわいた。だが、

「旅人を見つめるな。路銀を狙っていると思われる」

義仙に注意され、すれ違う旅人をいちいち振り返って見るのをやめた。

しばらく歩き、浅草御門に来た。

極楽組がここから市外へ逃走したことは各方面の調べから確実だった。義仙について浅草橋を渡ると、ここで起こった闘争が思い出された。極楽組の一人、緋威が橋の上で仕留められたばかりだ。そのときの光國の勇ましい姿がおのずと思い出され、またぞろ心臓が苦しい鼓動を打った。

橋を渡って川沿いに進めば、水戸藩上屋敷がある小石川に行ける。そこで光國を待ち伏せするおのれを想像した。体を冷たい血で満たした自分が木剣を振るうさまを――つんのめってたたらを踏んだ。橋のたもとの泥溜まりに倒れ込むところだった。想像にとらわれ、摺り足の歩法が乱れたせいだ。おかげですれ違う人々に、くすくす笑われ、了助は恥ずかしさで顔に血が昇るのを覚えた。

「道の穴、木の根、絡まった草といったものに、足を取られぬよう気をつけろ。怪我をするし、疲れが何倍も増す」

雨上がりの道は、牛馬や人の足で穴ぼこだらけになる。ぼんやり歩けば足を取られるのは当たり前だ。ますます恥ずかしくなり、

「はい、わかりました……」

思わず、殊勝な調子で返していた。

浅草寺へ、川沿いに真っ直ぐ進んだ。義仙は雑多な人込みの中を、すいすい歩いていく。燕が何にもぶつからず、地表付近を飛び抜けるような軽やかさだ。といって無駄に急ぐ風ではない。傍目には、余裕をもって緩やかに歩いているように見えるし、実際、了助の足に合わせて、遅めに歩いてくれているのだろう。

だがとにかく歩調が弛まない。どんなに混雑し、道がでこぼこしていても、一定の調子で歩んでしまう。何でそんな風にできるのかと感心するばかりだ。了助のほうは混雑と悪路に歩調を乱され、うんざりしている。義仙について行こうとすればするほど、そうなるのだ。この調子で旅をしたら、自分だけへばって置いて行かれそうだった。

浅草寺が近づき、人通りがまた増えた。誰もが寺の立派な門や出店に注目し、周囲を見ずに動くため、ぶつかりそうになること甚だしい。だが、義仙は群衆の動きを読みきって、やはり歩調を乱さず進んでいる。群で飛ぶ鳥が、互いにぶつかって落ちてきたりしないのと同様、きわめて自然な動作だった。

その背を苦労して追ううち、ふと、以前言われたことがよみがえった。

――心を置かないんだ。

驚くほど何にも気を取られず、逆に周囲を無視して進もうともしていない。広く注意を向け、一つに心をとめることがない。だからぶつかりも転びもせず、疲れもしない。道や人混みばかりか、脳裏に浮かぶ想像、胸中をよぎる思念に、逐一とらわれる自分が、義仙と同じように動けるわけがない。

――一つことじゃなくて、全部に心を置かなきゃ駄目なのか。

義仙の言葉を了助なりにかみ砕けば、そういうことになる。決して周囲を見ないのではない。道を見ながら、人の動きを読み、脳裏の想像を追い、胸中の思念を抱え、しかもどれにも心をとめない。どうやら報復の旅は、修養の旅にもなりそうだった。

浅草寺の境内横を過ぎてのちも、川沿いを北へ歩いたところで、義仙が言った。

「この辺りで一度、足を休める」

日の傾きは、朝五つ（午前八時）頃、出発から半刻（一時間）ほどの経過だ。

距離にして一里（約三・九キロ）余りだ、と義仙が言った。半刻で進める距離を一里とするのだから、悪路と混雑を考えれば順当な進み方だ。

茶屋に入り、義仙が二人分の餅と茶を頼んでくれた。了助にはご馳走だが、むろん労ってくれるのではなく、適切な休み方と、旅での飲食の仕方を教えてくれるためだ。

「悪い歩き方ではなくなってきたな」

餅を食い終えると、義仙が言った。

「え……はい。ありがとうございます」

了助は頭を下げた。良い歩き方だ、と言われなかったのがちょっぴり悔しかった。

「不動智の、前後際断を知っているか？」

「いえ……心の置き方のことですか？」

「少し違う。今後のことも以前のことも全て断ち切るという意味だ。今後のこと、以前のことに心を止めれば、今この現在を見失う」

「今この現在？」

「薪は燃えれば灰になる。だが薪はおのれが灰になるとは考えない。灰も、おのれが薪であったとは考えない。薪は薪、灰は灰だ。この先、そう心がけて歩くといい」

すぐには意味が飲み込めなかったが、了助はうなずいて言った。

「はい、義仙様」

自然と、三ざると同じ呼び方をしていた。

義仙もうなずき、言った。

「もう一つ。ここから賊が逃げる先は限られている。追うのは困難ではないはずだが、なぜか捕まらぬ。そのわけを探りながらゆく」

「はい」

「では、そろそろ行こう」

茶屋の者に頼んで、水筒の水をいっぱいにしてもらい、再び出発した。

いつしか、人混みは嘘のように消え、一面のどかな景色となった。

一帯には、江戸の食糧確保のため、計画的に配置された農地が点在している。米ではなく、季節に合わせた野菜や果物を作るところが多いのは、初物が最も儲かるからだ。

街道は、大川（隅田川）の蛇行に従ってゆるやかに西へ弧を描いている。

途中、刑場で知られる小塚原を過ぎた。南千住では、下谷道が合流するため、その辺りから、また建物、人、牛馬が増え始めた。

橋の架橋の成就が祈願されたという、熊野神社の辺りまで来ると、街道の両脇は、またもや賑やかな街並みだ。それが橋の向こう側まで続いていた。

千住大橋である。渡った先が千住宿で、日本橋から二里八町（約八・七キロ）、二刻（四時間）余りで着けるとされる。だが混雑と寄り道をした分、ずっと遅かった。もうじき正午の昼九つだ。

馬を駆ればすぐだが、了助に騎乗が許可されるわけがない。荷を運ばないのだから、人足や馬の提供もなく、おのれの身が頼りだ。

大きな橋の上は、浅草に負けず劣らずの人混みだった。街道と川、すなわち陸運と水運が交差する上、日光参りや参勤交代で、大名たちも利用する。賑わって当然だろう。

徳川家光が、日光道中初の宿場と定めてより三十年余、千住一帯は、有力商人が集まる重要中継地点として、まさに繁栄のさなかにあった。

——油断できない町だ。

了助は、歩いてみて、そんな感想を抱いた。人と物、そして銭が集まる場所が、穏やかなはずもない。誰もが、あくせくしているか、何かを虎視眈々と狙っている。

「誰とも目を合わせるな。特に、旅人を狙う雲助と留女に気をつけろ。何かと面倒だ」

義仙が、そう忠告してくれた。

雲助は、こわもての駕籠かきたちだ。へばった旅人を強引に駕籠に乗せ、何かにつけて銭を要求する。その上、博奕に誘うなどして身ぐるみ剝ごうとする者もいるという。

留女は旅籠で働く女たちで、こちらは何人かで一斉に旅人に抱きつき、宿に引きずり込んで、無理やり泊めさせることを常としている。

どちらも強盗じみた手口である。商売をする者たちからしてこうなのだから、無法者は一段と凶悪だ。花街へ遊びに繰り出す旗本奴も、地元のやくざ者も、ちょっとしたことで揉め、すぐさま刃傷沙汰に及ぶ。

一方で、商人たちが歌会を楽しみ、書画陶芸が高値で売買され、漢籍に長じた者たちが学問を興隆させる町でもある。

何もかも盛んで混沌とし、老若男女の血気を逸らせる。そういう意味でも油断できない。ともすると町の空気に飲み込まれ、自分までむやみと昂ぶってしまいそうだ。

加えて、日光・奥州道中と、水戸道中に分かれるということが、またぞろ了助の〝冷たい血〃を刺激した。江戸で光國を待ち伏せすることが難しいなら、水戸へ下るところを狙う手もある、などと考え、てきめんに歩調を乱すことが二度も三度もあった。

――前も後もない。前も後もない。

教わったばかりのことを口の中で唱え、なんとか平静を保とうとした。光國と初めて出会ってからのことを考えると立ち止まって一歩も進めなくなってしまう。逆にこの先、報復するすべがあるという言葉を信じれば信じるほど、駆けたい血気を覚える。

どちらも今ここでは、ふさわしくないどころか、危険を招きかねない心持ちであり、一刻も早く町から出て冷静になりたかった。だがもうすぐ宿外れというところで、唐突に義仙が旅籠に入ると言った。泊まるためではない。

「足を洗い、弁当を買う。休憩を取れ」

大きな声で告げながら、留女たちの脇をするりと通って旅籠に入った。女たちも入ってくる者にわざわざ抱きつくことはない。了助もすんなり通ることができた。

たらいのぬるま湯で足を洗って、座敷に上がり、大勢の武士や庶民に混ざって、脚を休めた。

「弁当だけ買って出てもいいんですか？」

「旅籠とは、もともと馬の餌を入れる籠（かご）のことだ。それが旅人の膳の意に転じ、食事を出す宿を、旅籠と呼ぶようになった」

別に、由来を訊いた覚えはないが、食事だけでも構わないらしい。弁当を待つ間も、義仙が旅の心得を話してくれた。

「旅人同士の親睦（しんぼく）など、ないに等しい。むしろ親しく話しかけてくる者を警戒しろ。病人や怪我人とみて、うかつに助けたりもするな。困ったふりをし、助けてくれた相手の荷を盗む者、あるいは人ごとさらう者が大勢いる」

事実、座敷にいる者たちの誰も、親しそうではなかった。むしろ互いの警戒心を刺激しないよう、誰とも距離を保とうとしている様子だ。

やがて弁当が出された。卵、切り干し大根、握り飯、干し魚だ。江戸では普通、食事は朝夕の一日二食だが、旅人に昼食は欠かせないという。やや値は張るが、体力を保つため買っておいたほうがいい、と義仙は言った。

弁当を葛籠に入れて旅籠を後にし、やっと宿外れへ出ることができた。

それでもしつこく道沿いの賑わいが続いたが、じきにそれも遠ざかり、雑木林と草っ原ばかりの平坦な道となった。ほどなくして了助の心持ちも落ち着いた。というより、ある種の空無（くうむ）にひたされていた。ただひたすら歩くことには、人の想念のあり方を変える効果があるのを、了助は知った。

都市では、あらゆる時と場所が定められている。物売りが通る道、木戸が閉じる時刻、食事ができる場所、町ごとにありつける仕事。規則を知り、それに従うことで、飢えや身の危険から、大きく遠ざかることができる。だから飢饉で土地を捨てた流民（るみん）は、まっしぐらに町を目指す。

だが、街道をゆく者たちは、町が保証する全てから離れることになる。何が起こるかわからず、全てが未知で、常に危険と隣り合わせになる。

それは了助にとって、馴染みあると同時に、まったく違う世界だった。

無宿人だった頃は、貧しさのせいで地べたで眠るしかなかった。それでも町の恩恵で生き延びられた。旅はそうではない。おのれの判断と行動が全てだった。旅程を誤れば、人気（ひとけ）のない場所で夜になる。潜り込める縁の下や辻堂があるとは限らず、盗賊、野犬、毒虫、風雨、病気、怪我といったものを、いっぺんに恐れねばならなくなる。食事や部屋を与えてくれる他人が皆無なら、路銀がいくらあっても無駄だ。実際、そうして命を落とした旅人は山ほどいる、と義仙は言った。

そうした緊張を保って歩き続けるうち、

――心を置かず、前もなく、後もない。

そのあり方が、徐々に、体のほうが理解するようになっていった。

真っ直ぐで見通しがいい平坦な道を喜べば、曲がっていて先が見えない、でこぼこの悪路を恨んで疲労を覚える。これだけ歩いたのだと喜ぶ気持ちが起これば、これしかまだ歩いていないのかと憂う気持ちもわく。

今歩くこと、おのれの足が踏んでいるここが、全てであり、無だった。今は一瞬で消え去る。といって、見失えばどこかに心を置き去りにすることになる。

そうした想念が漠然とだが確かに了助の心を平明にしていった。

光國が、おとうを斬ったという事実を知ってから、僅か一日。それだけで、了助の心は、また違う域に移ろいつつあった。

三

開墾地だが、苦しみばかり伝わってくる。

川の河岸で、渡し船を待つ間、了助はそんな思いを抱いた。幕府の瀬替え（利根川の河川事業）により、河道を変えられ、水量が増した川だ。

水運を生業とする人々は、水深が増したことで、より大規模な輸送が可能になった。だが河川域に住まう人々は、川が溢れやすくなり、家や畑の浸水に見舞われることとなった。開墾は過酷となり、村々の次男三男が、やむをえず行き着く場所とされた。

そんな場所で船を待つうち、突然、見知らぬ者から声をかけられていた。

「もし、あんたがた。飴でも買わんかね」

了助は、ぎょっとした。それまで、義仙と自分の二人だけと思っていたのに、気づけばすぐ背後に、小柄な男が立っていたのだ。

背に薬箱みたいな荷を背負った、行商風の男だった。つぶらな目をしており、歳は二十にも四十にも見える、という奇妙な印象である。

「不要だ」

義仙が、目も合わさず返した。

「坊主、一つ舐めてみんかね。甘いよ」

男は意に介さず、にこにこしながら手の上で包みを開いた。何粒もの飴だった。

了助は、思わず口中にわいた唾を飲み、義仙の視線を受け、かぶりを振った。

「いらない。悪いけど、いらないよ」

「そうかい。美味しいのにねえ」

男が、これ見よがしに一粒おのれの口に入れて包みをしまった。気を悪くした様子もなく、むしろいっそう親しげに話しかけてきた。

「実は、宇都宮の辺りで盗賊に出くわしてねえ。そんなこともあろうかと、銭を詰めた袋を一つ用意しておいたんだが、そいつを投げ捨てて逃げたわけだ」

「はあ……」

つい、了助は相づちを打ってしまった。

「賊への投げ銭というやつで、そうするともう追っては来ない。あなた方も、同じように用意をしとくといい。またどこかで稼げばいいんだからね。かくいう私も、引っ返して飴売りなどやってから、郷に戻るつもりだ」

異様に人懐っこいのか、何か魂胆があるのかわからない。船が来て渡る間も、盗賊相手に命を取られるなんて損だ、銭を投げるのがいい、と繰り返し忠告してくれた。

義仙は、まったく相手をしない。了助も倣いつつ、男のしつこさに辟易した。

船を下りても、男がついてくるのではと心配になった。だが岸のこちら側で飴を売って路銀を稼ぐとかで、すぐに別れ、了助をほっとさせた。

「あの男、千住から間合いを計っていた」

ふと義仙が言った。

「えっ？」

「この先、差し出されるものは何であれ決して口にしてはならん。いいな」

厳しい言い方だった。了助はわけもわからず、はい、と答えるしかない。

しばらく歩くと、街道から村が見えた。

「六月村だ。ここの一里塚番を訪ねる」

義仙が、街道から出た。了助も後を追いながら、ふいに合点がいった。日本橋の長屋に現れた若い男が、義仙に渡した竹札に、

「六月一里」

とあった。あれは、六月村の一里塚、という意味だったのだ。わかってしまえばなんてことない符牒だった。

水害とは無縁の、内陸ののどかな村で、れっきとした幕府直轄領だという。

ただし、一里塚番というのは、僅かな捨て扶持を支給される墓守のようなもので、関所の役人などとは、まったく違うらしい。

義仙が、畑仕事をしている者たちに、その一里塚番の住み処を尋ねたところ、

「ああ、茂治郎の爺さんなら、あっちの宅に住んどるが……今おるかのう。留守がちな人で、しょっちゅう六町に行っとるのよ」

とのことであった。

「留守の間、宅を空けているのか？」

「飯炊きの婆さんが、出入りしとるよ」

義仙が礼を言い、示された場所へ向かった。了助は後に続き、疑問を口にした。

「近くに町があるんですか？」

「ここから東にある。まだ新しい町だ」

六月村や、近隣の竹の塚、保木間といった村が競って開墾地を広げてできた、飛び地による町だという。

競った理由は、綾瀬川の新たな河道が開削されたからだ。河岸に村域を確保すれば、

船による肥料の運搬が可能になる。むろん水害を被る危険を冒すわけで、これまた荒川周辺のように村々の次男三男が送り込まれるのだった。

そんな捨て石じみた人々の暮らしはどんなものだろう。了助はそんな想像をしつつ、義仙とともに、茂治郎宅まで来た。

「ごめん。ここに一里塚番はおるか」

義仙が声を上げるのと、ほぼ同時に、中から腰の曲がった老婆が杖をつきつつ現れ、

「あいにく茂治郎様は昨日から留守でござりまして……。お客様がいらしたら、お泊めして、お食事を出すように、と申しつかっております。どうぞお入り下さいまし」

何とも慇懃な調子で促した。

「では、遠慮なく」

義仙が言うので、了助も一緒に宅に入った。典型的な百姓家で、台所を兼ねた土間があり、座敷に大きめの囲炉裏を設えている。

驚いたことに、竈に火が入れられ、飯炊き釜が蒸気を噴いていた。盆に載せた皿には刻まれた漬け物と、白湯の用意まであった。

夕食にはまだ早い。昼八つ（午後二時頃）前だ。しかし歩きづめの了助は、飯の匂いにすぐさま空腹を刺激され、葛籠に入れた弁当のことを忘れそうになった。

「私たちが来ると知っていたのか？」

義仙が玄関に腰を下ろし、荷を置いて訊いた。

「茂治郎様からは、お客様がお見えになるだろう、と伺っておりましたので、はい」

「六町へは何の用件で赴く？」

「よくは知りませぬが、お務めのためだそうで。村の者に使いを出してもらいますので、明日にはお戻りになるでしょう。さ、今日はくつろいで下さいませ」

「うむ。そうさせてもらう」

義仙が合羽をたたんだ。了助が草鞋を脱ごうとすると、義仙に手振りで止められた。

老婆が釜の蓋を開いて、炊きたての飯をかき混ぜた。たまらなく良い匂いが辺りに漂い、了助は生唾を飲んだ。

「ところで、変装が達者だな、茂治郎」

座ったまま、義仙が言った。

老婆の動きが、ぴたっと止まった。

了助は、あんぐりと大口を開けた。

「若い頃は、女に化けるのが得意な忍だったか？　幕命に背いて賊を匿い、賊追捕の任を受けた者たちの通信を攪乱したわけを話せ」

刹那、腰が曲がった老婆だったはずの人物が消えた。しゃんと腰が立つや、竈の角を踏んで跳び上がり、ついで目の前の壁を蹴って、軽々と二人の頭上へ躍り出た。

了助は、一瞬で相手の姿を見失っている。

その了助の眼前で、いつの間にか腰を上げた義仙が、たたんだ合羽を振った。

何かが払われ、土間に突き刺さった。

鋭く光る、くないだ。

平たい爪状の刃物で、了助が初めて見る品だった。相手が跳びながら放ったのだ。義仙に払ってもらわねば、胸か腹を貫かれていたと思うと、ぞっとなった。

義仙は、すぐさま竈へ駆け、相手と同じように跳んでいる。

了助は、慌てて木剣を帯から抜き、二人を探して目を上げ、呆気にとられた。

頭上の梁に、先ほどの相手がはりついていた。一方の手に、土間に刺さったのと同じ刃を持ち、それを梁に刺して身を支えている。

その背後に、義仙がいた。両脚を梁に絡ませて身を支え、両腕で相手を羽交い締めにしていた。ただ動きを封じるだけではなく、頑丈な腕で首と脇を締めていた。

ひゅぅ……と相手が息を漏らし、ぐったりとなった。

義仙が相手を両腕で捕らえたまま梁から離れ、軽々と両膝を屈めて降り立った。まるで猫のような柔軟さだ。腕の中の相手は、白目を剝き、微動だにしない。刃物は梁に突き刺さったまんまだった。

「了助。そこの箪笥から、縛めに使えるものを探してくれ」

義仙が言った。両腕は、なおも用心深く相手の首を離さずにいる。

了助は、草鞋を履いたまま上がって箪笥の引き出しを開き、帯やたすきを何本も見つけた。妙に上等な品だが、深くは考えず、義仙のそばへ持っていった。

「構えていろ。こいつが逃げようとしたら打て」

言われたとおり木剣を構えたが、義仙が腕を離しても相手は微動だにしなかった。

それでも義仙は警戒を解かず、手早く相手の手足を縛めた。その体を担ぎ、土間に降りて、さらに柱にくくりつけた。

相手のかつらを取り、手拭いで化粧を拭うと、年配の男の顔が現れた。老爺というほどでもない。せいぜい四十がらみだろう。

義仙が、土間に刺さったくないを抜き、それを用いて、相手の股の間に穴を掘り、相手の褌を解いた。垂れ流しにさせるためだ。それで、やはり男だと確かめられた。

くないを流しに放り、帯紐で猿ぐつわを作って男の口を縛め、義仙が言った。

「もういい」

了助は、やっと木剣を下ろした。何がどうなっているのか不明だが、ひとまず落ち着いた。そう思ったが、まだ終わらなかった。

「ここはこのままにして行く。荷は置いたままだ。戸は閉めておけ」

どこに行くのか、と問う間もなかった。義仙を追って外に出て、きちんと戸を閉めた。

義仙は左右を見回し、竹林があるほうへ視線を定めると、そちらへ向かった。

きっと、あの老婆に化けた人物の仲間がいるんだ。そう思い、了助は木剣を引っ提げたまま周囲へ目を配りながら、ついていった。

だが、竹林に分け入っても、誰もいない。やがて義仙が立ち止まったので、了助もそうした。何も起こらない。さわさわと竹の葉が風に揺れ、擦(す)れ合う音がするだけだ。

「あの……なんでここに？」

小声で訊いた。

「姿を現しやすかろうと思ってな」

義仙が、声を大きくして言った。

了助にのみ向けての言葉ではない。やはり近くに誰かがいるのだ。

義仙が右を向いた。つられて了助もそうした。やや離れたところに、気配もなく小柄な男が立っているのを見て、了助はぎくっとなって木剣を構えた。

船の渡し場で会った、飴売りの男だ。今は荷を背負っておらず、だらりと両腕を垂らし、相変わらず穏やかな笑みを浮かべている。

「見事なお手並み、感服しました」

男が言った。先ほどの義仙の働きのことだ。どこからか覗(のぞ)いていたらしい。

「一里塚番の、茂治郎の仲間か？」

義仙が訊くと、男は深々と溜息をついた。その黒々としたつぶらな目に、哀傷の光がきらめいている。

「元を辿れば同胞……になりますか。この時分、大勢の同胞と袂を分かちましてね」

「出自は？」

「ご推察のことでしょうが、忍です。ずいぶん前に大坂の太閤に蹴散らされましたが」

大坂の太閤とは、豊臣秀吉のことで、関東で豊臣に蹴散らされたといえば、北条家と相場が決まっている。

「北条麾下の者か」

「父祖はそうでしたがね」

「貴様は？　賊に遭ったら抵抗せず銭を置いて逃げろ、と触れ回っているのか？」

「仕える先が見つからず、盗賊の真似をする者が、跡を絶たないんです。そういう連中に、殺生まで犯させないようにするので、精一杯なんですよ」

「殊勝だな」

「いえ。同胞を殺すのが辛いだけです」

さらりと男が返し、かえって了助を呆然とさせた。日頃から、罪を犯した同胞を探し、殺して回っていると言っているに等しいのだ。

「昨今、誰彼構わず、賊になるよう唆す連中がいる。極楽組と名乗る者たちだ」

「耳にしておりますよ。実は、あなたが、そうではないかと疑ったんです。何しろ忍も顔負けの身のこなしでしたから」

それで、話しかけて探ろうとしたという。

了助は、義仙だけがそう思われたことに妙な悔しさを覚えた。半日かけて義仙の歩みを学んだつもりだが、到底身についたとは言い難い証拠だ。

「貴様とともに働く者はいるか？」

「それなりに」

男は、はぐらかして言った。

「明朝、六町を訪ねる」

「六町？」

「六月村の一里塚番が行き来している」

「ははあ」

「もしものときは、加勢を願いたい」

「はてさて。明朝ですか」

「そうだ。賊となった者をお上に引き渡し、残った同胞を守れ」

男が頭をかいた。そうすべきだとわかってはいるが……と言いたげな仕草だった。

「連座させられて、私と一族みな、追捕されかねません」

「違うな。極楽組はただの賊ではない。江戸放火を企んだ謀叛人だ。与した連中を放置すれば、それこそ連座となろう」

「そう、いじめないで下さい」

男が言った。賊になった同胞を捕らえても放置しても、罪に問われるかもしれないのだ。引くも進むもままならない。前にも後にもとらわれてるんだ。了助はそんな風に思った。だから街道を行ったり来たりし、せめて死人が出ないことを願い、旅人に銭を捨てるよう促して回る。哀れな物乞いに等しいと男自身わかっているはずだった。

「不安なら、私の名を出せ。拾人衆につなぎをつけてやる。悪いようにはならん」

「名をお聞かせ下さるので？」

「柳生の庄の出、列堂義仙」

「や……へえぇ。柳生の御方でしたか。なんとまあ。して、拾人衆とは？」

「幕命に従う諜者だ」

「はあ……それはまた、羨ましいご身分で」

「そちらの名は？」

「名乗るほどの者では……。落ち延びた一党を運悪く託されてしまった男ですよ」

「聞かせてくれ」

男はかぶりを振ったが、義仙がじっと見つめるので、仕方なさそうに名乗った。

「父祖は相州の出、今は松之草村に流れし、風魔の小八兵衛と申します」

四

風魔衆は、相模一帯にいた忍の一党で、頭領は代々「小」の一字を継ぐという。風間、あるいは風摩とも書く。風魔の小太郎という、名の知れた忍の師範がおり、北条氏の配下として活躍したとのことで、

「小八兵衛は、その小太郎の子孫だろう」

義仙が、竹林を出ながら言った。

宅に戻ると、茂治郎はまだ気絶していた。

了助は、義仙に言われて水汲みと湯沸かしをした。たらいに水を入れて湯を足し、手拭いを浸して身を拭い、垢と埃を落とした。身の手入れを怠らないことも旅の心得だ。汗疹などをそのままにすると、やがて膿が出て全身に広がり重病になることもある。これは無宿だった頃の了助の常識とも合致した。

その間、一度だけ茂治郎が盛大に屁を鳴らしたが、覚醒した様子はなかった。囲炉裏を囲み、千住で買った弁当を食った。茂治郎が用意した食事は毒入りだろうということで、釜や椀ごと、庭に埋めてしまった。

食事のあとは口を漱ぎ、囲炉裏端で白湯を飲むなどしてくつろぐだけだ。

ほどよい疲労感があった。日本橋から三里目、理屈では一刻半（三時間）の距離だ。

とはいえ、一里塚の間隔は、決して正確でも一定でもない。時間も、悪路や川の渡し、旅籠などへの寄り道で、ずいぶん差が出る。現実には三里余を、三刻（六時間）近くかけて歩いてきた。

気づけば日が傾き、眠気が忍び寄ってくる。うたた寝しても義仙は怒らないだろうが、なんだか自分たちのほうが賊になったようで落ち着かなかった。

義仙は平然とした様子で坐し、瞑目して茂治郎の覚醒を待っている。かと思うと、ふいに目を開き、土間に降りて茂治郎の猿ぐつわを外してこう言った。

「そろそろ話す気になったのではないか？」

了助も、片膝を立てて身構えた。

茂治郎に反応はなく、気絶したままに見えたが、義仙は構わず続けた。

「わけを話すだけでよい。極大師とやらの手口が知りたい。浪人を集めるだけでなく、お役にある者すら荷担せしめるとは、これまでどんな謀叛人にもできなかったことだ」

茂治郎は、ぴくりともしない。

そこで義仙が、淡々とこんなことを言った。

「私のつれの坊主は、御三家の御曹司に親を殺されてな。ゆえにその御曹司に打ちかかった。だが報復はかなわず、捕らえられかけたところを逃げ延びたのだ」

了助は眉をひそめた。義仙の言うことは半ば事実で、半ば嘘だった。了助は逃げたわけではない。これは逃走の旅ではないはずだ。

「私も、ずいぶんと人を斬った」

義仙が言った。了助は息を呑んだ。義仙の口調には真に迫るものがあった。

「このような二人連れが訪れたら、極大師はどうすると思うか、貴様に尋ねたい。厄介者が来たとみて追い返すか。それとも手下に加えてもよいとするか」

にたり。茂治郎の顔に、笑みがわいた。

「あの方はね、手下がほしいんじゃない」

茂治郎が目を開き、ぎらぎらとした凶相（きょうそう）もあらわに、義仙を見上げた。

「徳川が、まこと天下を治めうるか、お試しになっておられるんだ。いいかい。数多（あまた）の藩主を改易（かいえき）し、浪人飢民を生み、賊を跋扈（ばっこ）させているのは、徳川自身だ。わかるかい」

「うむ。もっと聞かせてくれ」

「おうよ。それが天下静穏のために避けられぬ道だというなら、徳川が無事に通り越えぬ限り、民は納得せん。また納得せねば、いずれ戦国の世に戻るは必定。ゆえにこそ極大師様は、徳川のため、世のため、天下お試しの大願を抱かれたのだ」

「御政道が正当か糺（ただ）したいがために、賊を用意してやっているというのか？」

「賊となる覚悟がある者たちさ。由井正雪一党を思い出せ。謀叛を企んだは、民のため。結果、徳川は治世を改めたではないか。一揆を起こすとき、血判状を作るのはなんのためだ？　訴えたことで、磔にされる者を決めておくのだ」

了助には、理解しがたい言い分だが、これは一面、事実だった。

由井正雪という軍学者であった謀叛人を処刑してのち、幕府は浪人の雇用促進や、末期養子の禁の緩和を決定するなど、救済策を打ち出した。それは結局のところ、由井正雪が求めた世直しの法と同様のものだったのである。

同様のことが、しばしば一揆でも起こる。領主が一揆の首謀者を磔にする一方で、訴えを聞き入れ、窮民の救済にあたる。民が世直しを願うなら、そのために賊となって死ぬ覚悟がいる。そう茂治郎は言っていた。

「大いに理があるな」

義仙がうなずいたが、了助には義仙が本音で言っているのかわからない。だが茂治郎はいよいよ増長し、わめくように言った。

「であろう。謀叛という世直しあってこその御政道よ。御政道あるがゆえの謀叛よ」

「それで貴様は、どんな世直しをした？」

「むろん、極大師様の御一党をお助けしたさ」

「留守を装い、つなぎの者を毒殺してか？」

「滅多に殺めはせん。眠らせてつなぎの内容を調べ、極大師様につなぐだけだ」

「お前たちのつなぎか。どこにいる？」

「六町の飛び地だ。つないでほしいんなら、こいつを解きな。言っとくが、おれを連れずに行きゃぁ、怪しまれるぜ」

「まあ待て。私たちが来ると報せたのは誰だ？」

「よく知らんが、手合いとかいう連中だ」

「殺してはいないのだな？」

「殺しゃ、おれが怪しまれる。口伝えだし、さっさと走ってっちまった。さ、解け」

「もう一つ。お前を縛めているその帯は、誰から奪った？」

ひひっ、と茂治郎が甲高い笑い声を上げた。了助は目を丸くした。確かに上等だと思ったが、他の誰かのものとは考えていなかった。

「旗本どもの子を、いくつか片づけてね。千住から馬に乗って来ちゃあ、酔って狼藉を働くから、懲らしめたんだ」

「旗本の子……？」

了助は思わず呟いた。旗本奴を捕まえて殺すなどしたら一帯は大騒ぎになるはずだ。

茂治郎が首をねじって了助を見やり、その口から怨念を噴き出すように言った。

「誰も死んだと知らんのよ。親は出奔したと思ってるだろうねえ。おれが、そいつらに薬を入れた飯を振る舞って眠らせたあと、山ん中の小屋に閉じ込めたんだ。寸刻みにしたり、皮を剝いだり、上手く生かしゃ、ひと月は楽しませてくれる。死んだら、骸は獣の餌だ。持ってたもんや馬は、売っ払う。だぁれも、そいつらが死んだとわからん」

この告白に了助は完全に凍りついたが、茂治郎は構わず、嬉々として続けた。

「やつらを懲らしめるたんびによ、すーっと胸の内が綺麗になる思いがすんのよ。極大師様は仰ったね。足下の地獄にこそ極楽があるんだって。最初はわけがわかんなかったが、今じゃ、よおくわかる。羨ましいかい、坊主？　お前もやってみてえだろう？」

「打つな」

義仙が、いきなり遮った。茂治郎が、ぴたっと喋るのをやめた。

了助は、片膝立ちのまま、無意識に木剣を握りしめたところだった。地獄を払え。心はその思いでいっぱいだった。だが義仙に制止された途端、動けなくなった。

今、人の姿をした地獄が柱にくくられて、その口から瘴気をもうもうと吐いていた。引きずり込まれるのが怖かった。自分が光國を切り刻んで悦に入る姿が、脳裏のどこかでちらつき、総毛立った。

「なんで……、邪魔するんですか……」

了助は、木剣を握る手を震わせ、肩をいからせてうつむいた。

「なんで、そんなに……、おれのすること、邪魔するんですか……」

途中から、嗚咽になっていた。どっと涙が溢れ、洟水が情けなく垂れ落ちた。半日の歩きの中で鎮めたはずの激情が、一挙に込み上げ、木剣を握るのではなく、胸にかき抱いた。硬い感触が、ずたずたになった父の骸の腕と重なった。

「おとう……おとう……！」

耐えられず、大声で泣いた。今まさに父が寺の縁の下から引きずり出され、なぶり殺されたかのようだ。当時の衝撃が、ときを経て、身も心も激しく揺さぶっていた。

義仙は、そんな了助を無言で見ていたが、呆気にとられる茂治郎に、こう尋ねた。

「眠らせると言ったな。眠り薬はどこだ？」

茂治郎が、了助から目を離し、険しい顔つきになって、義仙をにらんだ。

「その前に、こいつを解きやがれ」

「悪いが、朝までそのままだ。一晩眠って過ごしたほうが楽だろう」

茂治郎がきりきりと歯を軋らせた。唇をまくり、さも悔しげに薬の在処を告げた。

義仙がそれを見つけて白湯に溶かし、怒りで顔を真っ赤にする茂治郎に飲ませた。義仙が座敷に座って待つうち、やがて茂治郎の目がとろんとなり、眠り込んだ。

そのときには、了助の激情も弱まり、目を真っ赤に腫らして涙を拭った。

「私たちも寝る。明日に備えろ」

気づけば、すっかり夜だった。義仙が寝具を出し、了助も木剣を置いて、のろのろと手伝った。横になるや、了助をいろんな疲れが、いっぺんに襲った。くたくただった。傷心(しょうしん)の底で激しい怨みの念が渦巻いているのはわかっていたが、そちらに意識を向けたくなかった。縛られた男が土間にいるという異様な状況であるにもかかわらず、了助は、あっという間に寝入っていた。

五

了助が、暁闇(ぎょうあん)の中で目覚めると、義仙はもう起きて湯を沸かし、朝食の支度をしていた。粟と野菜の粥だ。茂治郎の食べ物だが、二人で遠慮なく食った。茂治郎は身を折り、涎(よだれ)を垂らしながら、いびきをかいていた。

食事と用足しを終え、所持品を全て持って出た。茂治郎は縛めたままだった。

白々と夜が明ける中、街道脇の東へ延びる、水溜まりだらけの悪路を進んだ。了助は、義仙に倣って、一定の歩調を保つよう努めた。

半刻ほどで、小さな町に着いた。河川事業で生じた競争のたまものか、小さいなりに繁盛していた。各種の問屋が密集し、朝から人通りが多かった。

船問屋で、義仙が六月村の村域について尋ね、正確な場所を聞き出した。

町を出て北へ行くと、川近くの集落が現れた。点在する田畑は、どれも貧相だった。

開墾の苦労は明らかだが、それでも村域を主張するため、荒れ地を虚しく耕し続けねばならないのだ。

川の船着場に隣接して、下肥置き場があった。いかにも荒っぽそうな男が数人、肥樽から漂う異臭を気にせず、小屋の前でたむろしていた。義仙が、そちらへ無造作に歩みゆくので、了助も背の木剣に手を当て、ついていった。

「ごめん。六月村の茂治郎の使いで来た」

そう告げる義仙へ、男たちの据わった目が向けられた。村民とは思えない、凶悪に鋭い目つきだ。それとも、飛び地にやられた次男三男というのは、このように殺伐とするものなのだろうか。

「入りな」

小屋から声が飛んだ。義仙と了助が入ると、一枚だけの畳の上で、あぐらをかいた大男が、帳簿を放り出し、干し芋をくちゃくちゃやりながら振り返った。集積された肥樽が放つ臭いの中で、平然と食えることに、了助は感心させられた。

「なんの使いだって？」

「その前に。そちらの名を確認したい」

「おれか。おれは風魔の小太郎よ」

えっ、と了助は驚きの声を漏らしたが、義仙は平然としている。

「何の用だ？　茂治郎はどうした？」

「縛りつけておいた。もう起きた頃だろう」

「なんだと？」

大男の顔が殺気に満ちた。くわえていた干し芋をぷっと吹き捨て、背後に置かれた、鍔のない長ドスをつかみ、すっぱ抜いた。喧嘩っぱやさの見本みたいな男だ。

「そこに膝をつきやがれ！」

大男が、わめきながら刃を突き出した。その動きに合わせて、義仙がすっと近づき、柄を握る大男の右手を、撫でるようにした。次の瞬間には、大男は右手をひねられて長ドスを奪われるついでに、横倒れになって顔を畳に叩きつけられている。

義仙は、大男が左手に握る鞘に、長ドスをするりと納めた。それから、鞘ごと奪って大男の手が届かない所に置くと、ひねっている手に、ぐっと力を込めた。

「痛ぇっ！　は、放せ！　腕が折れる！　折れちまう！」

大男が、唾を飛ばして絶叫し、足をじたばたさせた。義仙が振り返り、言った。

「来るぞ、了助。打ち払え」

了助は、大慌てで葛籠を肩から滑り落とし、木剣を抜いて構えた。

「やい、何してやがる！」

一人が、小屋に跳び込んできたところへ、

「キイイヤアアーッ！」

了助の叫喚が迸り、木剣が男の胴に叩き込まれ、振り抜かれた。男が、横にくの字になり吹っ飛んで戸の向こうへ消えた。了助は、瞬時に木剣の握りを変え、逆へ振る用意を整えている。

「こらあ！」

二人目が、怒声を放ちながら短刀を突き出し、押し入った。了助はその腕を打ち砕いた。腕がおかしな角度にへし折れ、そいつはその場に膝をついて大声で悲鳴を上げた。

狭い出入り口が塞がれてしまい、小屋の外にいる者たちが、そいつを引きずり出した。そこら中から、加勢が駆けつける足音がした。戸口から見えるだけでも十数人もの男たちが、手に手に刃物や棒を持って集まってきている。

さすがに、その全員を打ち払えるか疑問だったが、了助は臆さず木剣を構えた。戸口の内側にいる限り、向こうは一人ずつしか、かかってこられない。左右や背後を気にする必要もなかった。何より、やっと存分に木剣を振るうことができた、という高揚感で全身が熱くなっていた。

「どけい、お前ら！　どけい！」

三人目が、大きなものを担いで突っ込んできた。梯子だ。それを了助目がけて投げ放った。了助はうろたえず、左から右へと存分に木剣を振った。梯子が、弾かれるのではなく粉々になって辺りに散らばった。

破片が、額や肩に当たるのも構わず、了助は木剣の握りを変え、右から左へと振り抜いた。たたらを踏む三人目が、腰の辺りで打ち払われた。そいつがもんどり打って転がったとき、別の集団が現れていた。

小屋の前に、扇状に並ぶ男たちの何人かが、背後から飛んで来た何かに首を絡め取られ、引き倒されていった。分銅つきの鎖だ。了助が初めて見る武器だった。

慌てる男たちの頭上へ、今度は霞網が降ってきた。

小屋の天井越しに、いくつも足音が聞こえた。いつの間にか、屋根に、複数の人間がのぼっているのだ。そして、霞網にとらわれもがく男たちへ、小屋の上から容赦なく石礫を投げ、打ち倒していった。

了助は、小屋を出て参加すべきか迷ったが、

「あとは、彼らに任せておけ」

義仙が言って、もがく大男の右手を放した。すぐさま大男は長ドスへ左手を伸ばしたが、その頸に義仙が手刀を打ち込み、あっさり昏倒させた。

そうして、義仙と了助が小屋から出ると、すでに闘争は終わっていた。倒れた男たちを、覆面をした者たちが、片端から縄で縛めている。

覆面は十人余り。ただ一人、顔をさらす小八兵衛が、歩み寄って言った。

「上手く小屋に集めて頂き、助かりました」

義仙がうなずいた。

「加勢、かたじけない。小屋の中にもう一人いる。風魔の小太郎だそうだ」

小八兵衛が苦い顔になった。

「そう名乗る者を、何人も知っていますよ。箔がつくと思ってその名を使うんです」

そう言って捕らわれた男たちを見やり、

「なんにせよ、あなたを信じて良かった。こいつらを宇都宮からずっと追ってたんです。まさかここにいるとは思いませんでした」

「六月村の者たちではないのか？」

「とんでもない。全員、元は忍ですよ。村人と入れ替わったんです」

小八兵衛が言った。では本来いるはずの村民はどうなったのか。了助はそう考え、背筋が寒くなった。この飛び地にいた住人を皆殺しにし、成り代わったのだ。了助の想像を絶する、信じがたい悪行だった。

「誰も気づかずにいた、か」

「ええ。肥樽が村に届けばよく、誰が届けるかなんて、気にもしません。ここを訪れる者もなかったんでしょう。哀れですが、この辺じゃ、長男以外、そんなものです」

「連中と、六月村の茂治郎を、お上に引き渡す前に、殺された者たちの骸のありかを吐かせてくれるか？」

「もちろん。哀れな村人を、せめて弔ってやらないと」

「頼む。私たちは行かねばならん。つなぎが絶えたと気づかれる前に、近づきたい」

「どこへつなぎをつけていたか、おわかりで？」

義仙が懐から帳簿を出した。大男が持っていたものだった。

「帳簿とみせて、盗品の隠し場所や、つなぎをつける相手を、逐一記していたようだ」

小八兵衛が、泣きそうな顔になった。

「そんなの、頭の中にとどめるべきなのに。ろくに符牒も使わず、そのまんま記したっていうんですか？　こうまで堕落した忍を雇う大名なんて、いるわけがない」

その顔つきがやけに若々しく見えた。二十代にも四十代にも見える不思議な面相だが、実は、もっとずっと若いのかもしれなかった。

「いつか、扶持が与えられる日が来よう」

義仙が淡々と言った。励ますようでもあり、予言するようでもあった。

「それまで、せいぜい辛抱しますよ」

小八兵衛が、ほろ苦い調子で言った。

「行先は、日光になる」

街道に戻ると、義仙が言った。手に入れた帳簿には、奥州道中ではなく、日光道中へのつなぎが記されていたという。了助も、日光東照宮の存在は知っている。江戸幕府の開祖たる、神君徳川家康を祀る場所だ。

――御政道あるがゆえの謀叛よ。

おのずと、茂治郎の言葉が思い出された。天下お試しの大願など、了助には到底理解しがたいが、もし本気で願う者たちがいるなら、当然向かうべき土地に思われた。

「先々、あの茂治郎のように、地獄に極楽を見出す者たちと出くわすだろう。心せよ」

了助は、淡々と歩む義仙を見ながら、

「義仙様は、お強いのに……、なんで誰も、斬らないんですか？」

思わずそう訊いていた。茂治郎のような救いのない者を、なぜ始末しないのか。小八兵衛だって、きっと何人もそうしているのに。

「私は、郷で学んだことがあまり好きではなかった。だが一つ、好きな教えがあった」

「好きな教え？」

「活人剣」

義仙が言った。まるで宝物の名を口にするような、愛情のこもった言い方だった。

「郷でも、現実にそぐわぬ理想に過ぎんとして、本気で研鑽する者も少なかった。だが、私は、どうにもその教えが好きなのだ」

まるで何かに恋い焦がれているような言い方だった。了助には、やはりよくわからなかった。だが義仙ほどの男が、それほど心を傾けるものなら、知りたいと思った。

「おれも、教われますか？」

そう尋ねると、

「誰かからではなく、天地人の全てを師として、学ばねばならん」

お前などには教えてやれないと言われた気がして、ちょっと落ち込みかけたが、

「とはいえ、兄弟子として教えられることはある」

その一言で、ぱっと明るい気持ちになった。

「はい。お願いします」

「まずは、地面から、歩き方を教われ」

「あ……はい」

日本橋から、ずっと身につけようとしていたことだった。了助は、いっそうおのれが踏みしめる一歩一歩に気を配り、義仙とともに道を進んでいった。

後年、松之草村の小八兵衛とその妻は、さる大名により、生涯にわたり扶持を得ることとなった。大名の名は、水戸の二代目藩主、光國。それ以後、小八兵衛は、水戸領内の盗賊取締りに奔走し、領民は夜盗の不安を抱かず、生活できるようになったという。

歓喜院の地獄払い

一

その日、阿部〝豊後守〟忠秋は、待ち伏せに遭った。

いつものように登城して、早々だった。老中は、月ごとの輪番だが、非番の日などあってなきがごとしの年中無休の身だ。各奉行所に持ち込まれる訴訟だけで年に数万件。重大なものだけふるいにかけられ老中決裁になるとはいえ、その数は少なくない。所司代や大目付らの調査全般、奥祐筆らによる決裁書類の管理一切を監督し、何かしくじりがあれば、責任を負う。何より、どの案件を御用取次の手に渡し、将軍にお見せすべきかを決めるのだから、何一つ気を抜けない。

残業は必至で、他の役職者が昼四つ（午前十時頃）に登城し、昼八つ（午後二時頃）には下城する一方、朝から晩まで執務三昧が常だ。

加えて、自邸にも、商人、町の顔役、村の名主などが現れ、様々な嘆願を持ち込む。その場で片付かぬ案件は、しかるべき者に調査を命じる。

贈物や賄賂のたぐいは、あらゆる手を尽くして拒絶する。隙を見せないため、あえて趣味を持たず、好みの物品を手元に置くことも避ける。さもなくば身を滅ぼし、幕政とおのが子孫を腐敗させかねない。そういう覚悟の持ち主でなければ、職の重みに潰されるか、誰かに弱みを握られるか、さもなくば怨まれて命を狙われる。

それが、老中職というものだった。

忠秋は、小姓組番頭から六人衆（若年寄）、そして老中へと真っ直ぐに出世した。その過程で、瑕疵一つ受けず、酷薄な態度になりがちな幕閣の面々に比して、人情と職責を同時に慮る者として、際だった評判を誇っていた。

三代将軍家光の薨去で、六人衆の二人をふくむ、五人が殉死追腹を果たした。残された者はみな、家光の遺命により、四代将軍家綱を補佐することとなったが、小姓組から出世した忠秋が、殉死しなかったことを、咎める声はついぞ聞かない。

同じ老中であるはずの松平〝伊豆守〟信綱が、腹を切らないことを伊豆の豆にかけて、〝きらず（おから）〟などと誹られたのとは、大違いだ。

そして、忠秋を待ち伏せていたのが、他ならぬ、その信綱だった。

老中の執務室である御用部屋の一角に忠秋が入ると、本来いるはずの奥祐筆がおらず、代わりに信綱が、一人の大柄な旗本とともに座していたのである。

旗本が誰か、すぐにわかった。

柳生宗冬。昨年、晴れて四代将軍家綱の、剣術指南役を任された男だ。

――剣呑だな。

忠秋は、そう思いながら、にこやかに二人と礼を交わし、堂々と上座についた。剛毅木訥という評判に違わぬ態度である。日々、登城前に肚をくくっており、何が起ころうとも、城内で狼狽えたことは一度たりとてない。正月の大火のときでさえもだ。

「伊豆守殿、主膳殿。ごきげんよう」

二人をとっくり眺めた上で挨拶をした。「殿」づけで呼ぶのは、老中の慣例だが、柳生宗冬には官位がないため通称で呼んだ。老中としては〝その方〟で済ますのが普通であるところを、わざわざ丁重に扱うのは、単に忠秋の性格ゆえで、揶揄の意図はない。

「ごきげんようござる、豊後守殿」

平伏する宗冬をよそに、信綱が淡々と言った。

この男が背筋を伸ばして喋るところを見るたび、忠秋はつい、もそっと情を込めたらどうか、と言いたくなる。実際、もう数えきれぬほど言ってやってきたのだが、そのたび信綱はかえって理を重んじ、情を遠ざけてきた。

これも信綱の性格ゆえであり、忠秋と反目し合う意図はない。むしろ逆だった。二人とも若い頃から互いに足らぬところを補い合い、幕府安泰に努めた。言葉にせずとも相手の忍苦を察し、粉骨砕身の働きを称え、助力に感謝する。そういう間柄だった。

「双方、務めもあるゆえ、手短に致そう」

信綱が、一方的に切り出した。とことん、機械的にことを進める性格なのだ。

「大事な用件とみえますな」

忠秋は、屈託なく、寛いでみせている。

「主膳殿から、貴殿に尋ねたきことがある」

信綱が、宗冬を促した。こちらはしっかり畏まって頭を上げ、恭しげに口を開いた。

「恐れながら、お伺いしたき儀が……本来、このような場に足を踏み入れるべき身ではなきこと、重々心得ておりますが……」

「伊豆守殿の考えとあらば、無下には出来ますまい。何なりと尋ねなされ」

やんわりと、責任は自分と信綱にある、と示してやった。

柳生家は、宗冬の父・宗矩の死後、今は亡き三代将軍家光の意向で、遺領を分割相続させたため、石高が下がり、大名から旗本に格下げとなった事情がある。さらには長兄の三厳が、嗣子なく死去して危うく廃絶となりかけたところ、弟の宗冬が自領を返上したことで、本家を継ぐことを、かろうじて許されたのである。

その柳生家を、再び大名に復帰させることが、宗冬と一族の悲願だった。そのためには一つ一つ地道に功を積み、間違っても咎めを受けるような真似は避けねばならない。

忠秋は、そうした宗冬の気持ちを慮ってやりつつも、さて、どうかわして追い払うか、と内心では思案をしていた。

「恐れながら、我が弟、列堂義仙のことにござる。というのも、奴は、またしても出奔し、居場所がつかめぬ始末で……。東海寺を通してつながりのある豊後守様であればご存じやも、とのご助言を、伊豆守様よりたまわり、お伺いする次第でございます」

「またしても、とは？」

わざとはぐらかすために、尋ね返した。

「奔放と申しますか……父の遺命に従い出家させたものの、一つ所に留まらぬたちで、たびたび寺から姿を消すのです。何度叱責しても聞かず、困り果てております次第で……」

四十半ばの屈強な宗冬が、縮こまって訴える様子は、哀れなほどだ。

しかし、そもそも義仙に父兄の遺領を二百石ばかり寺領として継がせたのみで放置したのは、柳生家の責任である。宗冬としても負い目があるだろうが、弟に石高を大きく分与しては、ますます大名の地位が遠ざかるので仕方ない、という考えなのだろう。

忠秋が知る限り、領地継承に関し、義仙がこの二十二も歳が離れた兄の宗冬を恨む様子はない。むしろ家から解放された自由の身と信じ、自分は自分、兄は兄と切り分けている。だが宗冬にとってそれ自体、お家を蔑ろにする、言語道断な態度なのだ。

「廻国修行の許しを得ているのでは？」

またはぐらかした。極楽組という賊を追い、拾人衆たる了助をつれて日光道中を進んでいる、と言えば、宗冬は、ただちに追っ手を差し向けるはずだ。

そもそもなぜ了助を江戸から連れ出させたか、決して口外できぬ事情がある。御三家たる水戸徳川家の世子が、若気の至りで辻斬りを働いたからだ、などとは到底この場で口にできるものではない。

「それは……、立場を利用し、おのれでおのれに許可状を発行しているに等しく……」

「修行のためならば、御法度には抵触せぬが」

「いったい何の修行かもわからず……」

「そもそもなぜ私が行方を知っていると？」

すると信綱が、無機質そのものといった調子でこう口にした。

「日光道中。六月村。一里塚番」

その件は、忠秋も、市外に配した拾人衆からの報せで知ったばかりだ。

忠秋は、眉間に皺を寄せ、信綱をじろりと睨み、肚に力を込めて言った。

「村の一里塚番士が、不逞浪人どもと通じていた件、当然ながら乱を想起させるゆえ厳重に秘すべきことではないか」

牽制である。目的は、宗冬を恐懼させて余計な真似をさせないことだ。果たして宗冬が慌てて平伏したが、信綱は動じず、言い返した。

「その通りだ、豊後守殿。一件に関わった列堂殿が、いたずらに口外せぬよう、釘を刺さねばならぬゆえ、宗冬殿のほうで、使いを出してもらうべきであろう」

「私から伝えておるゆえ、無用と存ずる」

「列堂殿は、お主の命で働いていると？」

「いいや。かの御仁は、衆生救済の誓願に従うているだけのこと。たまさか不逞の者に遭遇し、幕政のため働いてくれたに過ぎぬ」

そう口にしながら、忠秋は、信綱がいつ了助のことを口にするか警戒した。信綱であれば、義仙のような誰の配下でもない埒外の人物に、なぜわざわざ拾人衆の一人を預けたか、すでに推測を立てているはずである。

拾人衆は、忠秋の直属といってよく、その忠秋が第一に気遣うのは、徳川家のことと決まっている。ならば現在、拾人衆の目付となっている徳川光國に何かあり、その始末を義仙に頼んだのではないか。そういう隠れた因果関係を、息をするように読み取るのが、信綱という男であることを忠秋は重々心得ていた。

だが信綱は、忠秋のその警戒をも、十分に察しているというように、こう言った。

「主膳殿は、列堂殿の身を案じておるだけだ。もしお主の密命を受けてのことでなければ、使いをやっても支障ないとみてよいな？　それと主膳殿は、御城の行事のことなどで、何かと義仙殿と相談したいことがあるようなのだ」

行事とは、今年の正月早々に行われた、将軍家綱の剣術始めの儀のことだ。

家光は、柳生宗矩から免許皆伝を得てのち、指南役を置かなかったが、家綱は父に似て、剣術を愛好し、稽古にも熱心だった。儀の直後に大火があり、今も城内では何かと儀礼や宴が慎まれているが、家綱は、剣術始めの儀を恒例化する意向を示している。

宗冬としては、お家再興のため尽力すべきときであり、その件で実弟と話がしたいと言われれば、忠秋が止め立てする理由は何もない。理路整然として反論の隙を与えぬ、信綱らしい言い分だった。

忠秋は、目元を緩めて鷹揚にうなずいてやったが、このときばかりは信綱への揶揄を込めていた。わざわざ言い訳を用意してまで柳生を動かそうとする裏に、相当な理由があると透けて見えるぞ、と無言で示してやったのだ。

「むろん、私がどうこう言うことではござらぬ。が、しかし主膳殿、きっと列堂殿にも考えがあってのことでしょう。お家を離れ、禅僧として修行に打ち込んでいるときに、それを妨げるべきではありますまい」

だが、宗冬はかえって悲痛な面持ちとなり、

「やつの目に余る奔放ぶりをご存じなら、とても修行に打ち込んでいるなどとは――」

そこへすかさず信綱が遮って言った。

「さあらば、修行姿をひと目見るだけでもよかろう。列堂殿も、兄の使いが現れただけで、修行ができぬほど心乱されるということはあるまい。異存あろうか、豊後守殿」

「ない。お主の言う通りだ、伊豆守殿」

「では、主膳殿が義仙殿に、使いを差し向ける件、お構いなしとしてよいかな？」

忠秋は、顎に力を込めて、信綱を見つめた。

「構う」という言葉は、武士にとって「決して許さぬ」という厳格な意味を持つ。逆に「お構いなし」とは、「完全な自由裁量」を約束する言葉だった。

問題は、信綱がなぜそこまで義仙を止めたいかだ。

義仙を還俗させて家を継がせたい事情があるのか。いや、宗冬にそんな考えは皆無だろう。とにかく義仙が何かでしくじって、お家再興に障ることが怖い。それだけだと、宗冬本人を目にした今、断言できる。

では信綱の目的は何か？

十中十、義仙が連れ歩く少年の正体を知ることだ。それも、はっきりわかった。

その少年が深刻な事情を水戸家との間に抱えているとなれば、政治的な価値が生ずる。その価値を、忠秋と分かち合うか、さもなくば自分が率先して使う。そうしたことのために、柳生を自分の使い走りにするのが、信綱の魂胆なのだ。

「お構いなしにござる」

忠秋は言った。相手の狙いがわかれば、備えることもできる。信綱に、了助を奪わせなければいい。そう決めた上での返答だった。

「かたじけなきお言葉、感謝いたしまする」

忠秋は単に、自分は関係ないと言っただけだが、宗冬は平身低頭し、くどくど感謝を述べ、それから信綱にも許しを得て、後ろ向きに進み、礼を尽くして御用部屋から出ていった。立派な礼の所作ではあるが、卑屈に過ぎる、というのが忠秋の所感だ。

信綱は、まだ当然のような顔をして座ったままだ。他にも何か用意しているらしい。

「さて、他にござるかな、伊豆守殿？」

忠秋は、どっしり腰を据えて相手をしてやろう、という調子で訊いた。

むろん、城中で互いにそんな余裕はない。これから会って談義せねばならない相手、裁決に取りかからねばならない案件が、山ほど存在するのだ。

「先日、書状を整理していたら、三郎が寄越したものが出てきた」

ぽつりと信綱が言い、忠秋を啞然とさせた。

三郎とは、信綱の次男の幼名で、諱は吉綱。七年前に二十八歳で亡くなった。その際、家臣二人が殉死追腹を切ったことが、将軍家光亡き後、生き存える信綱への誹謗中傷のたねにされたこともあり、滅多なことでは口にできない話題となっていた。

「川越の城下もずいぶん整うた、などと懐かしきことが書かれていて、しばし読みふけった。子を亡くすとは、どのようなことか、わからなんだおのれを悔しく思う」

これは忠秋が、信綱より前に長男を失ったことを言っていた。やがて忠秋が捨て子の保護に熱心となり、〝子拾い豊後守〟とあだ名されるまでになった直接的な理由である。

「珍しく情を口にするではないか」

忠秋が微笑んだ。我ながら、ほろ苦い笑みだった。子への愛情に身分の別はない。だが老中ともなれば、相手の心を揺り動かす上で手段を選ばなくなるものだ。信綱は今、おのれの悲痛をたねにしてまで、何かの件で、忠秋を説得しにかかろうとしていた。

「お主らしく直截に口にせよ。我がまなこが、涙で濡れるさまが見たいと申すか？」

「そろそろ涙を拭うてはいかがか。いったいどれほどの数の捨て子を抱えている」

「大猷院（家光）様の御遺命に従い、育てておるのだ。それを、どうせよと？」

「養子に出しては？」

「なに？　誰をだ？」

「一切が片付くすべがあれば、と願うておろう」

「言葉に気をつけるがいいぞ、伊豆守殿」

忠秋は、今度こそ肚に力を込めて相手を睨み据えた。拾人衆は忠秋にとって全員我が子に等しい。これまで養子に出された多くの子らもふくめてそうだ。その子どもに手を出すなら、あらゆる手を尽くして報復する。そういう態度をはっきりと示してやった。

信綱が、その忠秋を眺めてうなずき、言った。

「子らはみな、いずれ養子に出されると信じ、働いておるのだろうと想像したまで」

「であれば、何とする。お主が斡旋すると？」

世に、養子を求める家は多いとはいえ、忠秋ですら百余人もの養子斡旋が叶うかは心もとない。中には養子の口を諦め、寺や尼寺を生涯の住まいと定める子もいるのだ。

「深川の材木商、加藤善右衛門」

信綱がだしぬけに告げた。その人物が何をどうするのか。忠秋は、眉をひそめて相手の言葉を待った。だが、信綱は腰を上げると、

「では、互いに務めもあるゆえ、これにて失礼」

忠秋が止める間もなく、立ち去った。

二

「養子縁組だと？　拾人衆全員をか？」

光國が、大口を開けて聞き返した。

驚くというより、架空の鳥獣の話でも聞かされて呆れるのに似た気分だった。光國は幼少から、そのたぐいのものを信じた例しがない。

「豊後守様が仰るには、拾人衆廃止のため、伊豆守様に用意があるのでは、と……。ただ、わかるのは材木商の名のみで、仔細は不明です」

説明する中山勘解由も、困惑顔だった。

駒込の、水戸藩中屋敷に建てられた、通称〝火事小屋御殿〟にいた。光國が火災後の学問復興のため、父に頼んで建てさせた書楼である。出入りするのは、学者と下男だけで、何をしているのかと問われても、学問談義だと言い張ればよく、密談にはうってつけの場所と言えた。

そばに、三ざるの巳助、お鳩、亀一が座っており、みな養子と聞いて、ぐっと真面目な顔つきで、光國と中山の話に耳を傾けている。

「ふうむ。つまり豊後守は、その商人が、百余人もの養子を、一度に斡旋しうる手だてを持つか否か、我らに調べさせたいのだな?」

「いえ、あくまで私と拾人衆の務めです、子龍様」

「待て、わしを蚊帳の外に置くのか? ならんぞ」

「ええ、ええ、そう言うと思っていました。せめて私の目の届く所にいて下さい」

これでは立場が逆である。光國は、鼻を鳴らして異議を唱えた。

「わしが、お前たちの目付だぞ。それに柳生が動くとなれば、お主では止められぬ」

「彼らが、市中で動く理由はありませんよ。豊後守様いわく、伊豆守様の狙いは、了助という子龍様の弱みをつかむことなのです」

中山が、ぴしゃりと言った。この御曹司を遠回しに諭せば、かえって口論になる。

光國が、がっくりと肩を落とし、

「この期に及んで、わしが了助に迷惑をかけるとは……。なんたるざまだ……」

と呻いて畳をつかむや、虎が爪を立てるごとく、めりめりとむしり破く様に、中山と三ざるが、呆れて腰を引いていた。

「ならば、柳生の手の者は、とっくに日光道中を進んでいるであろう……。わしが日光へ向かうわけには、ゆかぬか……」

これは問いではなく、呟きだった。

「了助を苦しめないで下さい、御曹司様」

お鳩が、真剣な顔で前に出た。巳助と亀一も、次々に加勢して言った。

「手合いどもの願い通り、了助は、ちゃんと義仙様のもとで働いているんです。御曹司様への怨みを晴らそうとして、逃げたりせずに」

「柳生家のことは、義仙様や道中にいる私達の仲間にお任せ下さい、子龍様」

中山も、元の位置に戻ったが何も言わず、光國がふうーっと頭上へ息吹きを発し、悶々とする胸の内を抑えるのを、冷静に眺めている。

光國が、むしった畳の破片を放って、頭を下げた。

「すまぬ。そなたらの真心を無為にはせぬ。せめて思う存分、この身を了助に打ち据えさせてやりたいが、それもお預けだ」

三ざるが、そろって難しい顔になった。そうさせないことが、それこそ彼らの真心なのだ。さすがに、中山が顔をしかめてたしなめた。

「そんなことをしたら、了助の首が飛びます」

「誰にも知らせぬ。うっかり死んだ場合は、落馬のたぐいとみなされるように死のう」

「無茶なことを言わないで下さい」

「かように、心を定めねばならんほど、おのれを恥じてたまらんのだ。それで？　その材木商の居所(きょしょ)は、つかんでおるのか？」

「はい。深川にて、家臣と拾人衆を配して見張らせ、伊豆守様との間に、どのようなつながりがあるか、調べさせております」

光國は、すぐさま片膝を立てた。

「そやつがまこと、子育(こやす)の男鬼子母神(きしもじん)か、この目で確かめてくれる」

三

また悪夢を見た。

そこかしこから無数の手が伸びてくる夢だ。それは了助が幼い頃、縁の下で眠っていた、おとうに襲いかかった手だった。了助から温(ぬく)もりを奪った手だ。

さらにその後ろから、火にまみれた黒焦げの手が群となって迫った。火でめくれ返って捻れた爪の間から、真っ黒い血をじゅうじゅう音を立てて垂らしながら、了助を業火の地獄に引きずり込もうとする。ついで、透き通るように白く凍りついた手の群が足下からぞろぞろと生え伸び、こちらはつかまれば冷たい河に沈められる。了助は、おびただしい手を必死に棒で打ち払うが、手は次々に現れ、この地獄に終わりはないのだと告げるようだ。

その朝は、打ち損なった手が胸元にまで迫る恐怖で目が覚めた。暗い天井を見ながら、焼けて皮が裂けた手の残像が消えるのを、身をすくめてじっと待った。

やがて動悸が収まり、額に汗が浮いているのを感じた。頭に熱を帯びるのはよくないことだと、隣で寝ている義仙に教えてもらった。頭寒足熱が、禅の心得なのである。

了助は額を拭い、また目を閉じ、身の緊張を解くよう努めた。

だいぶ弛緩したところで、両脚をぐっと伸ばし、ふうーっと口から息を吐いた。肺が空っぽになるまで吐くと、今度は、鼻で息をゆっくりと吸いながら、

――ひとーつ、ふたーつ、みーっつ。

心の中で、数を唱えていった。

七つで息を止め、長々と口から吐き、また鼻で吸いながら数を唱える。一つの呼吸を、とにかく、じっくりと行う。

仰臥禅、すなわち、寝て行う禅である。呼吸は、下腹を膨らませたり凹ませたりする

丹田呼吸（腹式呼吸）を心がける。これにより身を整え、丹田に気を巡らせる。

つまり、動悸を鎮め、横隔膜を下げ、筋肉を弛緩させて血流をよくし、下腹に集中する太陽神経叢を温めることを目的とする。そうすれば太陽神経叢が、五臓六腑の働きを整え、おのずと精神の安定をもたらしてくれるからだ。頭で考えるのではなく、身を通して心を無にする法だった。

このとき重要なのは、脚を伸ばしたり緩めたりし、血流で足先を温めることだという。下肢がしっかり整わねば、すやすや眠ることもできないというのが禅の基本だ。下肢を流れる血は、脹ら脛が第二の心臓となって、上体へと押し上げられる。足の裏にも神経叢があり、これを温めれば、下腹のそれと同じ働きをしてくれるという。

そうしながら、ひたすら心が空になることを願う。何もかも解き放ち、かえりみぬことを、放下着という。そう義仙から教わったとき、

――一切放下。一切劫来。

丹前風呂で出会った勝山が口にした、二つの言葉を思い出したものだ。何もかも放り出し、正しく諦めたとき、おのれという花が咲く。

勝山はそう言った。吽慶も同様のことを願って、木剣に刃を封じたが、彼の息子がその心も命も、引き裂いてしまった。

そうしたことがらも、一切心から解き放そうとするうち、身は和らいで温まり、頭は

しんと冴えてきた。仰臥禅が上達すれば、おのれの臍の内にいる阿弥陀仏を感ずるようになる、と義仙は言った。頭上には、浄土が見えると。

了助は到底まだそんな境地には至らないが、効果はてきめんだった。どんな悪夢も、恐れず、冷静に受け入れられる気がしてきた。全身を隈無く整え、心気を安定させるための禅の効果だ。

他にも、座って身を整える法もある。頭から薬湯を浴びて、それが身のあらゆる部位に染み込み、足の裏へ達するさまを想像することで、心を晴らし、身を快然とする。後年、臨済宗の中興の祖となる白隠は、この二つの治癒の禅を工夫し、数息観と軟酥の法という二つの法を確立することになる。酥とは、牛などの乳が凝固したもの、現代でいうバターのことだ。古来、大蒜と並んで病人の体力回復に効くとされる薬である。

そうした法が求められるのは、修行に打ち込むほどに「禅病」に罹る危険性も増すかららしい。禅病とは、頭がのぼせる一方、手足が冷えて痺れ、それが腰や腹に達するというもので、気力を奪うこと著しく、阿弥陀仏どころか、わけのわからぬ幻覚や幻聴に襲われることになるという。現代でいう、うつや、神経症の症状だ。

悟ろうとして修行で心身を病めば、魔道に墜ちるばかりである。禅を学ぶなら、まず何より、おのれの健やかさを保たねばならない。それが、義仙の教えだった。

了助は、その教えに大いに感謝しながら起き上がった。江戸を離れてからというもの、毎日のように悪夢を見たが、そのくせ体はすこぶる元気だ。むしろ自分の中にわだかまっていた悪いものが、毎夜、夢を通して体外へ流れ出てくれている感じがした。

義仙のほうを見ると、まだ寝ているようだった。義仙より先に自分が起きるのは珍しく、了助は可能な限り音を立てぬよう気をつけ、木剣を持って部屋を出た。

厠で用を足し、瓶の水を汲んで顔を洗い、口を雪ぎ、さっぱりしてから、まだ薄暗い庭に出て、いつもの〝棒振りの法〟を行った。

摺り足に独自の工夫を重ねながら、右へ左へ木剣を振るう。それを、法と大仰に呼ぶのは、義仙がそのように言ってくれたからだ。

禅の目的は悟ることである。悟るとは、あらゆるものの内にある仏性に気づくことだ。言葉では言い表せないそれを感得しうるすべは、一つではない。庭仕事でも、絵画でも、建築でも、剣でもいい。むしろ言葉以外の全てが、悟るための法となり得る。

「お前の棒振りも、一つの法だ」

義仙の言葉で、了助の棒振りは、また新たな意味を持つことになった。

これまでは、野犬を払い、奴どもを打ちのめし、気分を害するものは何でも退けるという、今あるおのれのための行いだった。摺り足の法や、相撲の体術を知っても、今ある自分が変質することはない。ただ技倆が磨かれるだけである。

だが禅は根本的に違う。自分を未知の領域へ運び、悟りというよくわからないものを引き寄せようとする。了助は僧ではない。修行を積んでどこかの寺で立身したいとも思わなかった。純粋に、禅とはなんだかすごいものだ、という感動を覚えるのである。

自分の心や体に効果がはっきり現れることがまず面白かったし、このまま工夫を続けたらどうなるんだろう、という興味もあった。何より、「地獄払い」という、罔両子が示唆した行いが、本当に可能なのだという気にさせてくれた。

しかも、ただ地獄が消えるだけではない。もし悟ることができれば、ご褒美に、阿弥陀様が、浄土を見せてくれるらしい。父や三吉が旅立ったはずの場所を。そう思うだけで胸が熱くなり、その分、木剣を振るう鋭さが自然と増した。

「朝から、うるさいねえ」

いきなり、不機嫌そうな声がわいた。

了助は、足を止め、木剣を地面に置き、声の主へ行儀良く頭を下げた。

これまでなら反射的に警戒して身構えていたところだが、今は木剣を手放すことを苦と思わない。むしろ率先して礼儀を尽くせば、相手の出鼻を挫けると学んでいる。

果たして、相手は二の句が継げず、背後に引き連れた七、八人の男達ともども、馬鹿みたいに突っ立っていた。

声の主は、秋田甚五郎といった。

びっくりするくらい太った男で、村の名主でもないくせに、大きな邸を持ち、偉そうに振る舞い、夜な夜な遊び歩く。今も、寝床から出てきたのではなく、朝帰りの途中に違いない。夜っぴてお務めの相談をしていたと嘘くさいことを言って、これから昼過ぎまで寝こけるのである。

甚五郎は、今いる越ヶ谷・瓦曽根村（いずれも現埼玉県越谷市）の鳥見頭で、一緒にいる連中は、みな鳥見衆を称していた。鷹狩り場の保全と、そこで生息する鳥類の保護に努める、れっきとした役人である。

面倒を見るのは、狩り場の鳥だけではない。上野国には、鷹の養殖場と定められた御巣鷹山があり、そこから下ろされた、将軍家や御三家に献上する鷹を預かるのも、大事な務めだ。瓦曽根村が擁する、紀州藩の鷹狩り場のほか、越ヶ谷一帯には、そのたぐいの施設がほうぼうに存在する。

荒川のそばには、将軍家が鷹狩りの際に泊まる、越ヶ谷御殿があったが、こちらは正月の大火で江戸城が焼けて木材が必要となり、解体して、江戸へ運ばせていた。

その作業も、甚五郎の管轄のはずだが、どうやら指示を出すだけで、実際に働くのは、近隣の村の者だけらしい。

いかに鳥見が大事なお役目だとしても、それだけで他村に対してまで、大きな顔ができるものではない。彼らには他に、公儀というべき御役目があった。鳥の様子を調べるためと称し、どこにでも入り込むことだ。

全国の鳥見には、大名の領地や屋敷内に堂々と足を踏み入れ、そこで見聞きしたことを、つぶさに将軍に報告する、という務めがある。

奉行所や郡代にとっても、鳥見から得られる情報は、値千金だ。

それで私腹を肥やす鳥見が跡を絶たないが、咎めを受けることはなく、まず黙認される。それほど、幕府から重宝される存在だといえた。

戦国の時代から、鷹狩りは、領地や他国の様子を調べるための名目でもあった。その際、鳥見は、村人を動員するお触れ役ともなる。

村人は、獲物を誘導する呼び子をし、草を刈って道を作り、水や食料を提供せねばならない。労働力も資源も奪われる。村の怨みは、必然、鳥見衆へ向けられがちだ。そのため、大名の鷹狩りで疲弊した村が〝鷹狩り一揆〟を起こし、真っ先に鳥見衆を殺害することもあるという。

そうした災難を避けるためにも、鳥見頭は普通、礼儀正しく淡々としているものだと義仙は言った。だが秋田甚五郎は、全然違った。とにかく威張り散らすし、気に入らないとすぐ怒鳴るか、嫌味を言う。このときもそうで、

「なあ、あんたの師匠、若そうに見えるが実は腰の曲がった隠居かなんかかね？　あんたらがただ飯食らって宿場をうろついてる間に、女だってもう日光に着いてるよ」

わざわざ庭石に腰掛けて、ねちねちやり始めた。了助は言い返す気もなく、義仙に教

えられた通り、合掌して頭を垂れて黙然と聞いている。

僧の真似をしながら、どちらかといえば了助のほうが馬の耳に念仏という感じだ。

ただ、甚五郎の言い分もあながち間違ってはいなかった。

将軍家の日光社参は、片道を四日で踏破する。全長およそ三十六里（約百四十キロ）だから、一日九里（約三十五キロ）を進み、開幕の祖にして東照大権現様たる徳川家康の命日に、ぴたりと到着する。

これとて、強行軍ではない。むしろ、余裕を持った行程といえた。

日光道中のみならず各地の社参に赴く者は、男女とも日に十里か十一里は歩く。下駄の歯など一日で磨り潰して真っ平らになるから、常に予備を葛籠に入れておく。それくらいの足腰がなければ、良い働き手になれず、まともな暮らしはできない。それが、今の世の常なのだ。

もちろん義仙も了助も、その程度の足腰は備えている。なんなら三日も経たずに日光に着くことだってできただろう。

だが、この旅の目的は社参ではなかった。江戸放火を企む、不逞浪人の追跡である。

そのことを、甚五郎も、義仙から説明されているはずだが、どうせ遊び半分のお務めだろうと頭から馬鹿にしているようだった。豊後守様の名を出されたから、仕方なく泊めてやったが、大名から転落した旗本に過ぎない柳生の、それも僧になるしかなかった末子のお役目など、たかが知れている。いつまでも人の善意にすがっていないで、さっさと出て行ったらどうだ。そういったことを、ありがたくも説教してやっているのだ、という口ぶりで述べ立てていたが、やがてそれに飽きたか、

「お前のように、師匠も恐縮するべきだな」

そう言うや、でかい口をぱかっと開けて、大あくびをした。甚五郎は、それこそまともに働けるとは思えないほど鈍った腰を大儀そうに上げ、男達と邸内に入っていった。

了助は、きちんと合掌したまま頭を下げ続けている。

丹田呼吸を繰り返し、これも禅だと思って静穏を保ち、やがて顔を上げた。片膝を折って木剣を拾い上げたとき、今度は背後で声がした。

「鳥見頭は、また朝帰りか」

了助は、驚きもしないおのれを自覚した。声が来ると予期していたわけではない。丹田呼吸が習慣になると、自然と横隔膜が下がり、腰は落ち着き、息が深くなる。すでに血と気が全身を巡っており、動悸が起こりにくくなるため、結果的に心身が動じなくなるのだ。これも義仙の教えどおりで、身につけつつある自分に嬉しくなった。

「はい。早く出ていってほしいそうです」

振り返って言うと、縁側に佇む義仙が、うなずいた。甚五郎の意向など気にしていないが、そろそろ動く頃合いだとみていることが、なんとなくわかった。

ゆく空をよそに寝床の中だ。

「食事を済ませてから、旅支度にかかる。弁当ももらおう」

「はい、義仙様」

甚五郎が聞いたら、うちは旅籠じゃないんだ、とでもわめいただろうが、当人は明けゆく空をよそに寝床の中だ。

了助は木剣を背の後ろで帯に差し、義仙と一緒に台所へ行った。そこで、働き出した下男の水汲みや火焚きを二人で手伝い、自分達の分の食事をもらって、部屋に運んで食った。二人で膳を返しにゆくと、下男が弁当を用意してくれていた。

それだけでなく、丸々とした桃を一つずつ渡してくれた。了助には垂涎の菓子だ。近隣の村から運ばせたもので、「どうせ腐るほどあるんだから、持ってきな」と下男は言った。越ヶ谷には、桃畑もあり、十月は秋の収穫期の直後だった。

了助と義仙は、ありがたく頂戴し、部屋に戻って支度をすると、秋田邸を後にした。どうせ寝ているのだから、あるじへの挨拶もなしだ。

街道は人通りが多く、二人は寄り道をせず、真っ直ぐ荒川へ向かった。

川べりには、あらかた解体された御殿がある。その材木を運ぶ人々を横目に、明暦元年（一六五五）に架けられたばかりの、まだ真新しい高欄備えの橋を渡った。

橋も混雑していたが、宿場を抜けて道を進むと、すぐに人の姿もまばらになった。

平地と林と湿地が入り交じる、のどかな風景を眺めながら、下間久里（現埼玉県越谷市）の一里塚まで来た。江戸の日本橋から、七里目だ。

下間久里村の、一里塚番士の宅に立ち寄ったところ、老年だが矍鑠とした番士が、はきはき受け答えをしてくれた。江戸から逃げた不逞浪人達のことも聞き知っていて、目を光らせてはいるが、それらしい者は見ていないという。

義仙は礼を言い、老人に拾人衆との通信を頼み、了助とともに街道に戻ると、しばしその場に佇んだ。

「やはり断たれたな。敵も見事だ」

これは極楽組が、各地の仲間と連絡を取り合うことをやめた、ということだ。ここまで敵の連絡網を頼りに進んできたが、早くも行き止まりにぶつかっていた。

「でも、帳簿があるって……」

「六月村は鳴子だ。帳簿に意味はないのだろう」

村の悪党ども自体が鳴子、つまり極楽組の警報装置というわけだ。

異常ありとみるや、すぐさま連絡を断つか、別の連絡網に切り替える。つなぎの帳簿も囮だという。了助は、そこまで周到にことをなすのかと驚くばかりだ。

「なら、どうすればいいんでしょう？」

「敵も、私達が何者か知りたいはずだ。せいぜい、ここにいると示してやろう」

自分達を餌にして敵をおびき出す手である。了助は、胃の底に冷たく重いものを感じた。あの禍々しい隻腕の剣士、錦氷ノ介が現れるところを想像したからだ。

　緊張で丹田の働きが鈍ると、大の男でも、下痢、便秘、食欲不振といった症状に襲われるという。どれも旅においては体力消耗を招き、命取りとなると義仙から聞かされていた。慌てて丹田呼吸をする了助をよそに、義仙はいささかも気負わぬ様子で、街道を眺め渡し、こう呟いていた。

「それとは別に、そろそろ追ってくる頃だが……、まだそちらの姿もないようだ」

「追ってくるって……、誰がですか？」

「私の兄の使いだ」

「え？　義仙様の……？」

「私が何もせぬよう、閉じ込めたがる兄でな。私や一族への愛情ゆえ、不安にとらわれ、かえって誰をも籠め殺しにしてしまう。そのことを、なかなか悟れぬのだ」

　仏道においては、家族や恋人への愛情も、差別や苦悩の源となるため、退けるべきとされている。だが、そこまで峻厳でなければならないことが、了助には理解できなかった。義仙を心配する兄がいるなら、そんな言い方をされたら傷つくのではないか、と気になってしまう。了助とて、おとうや三吉のことを思い出せば修行の邪魔になる、などと言われたら、かえって反発がわくだろう。

　だが義仙は、そうした点でもとらわれた様子はさっぱり見せず、歩みを再開した。

「行こう。ここに私達が来たことは、すぐに敵味方双方に伝わる」

敵も味方も、我が身に引き寄せる一手である。了助は、しっかりと肚に力を込め、ついていった。

しばらく進んで、千間堀（新方川）を越え、粕壁（現埼玉県春日部市）へ向かう途中、道沿いにある石造りの鳥居をくぐり、神社の境内にお邪魔した。

大枝村の鎮守たる、香取神社である。休憩がてら弁当を食い、甘い桃をゆっくり味わった。了助にとっては至福のひとときだが、今日はさらに別のものが待っていた。

神社の者に許可を得て竹筒に水を足しに行くと、すごいものに出くわしたのだ。

彫刻を施された、素晴らしく立派な山門だった。何もない場所に、巨大で荘厳な物体が忽然と現れたようで、了助は呆然と見入ってしまった。

「せっかく来たのだから、少し見物しよう」

義仙が、竹筒を葛籠に入れ、笠を頭から外して山門へ向かうので、了助もついていった。まさか、本当に見物するとは思っていない。敵の手がかりを得るため、寺の者に話を聞く気だろう。そう思ったが、お堂を見るなり、完全に心を奪われてしまった。

美しい瓦屋根、金塗りの廂、朱塗りの柱、そして極彩色の彫刻が数えきれぬほど施されたしろもので、豪華絢爛とはまさにこのことだ。

了助は、このようなものを生まれて初めて見た。これまで思い描いてきたどんな浄土よりも神々しく、実はもう、日光社に辿り着いていたのだ、と言われたら信じてしまったに違いない。

妻沼聖天山こと、歓喜院聖天堂。かれこれ五百年近い歴史を誇る、真言宗の寺院である。代々、特に忍（現埼玉県行田市）の城主から庇護を受け、再建や造営が重ねられてのち、総仕上げをさせたのが徳川家康である。

造営を監督したのは、伊奈〝備前守〟忠次。当時の関東代官衆の筆頭として、新田を拓き、河川を開削し、寺社を整え、幕府の基盤を確かなものにした人物だ。多くの村で神のごとく称えられ、備前の名を遺す河や堤は、この近辺では数知れない。

その備前守主導による、丹念な造営後も、忍城主による庇護は続いた。

忍は、しばらく幕府直轄領であったが、城代配下の代官だった大河内氏は、その陣屋の敷地を歓喜院に寄進している。

寛永十年（一六三三）に忍藩となり、三万石を賜った松平信綱が藩主となった。

その信綱の川越藩移封後、忍藩に入ったのが、阿部忠秋だ。以来、忍藩は老中が入る重要拠点とされ、庇護を受ける歓喜院も、栄える一方だった。

了助は、義仙からそうした話を聞きながら、大勢の見物客とともにお堂を巡った。

阿部忠秋の名が出たため、やはり手がかりを求めて来たのだと思ったが、見事な彫刻に夢中で、それどころではなくなってしまった。

あらゆる生き物がいた。竜に虎に獅子。飾りのはしばしに、顔を覗かせる猿や猫。どれも生きているとしか思えない出来映えだ。

さらに見事なのが奥殿で、そこには人がいた。南面には三聖、すなわち、釈迦、孔子、老子が、一つの瓶から酢を飲んでいる。

「三者の教えは異なれども、全て同じ真理に基づく、ということを示しているのだ」

義仙が、像の意味するところを教えてくれた。

西面には、貴重な水瓶を割って中に落ちた友人を救う、司馬温公がいた。どれほど高価な品も、人命には替えられない、と告げているのだという。

大羽目板には、七福神がいて、軒下の南北西の三面では子どもたちが戯れており、その光景が、痛切に了助の胸を打った。

神様達が、碁に熱中するあまり、大事な持ち物である釣竿や大袋や米俵で子どもたちが遊んでいることにも気づかない。

「争いのない平和な世を示すものだ」

そう義仙に教えられたとたん、了助は鼻の奥につんと熱を感じ、ついで涙がこぼれ、慌てて拭わねばならなかった。

地獄なら、多くを見てきた。けれども、極楽を見たのは、これが初めてだった。これが浄土のあり方だと思った。苦は一切消え、憂き身が、まことに浮き身となるのだ。

何より、毘沙門天に踏まれているはずの鬼さえ自由に振る舞い、綺麗な女性たちを手招く様子には感動で胸が一杯になった。鬼ですら浮き身となって遊び戯れる。そんなの想像もしたことがなかった。ここに来ねば、一生そのままだったかもしれない。

了助は感動のあまり、お堂を一巡しただけで、すっかり頭がのぼせ、ふらふらになってしまった。義仙が、造営中の門の辺りで休むよう言ってくれたので、そうした。こちらは、翌年完成予定の仁王門で、阿吽像もまだない。

大きな石に座り込み、立派な山門があるのに、まだ門を作るのかと思うと胸焼けを起こした気分になり、笠を抱え背を丸めてしまった。他にも護摩堂や結願所や神社などもあって、参拝客は全てにお参りしようと躍起だが、了助にはとてもそんな余裕はない。

「ここにいろ。私は寺の者に、豊後守様へのつなぎを頼めないか訊いてくる」

はい……と息も絶え絶えで返した。やはり見物目的ではないのだ。

了助は、義仙が人混みに消えるのを見送り、晩秋の冷涼な空気で頭を冷やしつつ、息を整えた。見たものをきちんと心に収めようとしたが駄目だった。彫刻の一つ一つを思い出しただけで、感情が溢れてどうにかなってしまいそうになる。

極楽は極楽で、地獄と同じくらい受け入れるのが大変だ。ひとまず感動に蓋をし、少しずつ時間をかけて呑み込むしかなさそうだった。

無性に棒振りがしたかったが、人が多すぎて文句を言われそうなので、やめておいた。代わりに抱えていた笠を置き、木剣を帯から抜いて膝の上に横たえ、坐禅を組んで目を閉じた。

木剣の重みと身が一つになり、おのれの肺の中の空気と、外の空気とが一つになるところを想像した。木剣もおのれも景色の一部となり、何もかもが天地自然に融け込むとき、悟りが訪れるらしい。もちろん簡単に達せる境地ではない。ただ、のぼせた頭の熱を冷気が払ってくれる心地よさがあった。そうするうち、足音が近づいてきた。義仙ではない。義仙は音を立てずに歩くし、歩調の短さからして大人の男ではなかった。

「もし、あのう……手合いの御方ですか？」

若い娘の声がした。了助が目を開くと、きっちり旅装を整えた娘が、かぶった笠の下から、遠慮がちにこちらを見ていた。

手合い、という符牒（ふちょう）を使ったからには、拾人衆だろう。だが違和感があった。それがなんであるか、漠然と考えながら問い返した。

「なんで、そう思ったんですか？」

「お膝の上にあるものを見て……。黒い大きな木剣をお持ちと聞いていましたから」

娘が、肩をすぼめて言った。風が吹けばすぐ散ってしまう花のような印象だった。

可憐とは、あどけなく保護を要することをいうが、まさにそんな感じの娘で、思わず対極といっていいお鳩を思い出していた。お鳩であれば、了助が問い返した時点で、本人と断定し、違うんならそう言え、と腹立たしげに言い返すところだ。

了助は、相手の奥ゆかしげな様子に合わせて、丁寧な調子になって言った。

「はい、拾人衆の六維了助です。えっと……」

「小町、と申します。瓦曽根村の秋田様が、あなたと列堂様を、お捜しです」

あの鳥見頭が、何の用だというのか。さっさと出て行ってほしそうだったのに。急な報せが、江戸から届きでもしたのだろうか。了助は疑問に思ったし、ますます違和感が募ったが、自分が考えたところで始まらない。ここで義仙を待っているのだと言おうとしたところへ、当人が旅装の侍を一人連れて戻ってきた。

浅黒い肌をした、長身痩軀の侍だ。腰の両刀だけでなく、菰包みの長刀を、葛籠と一緒に背負っている。

了助が坐禅を解き、立ち上がって尋ねた。

「義仙様、その方は？」

「芦田甲三郎。伊豆守様の使いで参った」

侍が、率先して名乗り、義仙が、了助の視線を受けてうなずいてみせた。

伊豆守。これまで、拾人衆の差配役である中山勘解由の働きを、何かと妨げてきた老中である。その使いが何の用か。了助の内心の疑問に答えるように義仙が言った。

「この御仁が言うには、お前に養子の口があって、それを報せに来たとのことだ」

四

「つまり、どこの馬の骨か、わからぬのだな？」

光國が尋ねると、対面する町人が、困惑顔で首をすくめ、そばにいる中山とお鳩に助けを求めるような目を向けた。

「加藤善右衛門さんをご紹介下すったのは、長年、うちに出入りする薬問屋でして。長崎につてがあって、薬種の仕入れも得意とかで」

「材木に薬か。手広いな。それほど安く材木を売れるとは、どんな商人だ？」

「さあ、それは……うちは、とにかく店の建て直しに、必死だったんでございますよ」

ひたすら恐縮するのは、日本橋にある長崎屋のあるじ、源右衛門である。

長崎屋は、有名な薬屋だが、特別な宿屋を営んでいることでも知られている。長崎に来航するオランダ人の商館員一行が、江戸にのぼる際の宿泊所と定められているのだ。

この年の正月も、ザハリアス・ワーヘナールという商館長が、部下と滞在している。

そのことを光國も知っていた。それどころか、長崎屋に飛んでいって当人と面会した。

オランダ人が来るや、長崎屋には何百という客が押し寄せるのが通例である。諸大名が人を送り、南蛮の珍品を買ったり、学問や商業の知見を得ようとする。オランダ人商館長は、朝から晩まで客の相手をする一方、将軍への献上品を管理し、拝謁の準備をしなければならない。ワーヘナールは、無事に将軍家綱へ拝謁したが、贈り物に対する将軍からの返礼の儀には、臨めなかった。

オランダ人の暦では三月となる、明暦三年正月の大火で、彼らもまた火に襲われたからだ。長崎屋も全焼した。オランダ人の世話役である、大目付の井上政重(いのうえまさしげ)や、長崎奉行の黒川正直(くろかわまさなお)のほか、かつて商館が平戸にあった縁で、今も親オランダである平戸藩主の松浦鎮信(まつらしげのぶ)、いずれも屋敷を火にのまれた。そのため、ワーヘナールたちは自力で町人に助けを求め、どこぞの小屋で、飢えと寒風に耐えて生き延びたという。

その後、ワーヘナールたちは、長崎屋の土蔵の焼け跡から、火で溶けた銀など自分たちの財産の一部を辛うじて回収し、江戸を去った。今頃は、長崎に到着した交代の商館員を迎え、出航の準備をしているところだろう。

「オランダの方々が、建て直しのために、もっとお支払い下すってたら、とにかく安い材木を探し回ったりせずに済んだのですよ」

源右衛門が言った。ワーヘナールからすれば滞在費用はともかく、長崎屋の再建を担う義理はない。それでもワーヘナールは二千匁(約四百万円)を拠出したらしい。

「四千匁はいる、と通詞の方にお頼みしたんです。でなけりゃ次にオランダの方々が来たとき、ちゃんとおもてなしできません、と」

源右衛門の言い分もわかるが、本来の宿泊費用は百五十匁程度なのだし、ワーヘナールとて損害を被ったに違いないことを考えれば、二千匁は破格の支援だろう。

その源右衛門の主張はさておき、

「材木が安価なことには理由があろう。腐木を売りつけられた様子はないが……」

中山が、柱や天井に目を向け言った。

「うちと縁を持てれば損は構わない、なんて言って下すったんです。舶来品を扱いたいんじゃないでしょうかね」

「さもなくば、南蛮人に売りたい品があるのであろうな」

光國が言った。

「はあ。生糸や綿でしょうか」

銀のほかに、オランダ人が特にほしがるものといえばそれだった。かつて南蛮人が、日本に売りに来た主力商品こそ、大陸産の生糸だ。しかしこの頃はそれが逆転し、大陸で転売するための日本産の生糸を、南蛮人が求めるようになっていた。

光國は否定も肯定もせず、聞き取りを切り上げ、中山とお鳩とともに店を出た。

日本橋で「寺」と定められた長屋に戻る途中、長崎屋を出入りする人間を見張っていた巳助と亀一が、合流した。

「長崎屋源右衛門の名を策に用い、加藤善右衛門本人に狙いを喋らせるのはどうだ？」

光國が、長屋の部屋に上がるなり提案した。中山も同意見で、お鳩に訊いた。

「源右衛門の声を出せるか?」

お鳩が、にっこり喉に手を当て、

「加藤善右衛門が、なぜ損をしてまで長崎屋と縁を持ちたがるか、私が聞き出してみせましょう」

いつもの、見事な声真似を披露してみせた。

すぐ翌日、策が実行に移された。

源右衛門の行きつけの店の座敷を、中山が家臣に命じて押さえさせ、中山、光國、お鳩が待っていると、やがて隣の部屋に、加藤善右衛門が案内されるのが聞こえた。

階下で商談を終え、一人くつろぎに来たのだ。当然のように遊女を呼ばせている。このところ深川では、食事、商談、遊び、宿泊の場を、まとめて提供する店が急増していた。芥捨て場(ごみ)が、築地(つきじ)(埋め立て地)となり、火災の備えとして材木の貯蔵地とされたのが、深川である。そこへ、材木商と職人が多数集まり、大名家も、商談のため深川に人を送るようになるや、にわかに繁栄が始まったのだ。

加藤善右衛門も、濡れ手で粟の商売をものにした男らしく、自分一人を悦ばせるためだけに膳を用意させ、まずは手酌で楽しみ始めた。

「もし、善右衛門様。長崎屋でございます」

お鳩が、源右衛門の声を襖越しに放つと、加藤善右衛門の手がぴたりと止まった。

「こりゃ驚いた。源右衛門さん。いつからそこに……」

「どうぞ振り返らないでおくんなさい。あたしはここにはいません。いいですか」

加藤善右衛門が、にやりとして言った。

「さすがオランダ人相手の商売を一手に引き受けなさる方は、やることが違うねえ。ええ、もちろん、こいつはあたしの独り言だ」

「ありがたいことで。その調子で、一つだけ、独り言を口にしちゃくれませんか。加藤善右衛門さん。あんた、オランダ人に売りたいものがあるんでしょう。あたしも、一枚噛ませてもらえるものだと、いいんですがねぇ」

「いやはや、こっちこそ、ありがてえ。実はどう切り出したものか、あたしも悩んでたんです。もちろん長崎屋さんには、一枚も二枚も噛んで頂かないといけない話です」

「そりゃよかった。で、何を売るんです？」

加藤善右衛門は、襖を横目に、手を口元に当て、そこにいない相手に耳打ちするように、声をひそめて言った。

「子どもですよ」

お鳩が息を呑み、光國と中山が目を剝いた。

加藤善右衛門は、相手がぎょっとする気配が襖の向こうから伝わってくるのを、むしろ面白がるようにして、こう続けた。

「何せ、正月の火事で、親をなくしたのが、ずいぶんいましてね。あと、武蔵国や上野国にも、つてがあるんです。あたし、材木の前は、そっちの売り買いで稼いでまして。南蛮人が、人を買うときに出す額といったら、丁稚奉公や遊女の売り買いの比じゃないんです。お上の目が光ってるせいで、小さく売るしかなかったんですが、もし源右衛門さんが噛んでくれたら、何十人て数を、いっぺんに売りさばいて、ひと財産築けるかもしれねえってもんで」

光國と中山が、すっくと立った。珍しく互いに制止せず、二人同時に襖を蹴倒し、床をたわませんばかりに踏みつけ、座敷を震撼させた。

唖然と凍りつく加藤善右衛門を、光國が、憤怒の形相で睨み据え、言った。

「勘解由よ、殺してはならんぞ」

「子龍様こそ、手出しはしないで下さい。私が、仔細を吐かせます」

中山の両袖から、はらりと捕縄が垂れ落ちた。二つの縄が、真っ黒い蛇のようにとぐろを巻く様に、加藤善右衛門の目が、釘付けになった。

五

夕暮れどき、侍と娘を連れて戻った義仙と了助を、甚五郎が手の平を返したような丁重さで迎えた。今朝出た部屋へまた案内し、夕餉を一緒に、などと甚五郎が誘うのを、義仙がきっぱり断った。

「道中、弁当を買いましたので、けっこう」

「では酒などいかがでしょう。ぜひ一献」

「いや、けっこう」

義仙は、甚五郎のしつこい誘いを固辞し、了助のほか、侍と娘だけ部屋に入れた。

とはいえ、芦田甲三郎と名乗る侍も、小町と名乗る娘も、旅装は解かず、越ヶ谷宿に泊まるとのことだ。

「道中お話しした通り、私どもはその子を、江戸に連れ帰るよう命じられております」

甲三郎の言はさておき、了助は、何より相手の所作に驚かされていた。

強靱な一本柱を身中に備えたような動きをし、剣士としての腕のほどが如実に窺える。しかも背負っていた長刀がすごかった。刀身が三尺（九十・九センチ）以上はある。普通の太刀は二尺三寸（六十九・六九センチ）で、了助の木剣も同程度である。

「この娘と会うたのは、たまたまのこと。豊後守様からも報せがあったのでしょう」

甲三郎はそう言うが、小町のほうは何も知らないに等しかった。

「お務めで、文をお届けしたところ、秋田様からお二人を探すよう言われました」

文の内容も差出人すら知らず、なぜ甚五郎が義仙と了助を呼び戻したかも聞いていないという。

　これでは甚五郎に詳しく聞くしかないが、なぜか義仙にその気はないようだった。

「了助は、わけあって私が預かっている。理由もなく、お渡しはできない」

義仙が改めて告げると、甲三郎が意外そうな顔をした。

「老中様の意向が、理由にはならないと？」

「どこの誰が、養子をほしがっているかは知らぬが、旅から戻るまで待つよう、お伝え頂きたい。ひと月もかからぬでしょう」

「本当に、そう伝えても良いのですな？」

伊豆守の使いを追い払うなど、恐れ知らずもいいところだ、と恫喝するようであったが、義仙は取り合わなかった。

　辺りが暗くなると、甲三郎もいったん折れ、明日また来る、と言った。

　小町も同様に退室したが、その際、ちらりと義仙の目の色を窺うようにした。奥ゆかしいというのとは違う、妙な目つきだった。

　二人が消えると、義仙が何もなかったように、弁当を食おう、と言うので、了助は従った。今朝この邸で作ってもらった弁当である。甚五郎が振る舞おうとするものを拒む理由について、義仙は何も言わない。だが了助も、うすうす察するところがあった。

風呂も借りず、井戸端で冷たい夜気に肌を晒しながら、手拭いで身綺麗にした。布団だけは、ありがたく借りて来て部屋に敷くと、だしぬけに義仙が言った。

「少し出る。私がいるふりをしてくれ」

「義仙様のふりって……」

了助が困惑すると、まず義仙は座布団を二つ丸めて縦に並べ、了助が使うほうの寝具をかぶせた。確かに、了助が潜り込んでいるようだった。他方、義仙が使うほうの寝具には、足の辺りに座布団を入れた。上げ底というと変だが、座布団と縦に並ぶように了助が寝れば、義仙の身長に近くなる。

「寝てるおれを攫いに来るから、驚かせて打ち払うってことですか？」

「打つこともなかろう。何もせず、部屋に引き止めておけ。その間、私は人を探す」

「誰を探すんですか？」

「詳しい話ができる誰かだ。お前がこちらで狸寝入りをしたあと、私が出る」

義仙が言って、葛籠から新品の草鞋を出した。

了助は木剣を抱え、言われたとおり床についた。義仙が灯りを消し、その気配が絶えた。そこにいるだろうと思ったが、暗がりにはもう誰もいなかった。かすかに戸が閉まる気配がし、それで、義仙が縁側から出ていったことがわかった。

了助は、寝具を引っ張り上げ、頭が少し出るくらいに顔を隠した。うっかり眠らないよう、仰臥禅を行いながら歓喜院で見た極楽の光景を思い出していった。いっぺんに脳裏によみがえらないよう、意識して少しずつだ。さもなくば感動で、すすり泣いてしまうだろう。実際、いとけない子どもたちの遊ぶ姿を思い出すたび目の裏が熱くなった。

ふと、廊下で音がした。誰かが部屋に来る。襖が少し開いたのがわかった。覗き込んで二人が寝ているのを、確かめているようだ。いや、どっちが義仙かを見定めていた。

相手が、するりと部屋に入ってきて襖を閉じ、近づいてきたことでそれがわかった。

相手が、枕元で膝をついた。了助は顔を寝具で覆っているのに、良い香りを感じた。

「もし……お務めに参りました。よろしければ、他に部屋を用意してあります」

ささやき声がした。去ったはずの小町の声だ。確かに打ち倒す必要はなさそうだが、

「もし……」

寝具の上から、肩の辺りに手を置かれると、思わず動悸がした。

条件反射的に、お鳩の顔がよぎった。それと同時に、勝山に抱かれたときの甘やかな安らぎが去来し、ふーっと息をつきながら、そのときと同じように、はっきりと拒否の意思を込めて寝具をまくり、肩に置かれた手をやんわりと払った。

「拾人衆に、そんなお務めはないんだ。拾人衆のふりをしろって、誰に言われた？」

小町が目を丸くした。

当然ながら旅装ではない。闇でもそれとわかる、白い襦袢（じゅばん）姿だ。膝をついたその姿は

いっそう可憐で、そしてそれ以上に、おかしな雰囲気があった。

「まあ……」

と呟いた息が妙に熱く、色めかしい。頭が左右に揺れ、表情は朦朧とし、今にもくずおれそうな危うさだ。

了助は戸惑い、まさか毒でも飲んだのかと理屈の通らぬことを思いながら、ともかく義仙に言われたとおりにすると決めて言った。

「義仙様はいない。戻ってくるまで、おれとこの部屋にいるんだ。いいか？」

「あい……」

小町の綺麗な唇の間から、よだれが一筋垂れ落ちた。いきなり両手で襦袢を左右にはだけ、汗の浮いた肌があらわとなった。了助の目の前で、乳房と張り詰めたような尖りが揺れ動き、滑らかな腹が激しく波打ったかと思うと、荒い息が降り注いできた。

了助が唖然となるのをよそに、小町の裸体が懐に滑り込んできた。

ちょうど寝具をまくったままの腕を開いた体勢である。不覚だった。相手が刺客だったら、急所を好きなように刺されて死んでいたかもしれない。

相手の好きにさせるほかない、という点では似たようなものだったが、抱えていた木剣の存在が幸いした。それが二人の間にあることで、ぴったり密着せずに済んだ。

しかし小町は遮二無二なって迫り、胸乳を木剣に押しつけ、尖りが了助の胸元を幾度もかすめた。背けた頬に、執拗に唇を押しつけられ、かと思うと、宙に泳がせたままの右手を取られ、相手の股に挟み込まれた。

びっくりするような熱が伝わってきた。そのくせ、ぐっしょり濡れそぼち、ぬめりを帯びている。了助には初めての感触だが、知識は備えていた。風呂務めのとき、客や湯女たちの談笑を、さんざん聞かされたせいだ。

だから小町が、了助の手に、股の柔らかいところを激しく擦りつけてきたときも、慌てて振り払おうとはしなかった。相手の好きにさせ、その動きから、望んでいるであろう角度を察し、そのようにしてやった。

小町は哀れっぽく喘ぐや、息を詰めるということを繰り返した。やがてひときわ激しく尻を振りたくったかと思うと、唐突にのけぞり、ぴんと全身を張り詰めさせた。しばらくそのまま小刻みに震えていたが、大きく吐息しながら、嘘のように弛緩した。

胸元に押しつけられていた唇が離れた。小町は、ぐったりと了助の肩に額を押しつけ、深い呼吸を繰り返した。了助は動かず、相手の息が整うのを待ち、それから小声でこう尋ねた。

「四つめでも飲まされたのか？」

媚薬のことだ。江戸日本橋の米沢町二丁目にある「四目屋」が、そのたぐいの品を、長崎で仕入れて売り始めたことから、そう呼ばれるが、実際は、湯島でも深川でも売られている。これも、風呂務めで得た知識だった。

「……あいよう」

小町が呟いた。阿芙蓉(あふよう)が訛った言葉で、要は阿片だ。それを混ぜた薬の総称でもあり、四つめの多くが該当する。

了助は、はだけられた自分の肩が濡れるのを感じた。涙だった。挟まれたままの手と同じ熱を感じたが、それとは異なる可憐さだった。小町が嗚咽(おえつ)をもらし始めた。了助は右手をそっと抜き、脱ぎ捨てられた襦袢をつかんで引き寄せ、小町にかけてやった。

「お前、どっかから売られたのか？」

小町が、こくんとうなずいた。

「ここで大人しく寝てな」

木剣を手に立ち上がった。小町が涙で濡れた顔を上げた。どこに行くのか、と不安そうに目で訊いていた。

「ちょっと地獄を払ってくる」

了助は微笑んで告げ、葛籠から新品の草鞋を取り、部屋を出た。なおも不安そうな小町に小さくうなずきかけてやり、襖を閉じた。

手早く草鞋を履き、木剣を引っ提げ、するすると廊下を進んだ。

行き先は明白だった。中庭の反対側の大部屋で、障子越しに灯りがいくつも揺れるのが見えていた。廊下を渡って近づくと、甚五郎の声が聞こえた。

「四つめは丸薬や軟膏だけじゃない。南蛮人は煙管(きせる)で吸うし、お香みたいに焚(た)くんだ。これが、一服で正気が吹っ飛ぶしろものでね。そいつを焚いた部屋に入れりゃ、こっちのもんさ。その部屋に連れ込むよう、言っておいたから、今ごろは、列堂とかいう男のほうが、娘に手籠めにされてるよ」

笑い声が、いくつも起こった。障子越しに見える人影の間隔から、十人程度だと見当をつけ、左手で戸をがらりと開け放った。

部屋が、しんと静まり返った。

全部で、十一人いた。奥の上座に秋田甚五郎。そのそばに芦田甲三郎と、もう一人、見覚えのある覆面をした、浪人風の男がいた。

盃や肴を口に運びかけた、鳥見衆らしい男達が、八人。みな、傍らに棒や短刀などを置いている。頃合いを見て、義仙を捕らえるか、殺しに行く気だったのだろう。

了助は、木剣を肩に担ぎ、摺り足で半円を描くようにして踏み込んだ。

男達の反応が遅れたのは、その動きがまるで舞のようで、芸事でも披露しに来たのか、と錯覚したからだ。

次の瞬間、了助は、木剣を真横へ振り抜いた。

叫喚(きょうかん)もなく、力みもなければ、予備動作すらほぼない、これまでで最も静かで、最も激烈な一撃だった。

左側にいた男が、その一振りを胸に食らい、部屋の端まですっ飛んで壁に激突し、漆喰の破片を飛散させた。男は、白目を剝いて畳に倒れ、微動だにしない。

大の男が、簡単に宙を舞った。その信じがたい光景に男達が呆気にとられ、また反応が遅れた。その間に、了助は悠々と木剣の握りを変え、右にいた一人を打ち飛ばした。そいつも宙を飛んで襖を破き、隣室の端まで転がっていって動かなくなった。

了助は淀みなく、いたずらに声を上げることもなく、天然自然の所作で、右へ左へ木剣を振るい、男達を次々に打ち払っていった。突如として吹き荒ぶ旋風そのものだが、了助自身は、平静そのものだった。心を置かず、部屋にいる全員を見るともなく見ながら、円を描くように部屋を巡り、間合いに入った者へ、石火(せっか)の機の一撃を放った。

それも、義仙から教わった不動智(ふどうち)の一つだった。火打ち石を打てば、瞬時に火花を噴くがごとく、まったく間を置かぬ、即応の妙をいう。

地獄を払う、という一念で木剣を振りながら、このとき、しきりと脳裏をよぎったのは、なんとあの極楽で遊ぶ子どもらの姿だった。心は、彼らのように軽やかに戯れながら、身は、地獄を巡り、悲憤に満ちている。その狭間(はざま)にあるほかないという、我ながら不思議なほど超然とした思いが、遅滞なき所作の、原動力となっていた。

男達も、慌てて武器を振り回し、あるいはそこらにある物を、了助に投げつけるが、どれも当たらない。瞬く間に、了助の位置も姿勢も変わるからだ。

もともと、野犬払いのための棒振りである。一箇所で踏ん張って戦うということは、考えていない。とにかく囲まれないよう、動き回る。群を追い払うか、自分が食い殺されるかだが、今では了助のほうが、野生の獣じみて俊敏きわまりなかった。

わめき散らして短刀を突き出す男の腕を、叩き折った。こんなはずがない、と言いたげな顔をするその男の腹を打ち抜き、吹っ飛ばした。男が、障子をぶち破って廊下で跳ね、中庭に転がり倒れたところで、部屋をぐるりと巡り終えていた。

七人の男達が倒れ、今、庭に一人転がり、そのそばに、裸足で庭に下りた甚五郎が、わなわな震えている。同じく、甲三郎が庭に逃れ、腰の二刀には手をかけず、長刀を持ち、抜き打ちに構えていた。そのさらに背後では、覆面の男が、厩のほうへ駆けていくのが見えた。

了助は、木剣を右肩に担いだ姿勢で、淀みなく庭に降り、甲三郎へ近寄った。

甲三郎の、ゆるゆるとした呼吸を感じた。その鋭い呼気と同時に、斬撃が閃いた。

了助の歩みに、初めて変化が起こった。ぱっと飛び退き、おのれの喉があった辺りを剣尖が走り抜けるのを感じた。

そこまで届くのか、と驚くような備え無き心持ちだったら、今この一瞬で、喉首を裂かれていただろう。

甲三郎が、鞘を地面に落とし、長刀を上段に構え、ついで、はたと向きを変えた。

その視線の先に、いつの間にか義仙の姿があった。両手で、二人の侍の襟首をつかんで、立たせている。義仙が手を離すと、二人が、ぐにゃりと膝をつき、朦朧と頭を左右に揺らした。どうやら、あいようを吸わされたらしかった。

「極楽組の一芝居、楽しませてもらった」

義仙が言うと、甲三郎が白い歯を見せて笑った。その目が憎悪で光っていた。

「貴様らに、我らを止めること能わぬぞ」

「さて。試してみよう」

無造作に義仙が歩み出し、了助も合わせてそうした。甚五郎が、ひっと悲鳴をこぼす横で、甲三郎が唇を捲り、迎え撃たんとするかに見えたが、転瞬、鞘を拾い上げて身を翻し、走った。

同じとき、蹄の音がわいた。

「乗れ、甲斐！」

覆面の男が馬で現れた。甲三郎が走りながら、ただでさえ扱いにくそうな長刀を易々と鞘に納め、馬の背に取りついて乗った。

そこへ、了助が叫んだ。

「鶴！」

覆面の男が、振り返って了助を見た。

やはりそうだ。了助は確信した。いつぞやの捕り物のとき、撃たれた氷ノ介を、馬に乗せて逃がし、光國との因縁をほのめかした男、極楽組の〝鶴〟だった。

「なんで、おれのおとうを斬らせた！」

男が返したのは、けたたましい哄笑(こうしょう)だ。了助の問いに答えず、馬首を巡らせ、疾駆(しっく)し去った。

「馬を借りますか？」

了助が、茫然自失の甚五郎を見て訊いた。貸せと言えば素直にそうしてくれそうだ。

「奴らはまた来る。ここの始末が先だ」

義仙が言って、邸を見た。廊下に、襦袢を羽織った小町がいて、驚きと感動がない交ぜになった潤んだ目を、了助に向けていた。

六

その日、待ち伏せされたのは信綱のほうだった。

御用部屋に入ると、上座も下座もなく、ど真ん中に忠秋が座っていた。その怒りの眼差しをよそに、信綱が上座につき、言った。

「筑後守が、オランダ人に人を売る者がいることをつかみ、調査をしていた」

大目付の井上政重のことである。宗門改役として、切支丹弾圧に辣腕を振るう前は、寛永十五年（一六三八）の島原の乱で、信綱と同じく、九州に渡って鎮定の功を上げている。いわば、信綱腹心の配下の一人だ。

「人買いが、拾人衆の養子の口か？」

「はて。そう申した覚えはない。そういえば筑後守が、自分の代わりに、お主が解決してくれた、と感謝をしていたな」

ふうーっと忠秋が息をつき、かぶりを振って呆れる思いをあらわにしつつ言った。

「瓦曽根村の鳥見頭も、人の売り買いをしておった。その売買を極楽組が嗅ぎつけ、鳥見頭を操ってさらに悪事に引き込んだのだ。果ては、宗冬殿が遣わした柳生の二人に阿片を吸わせて喋らせ、お主の使いを騙ったのだぞ」

「お主と配下の働きには、頭が下がるな」

「拾人衆を廃止せんがため、子を南蛮人に売り飛ばす気はなく、加藤善右衛門の名を出したは、こちらの注意を引き、足止めする策に過ぎない。あくまで狙いは、義仙殿が連れる子を手中に収めること。相違ないな？」

「お主が、御遺命と信じ、育てきれぬ子どもを抱えながら、おのれの家を差し置いて水戸家を気遣うのを、辛く思うがゆえ、そろそろ考え直しては、と忠告したまでだ」

「大猷院様は、御三家の中でとりわけ水戸家を信じ、肝煎り（きもい）の拾人衆の目付とされた。身命を賭して従うまでよ」

「私も同じだ、豊後守殿。御遺命に従い、上様のため、必ずや務めを果たす」

忠秋が目を細めた。

「お主、いったい何をする気だ？」

信綱がふいに微笑んだ。能面のようだった顔が、嘘のように和らぎ、言った。

「上様のため、禍いを根絶やしにする。我が務め、妨げてくれるなよ、豊後守殿」

七

石造りの鳥居の前にいた。大枝村の香取神社の鳥居だ。

了助は、歓喜院をまた見たいと思ったが、そうしなかった。どうせ感動に呑まれるだけだった。旅から生きて戻ったら、そのときまた見て何を感じるか知りたいと思った。

「あの……、なんで嘘だとわかったんですか？」

小町が訊いた。了助は肩をすくめた。旅装の拾人衆などいない。みな属すべき「寺」で働く。旅をする自分が例外なのだ。

「罔両子っていう人に、訊いてみな」

小町が逃げ出さないよう、そう言った。

「なんで、親切にしてくれるんですか？」

「おれも親切にされたからだ」

「私、尼になるんですか？」

「なりたきゃなれるよ」

「嫌です」

「じゃあ、そう言えばいいよ」

小町が、不安そうに見つめ返したとき、鳥居の向こうから旅装の僧が来た。

義仙が頭を下げた。僧も頭を下げ、小町へうなずきかけた。東海寺(とうかいじ)へ連れて行き、忠秋の保護のもと拾人衆として保護する。そういう手筈だった。

「また、会えますか？」

小町が、了助へ訊いた。

「寺にいてくれたら。たぶんすぐ戻る」

これが効いたらしく、小町が微笑んだ。

「待ってます」

了助はうなずいた。小町が、何度も振り返って、了助と義仙に頭を下げつつ、僧とともに、江戸へ向かうのを見送った。

「あの娘のため、男達を打ったか」

義仙が呟いた。小町の心を縛るものを、打ち払うためにしたのか、と言っていた。

子どもは、自分を買った相手に支配され、逃げられない、と信じ込むものだ。そして了助は、その支配的存在を、木っ端微塵に打ち砕いてやったのだった。

「ただ、地獄を感じて、払いたかったんです」

義仙がうなずき、街道を進み始めた。了助も傍らについて歩き、こう続けた。

「そうしたら、初めて浄土を感じました」

「地獄を払えば、おのずとそうなるものだ」

当然のように言われて、目を丸くした。

「義仙様も、感じたりするんですか？」

「菩薩を」

「おれにも、感じられますか？」

笠の下で義仙が、ちらりと笑みを浮かべた。じきそうなると言うようでもあり、まだまだ道は遠いと言うようでもあった。

どちらともつかぬ笑みがなぜか嬉しかった。こうだと断定されるより、ずっと知りたい気持ちを刺激される。怨みにまみれて旅が始まったが、いつの間にか、まったく異なる心持ちへといざなわれながら、了助は師とともに歩んでいった。

宇都宮の釣天井

一

はらり、と枯れ葉が宙を舞って肩をかすめた。

了助は、義仙と並んで穏やかに禅を行いながら、一葉の向こう側にあるものを、しみじみと感じ取っていた。

葉があれば木があり、その木が根を張る、大地がある。その大地を潤す川の音が——関東の大暴れ川たる、利根川と数多の水路を流れる、水の音が——聞こえてくる。

風もない、快晴の旅日和だ。太陽が早くも中天を過ぎたのが肌で感じられた。日ごとに夜が長くなり、空気は冷えて乾き、人にも木にも等しく、冬の到来を告げている。

頭上で葉を落とすのは、そうした四季の移ろいを何度数えてきたか知れない、立派な榎だ。栗橋宿（現埼玉県久喜市）の手前、小右衛門村の一里塚に植えられた、江戸より十三里目に位置する、塚木である。

小右衛門とは、一帯の新田を開墾した者の名だ。村の鎮守たる、八幡神社は、小右衛門下組という、氏子衆の氏神で、この氏子衆が、一里塚番を兼ねている。

後年、幕府は、道中奉行を設け、五街道の整備を任せるが、この頃はまだ、在地の諸衆に維持を任せ、ときに江戸との連絡役になってもらうほかなかった。といっても、今は氏子衆に頼むべきこともなく、義仙と了助はただ、一里塚のそばで禅を行っていた。

いや、気配を消して、隠れていた。

徳川家康(とくがわいえやす)が、全国の街道に一里塚を築くよう命じたのは、慶長(けいちょう)九年（一六〇四）のことだ。明暦(めいれき)三年（一六五七）の今、塚木はとんでもなく立派に生長している。根映えのする木といわれるだけあって、美しくどっしりと張られた根と幹の陰に入ると、街道からは、まったく見えない。

塚木は、杉や檜もあるが、たいてい、榎だ。街道をゆく者にとって、榎は目印という以上に、無言で出迎え、見送り、動かぬ道連れとなってくれる頼もしい存在だった。

義仙からは、夏に日陰を作ってくれる木だから、「榎」と書く、と覚えればよい、と教わった。また、「榎」と「鍬(くわ)」で、対になっているのだと。榎の枝は、鍬の柄(え)になる。木と鉄、夏と秋の組み合わせで、読み書きの練習には、もってこいだ。

ついでに、果実は甘くて美味い。綺麗に熟した橙色の小ぶりな果実を、よく一里塚番士がわけてくれる。榎は、「餌(え)の木」ともいい、果実は鳥の餌づけにも使われる。

そんな榎に、義仙は気配をすっかり融け込ませていた。驚くべき澄明(ちょうめい)さだ。了助も、頑張って同じようになろうとするが、雑念を全て消すなど、無理だった。むしろ最近は、禅を行うたび、おとうの屍が現れた。

穴の底で骨となったおとうと一緒に横たわり、頭上からは極楽組の〝鶴〟の哄笑が浴びせられる。すると、肚の底に冷たい怒りが霜柱のように広がり、背筋を粟立たせるのだ。まるで、腹の中に刃を何本も呑み込んだようで、それを吐き出したくて仕方ないが、そうしてしまえば自分もおとうも剣樹地獄に落ちて刃に貫かれてしまう気がした。まるで自分が、おとうを地獄に引きずり込むようで怖かった。生者が死者をそうするというのは奇妙だが、それが了助の実感であり、懼れだった。

どうすればいいか、義仙に相談すると、

「地獄の在処がわかっているのなら、それを温かなもので囲むといい」

と教わった。

囲炉裏や竈で、火を閉じ込めておくように、心の地獄を、別の心でくるむのだと。

最初は、どうしていいかわからなかった。だがあるときふと、その感じをつかんだ。

冷たいおとうの屍の感触を、温かなおとうの腕を思い出すことで遠ざけ、地獄を隔てるのだ。他にも、良い思い出で地獄を遠ざけるようにした。道ばたで食べ物を分かち合い、縁の下で抱き合って眠る。貧しさの中でも、どれだけ無宿人の子が幸福だったか。おとうが殺されたあと、三吉がどれだけ慈しんでくれたか。そうしたことを、光國や〝鶴〟や、おとうの死に関わった者たちみなに教えたかった。

それは、込み上げる怒りが、彼らに思い知らせてやれと命じるのとはまったく異なる心の働きだった。ゆるやかな禅の呼吸を繰り返しながら、その心がどこかへいってしまわないよう、祈ったとき、義仙が呟いた。

「そろそろ、関所に着くか」

すぐ先の栗橋宿にある、日光道中ゆいいつの、関所のことだ。

誰が着くと言うのか。義仙を追ってきた、柳生の二人だ。

鳥見衆の企みで阿片を吸わされ、ぐにゃぐにゃにされた男たちである。

名は、狭川尚房と、出淵俊嗣。狭川が先輩らしいが、二人とも、義仙より年上だ。義仙は、彼らと柳生の道場の一つで、面識を持ったという。

「兄の門弟だ。どちらも、兄から命じられたことは、何でもやり遂げようとする。刀を抜いてでも、私を江戸に帰そうとするだろう」

了助と義仙が、小右衛門村に宿を求めたのは、昨日の夕暮れどきである。

朝早くに、粕壁（現埼玉県春日部市）を発ち、杉戸、幸手（いずれも現埼玉県）を越え、五里十三町（約二十一キロ）を一気に進みきったことになる。

速度としては普通で、町の娘でも、これくらい歩く。飛脚や拾人衆の〝韋駄天〟など、倍以上の速さで走る。

了助と義仙は、極楽組の行方を調べるため、各地で足を止めざるを得なかったが、現地の鳥見衆の一件で、大きな手掛かりを得ることとなった。

ほかでもない。彼らが好む、阿片の入手先だ。

義仙は、役人が駆けつけてくるまでの間、鳥見頭の甚五郎を、しっかり尋問していた。手下を一人残らず叩き伏せられた甚五郎は、案外ぺらぺらと喋った。

阿片の使用も、子どもを年季奉公と言い張って買うのも、厳密には御法度ではない、という開き直りが、そうさせたのだろう。何より、極楽組が江戸で大罪となる悪事を重ねた連中だという認識が薄く、わけありの浪人たち、としか思わなかったらしい。

義仙の興味は、鳥見衆と極楽組をつなげたものが、なんであるかだ。

それは、一人の医者だった。

薬に詳しい医者を、極楽組が鳥見頭に紹介したのである。鳥見衆の注文に従い、煙にして吸えるよう、阿片の調合もしたらしい。それが、彼らへの賄賂となったわけだ。

そこまで極楽組に協力する医者がいるとなれば、重要な役目を担っている可能性が高い。また、街道を行き来する医者は、連絡役にはうってつけだし、極楽組に負傷者や病人が出れば、治療を頼むこともできる。

特に、生き残った極楽組の惣頭四人のうち、錦氷ノ介は、光國に銃で撃たれている。どこかで傷を癒やすはずで、医者のもとでそうしている可能性は、大だった。

その医者は、街道を行ったり来たりして、病や怪我で倒れた旅人の世話をしているが、住居は、間々田宿（現栃木県小山市）の近くにあるらしい。

間々田宿は、関所の向こう側で、これも示唆を与えてくれることとなった。これまで極楽組に、関所を越えるすべがあるか、不明だったが、

「その医者の協力で、手形を得ていると考えれば、納得がいく」

というのが、義仙の読みだった。

もしそうなら、関所の手前で、極楽組を探すのは無意味となる。

それで一気に進んだのだが、今こうして一里塚の陰でじっとしているのは、義仙を追う、柳生の二人をかわすためだ。

鳥見頭いわく、二人とも、酩酊とそのあとの船酔いのような状態から回復するのに、丸一日はかかるとのことだった。

その一日で、彼らを遠ざけたが、義仙と了助を追うことはたやすい。街道は一本道だし、二人が江戸との連絡を保とうとすれば、おのずと報せを頼める相手は限られ、そのつど、足跡を残すことになる。

江戸に人を送るのは、たやすいことではない。謝礼も必要だ。次から次に送れば、こちらの路銀が、あっという間に尽きる。

捨て子を拾って、江戸の拾人衆に預ける「寺」が、街道沿いに点在しているが、彼らとて、江戸との連絡は、在地の有力な諸衆に頼まねばならない。道中奉行が設置される

以前は、このように、藩を越境しての連絡には、不便が伴うのが当たり前だった。

必然、義仙と了助が、どこで江戸に連絡をつけるか、だいたいの見当がつく。

その上、柳生宗冬(むねふゆ)の背後には、伊豆守(いずのかみ)がいるのだから、諸衆に嘘をついてごまかせ、とも言えない。さすがに、柳生や伊豆守に目をつけられてでも義仙や了助に便宜をはかる義理などないのだ。

ではどうするか。義仙の答えは単純だった。

「追い越させる」

柳生の二人は、回復し次第、夜を徹して追って来る。そして義仙と了助が一日通して歩きつめたこと、また朝には出発したことを、今いる村で知る。

まさか関所の手前でじっとしているとは、夢にも思わないだろう。とっくに関所を越えたと判断し、道を急ぐ。本当に関所を越えたか調べるには、通行手形の確認の記録を閲覧するしかないし、柳生の二人に、そんな権限はなかった。

男と子どもの二人連れが来なかったか、と訊(き)いて回るのも無意味だ。そんな旅人は大勢いるし、そもそも誰が誰の連れか、判別が難しい。旅人同士は無言が普通だからだ。

「彼らの念頭にあるのは、腕ずくででも、私を連れ戻さねばならないということだ」

了助にはよくわからないが、どうも義仙が、柳生家のためにならないことを、しでかすのでは、と恐れているらしい。了助からすれば、義仙がそんなことをするはずもない。

刀も持たず、民の暮らしを脅かす悪党を追っているのである。なんの文句があるのか、と言ってやりたいくらいだった。

だが、追ってくる二人に、そんな理屈は通らない、と義仙は言った。

と言って、二人を撃退する気は、さらさらなかった。そうしたところで、追っ手が倍々に増えるだけだという。それより、今にも捕まえられそうなのに、実際は姿を見ることもできない、という状態を巧みに保つほうが、得策なのだと。

そんなことができるのだろうか、と疑問に思う了助をよそに、義仙は座って目を閉じたまま、追っ手の考えをすっかり読みきっている様子で、

「渡し船を下りた頃だな。休まず古河（現茨城県古河市）まで進むだろう」

などと、鳥が地上を見下ろすかのようなことを呟くのだ。

もちろん口から出任せではない。義仙が、人を追うすべに長けていることは、これまでの旅で明らかだった。無駄な探索を、まったくしない。義仙と極楽組の知恵比べは、それこそ、ぎりぎりでせめぎ合っている。

「そろそろ、進もう」

そう言われて、了助は目を開き、意識してゆっくりと禅の姿勢を解いた。

空気が冷たい中でも、体が温かく柔らかいままでいることに、満足した。正しく禅を行えている証拠だからだ。

禅は、一つ間違えれば人を殺す。体ががちがちに強ばり、腰も肩も、痛みで動かせなくなる。胃腸に血が通わず働きが滞り、気持ちは、鬱屈して旅どころではなくなる。まともに立てるということが、すなわち正しい禅を行えた証しだった。その正しさを保つことで、身を健やかに、心を澄明にするのだ。

旅はそのための、最も過酷で、そして最良のすべといってよかった。先へ進むことができる自分でいる努力をするだけで、身が鍛えられ、心が浄められていく。了助は、ここに来て自分がなぜ廻国修行に惹かれていたかを知った。おとうの死や、三吉が死んだ地獄を、心のどこに置くべきか、日に日に確かになってゆくのだ。

膝に置いていた木剣を腰の背側に差し、義仙とともに街道へ出ると、了助は榎に向かって手を合わせて一礼した。考えてしたことではなく、自然な所作だった。義仙がそれを見て、ちらりと自分も榎に目礼し、きびすを返した。

水路と田畑の間を進むうち、関所につきものの刑場が見えてきた。

手形を持たず進もうとすれば、関所破りとみなされ、死罪と決まっている。

その前を通ったとき、竹矢来で囲われた敷地は空っぽだったが、そばには、刑に処された者たちを供養する地蔵が置かれていた。

炮烙地蔵である。義仙が地蔵に目礼するので、了助も拝んだ。罪人を焼き殺してのち、供養するとは、どういう気分だろう、と思った。

極楽組は、江戸市中で放火を企んだのだから、捕まれば火焙りだ。そういう目に遭わせてやりたい、と思えば、また自分の中から地獄が溢れ出しそうで怖かった。きっと多くの人がそうだから、こういうところでは、地蔵を祀るんだ。そう思った。

寺々が並ぶ道が続き、やがて利根川の岸辺に築かれた宿場町が、忽然と現れた。

栗橋宿である。対岸の中田宿（現茨城県古河市）と、二つで一つの合宿とされる宿場町で、問屋なども、両岸の宿が半月交替で行う。

番士の屋敷だけで、四つもあり、旅籠は二十軒以上、定住者は、千五百人を下らない。繁盛するというより、武蔵国と下総国を行き来するため、近隣から人が蝟集せざるを得ない、といった感じだ。

坂東太郎こと利根川は、土地の人々と関東の代官が、ともに治水と開墾という、飽くなき格闘を続ける大河だ。ただ、この宿で橋を架けることは、許されていない。江戸防備のためである。ゆいいつ将軍様が渡るときだけ、船橋が築かれるそうだが、五十艘あまりの船を並べて橋を組むのに、三年もかかるらしい。

了助は、船の渡しの順番を待ちながら、対岸までの遠さに呆気にとられていた。これまで見た最も大きな川は、当然ながら大川（隅田川）だが、優にその数倍はあった。

そんな巨大な川を相手にしてきたからか、在地の人々は、みな肝の据わった顔つきをしている。番士ばかりか、野菜売りの百姓ですら、気骨のある面構えで、江戸の町奴などものともしないだろう、と思わされた。そのせいか、宿場町全体が粛々としており、憂さを晴らすためだけにおかしなことをする者など、一人も見なかった。河面を滑る寒風にさらされたが、関所はどこも、人いきれで暑いくらいだ。荷運びの者たちなど、褌一丁で汗をかいている。

関所での手続きも、難なく進み、通行手形を認めてもらえた。

舟つき場にゆき、ほどなくして渡しの順番がきた。了助は義仙と一緒に舟に乗ったが、漕ぎ手の、とんでもなくがっしりとした体軀には、これがまさに大河というものを相手にする人々なのだ、と思わされ、ちょっと見とれてしまった。

渡し場は、特に川幅の狭いところに設けられているはずだが、川に舟を呑まれるのでは、と不安を感じるほど広かった。

それで、川ばかり見ていたのだが、義仙が顔を上げて遠くを眺めるので、そちらを見ると、彼方に大きな山があった。

「筑波山だ。あの向こうに水戸藩がある」

義仙が、了助の視線を察して言った。

光國の顔が脳裏をよぎったが、了助の予想に反し、怒りはそれほど強くわかなかった。ただ、悲しかった。

おとうを斬ったのが、光國だとしても、今はあの〝鶴〟の哄笑のほうに、心をかきむしられる思いがした。

おとうを、光國に斬らせた誰かがいるのでは、といったことを義仙は口にした。そんな理屈などあるものかと思っていた了助も、今では、そうかもしれない、と考えるようになっている。どう考えても、光國がおとうを斬る理由がほかになかった。だがそうだとすれば、斬ったほうも斬られたほうも、そして残された自分も、誰かの命が無惨に奪われたにもかかわらず、誰もおのれの意思でことに臨んでいなかったことになる。誰もかれもが操られていたというのは、むしろ哀れに過ぎる。光國が血気を溢れさせ、たまたま斬ったというほうが、気が楽になるほど、嫌な気分にさせられるのだ。

雄大な山河が、そんな気分を、多少なりとも宥めてくれるのを期待して眺めるうち、対岸に着いていた。

中田宿である。了助の心が晴れることはなくとも、町の賑わいに出くわせば、余計なことを考える暇はなくなる。ぼんやりしている者から、掏摸の餌食になり、旅籠に引きずり込もうとする留女たちにつかまり、荷車に足を轢かれる。加えて、いつどんな諍いに巻き込まれるかわからない。宿場では決して警戒を解かないのが、旅の鉄則だ。

渡し場を離れるや、左右から、鮒の甘露煮を売る声を浴びた。義仙が、滋養がつくといって、旅籠でそれを食わせてくれたが、甘塩っぱくて、なんとも美味だった。

一帯は、とにかく鯉や鮒だらけだ。栗橋宿の総鎮守である八坂神社などは、祀るべき神様が、鯉と亀に運ばれてきたという。

榎が、物言わぬ旅人の道連れなら、鯉や鮒は、利根川の使者だ。食うことで、滋養を得る以上に、何かの加護が得られるのでは、と思わされた。旅の体力をつけるため、昼食を摂ると、寺社の並ぶ街道へ出た。この辺りは、会津藩の庇護を受ける寺が多く、奥州街道との分岐点が近いことを示している。

義仙と了助は、円光寺という臨済宗南禅寺派の寺に入った。そこで義仙が、江戸への通信を頼んだ。手掛かりとなる医者の名を追っていることを、伝えるためだ。もし、義仙と了助が、極楽組に返り討ちに遭って死んだときは、伝えられた手掛かりをもとに、新たな追っ手が放たれることになる。

街道に戻り、中田の松原を通過した。古河藩主だった、永井〝信濃守〟尚政が、三十年ほど前に植えた松並木で、びっくりするくらい美しかった。

冬でも青々と細い葉を生やすが、幹には菰が巻かれている。丁寧に冬支度をしてやらねば枯れてしまうらしい。手間がかかるゆえ、塚木に使われることはあまりない木だ。

中田から野木（現栃木県）までは、古河藩の領域で、松並木を過ぎてしばらく進むと、原町に入り、一里塚が見えた。江戸から、十六里目だった。

その先に、古河城の番所がある。古河城は、かつて北条家の城だったこともあるが、徳川家のものになってのち譜代大名が入り、今は、土井家の居城となっている。

了助は、義仙に言われ、原町の一里塚で、また榎の陰に隠れて、禅を行った。

古河宿に到着した柳生の二人が、義仙を探して「寺」や当地の役人を訪ねた結果、追い越したと悟って、慌てて戻ってくる頃合いだ、というのである。

それをやり過ごすため、一刻余りもたっぷり禅を行った。

柳生の二人は、まさに右往左往である。彼らはやむを得ず、中田で宿を求めるだろう、というのが義仙の読みだ。極楽組も、こんな風に自分たちの追跡をかわし続けているのだろうか。それはつまるところ、彼らがすぐそばにいることを意味する。その手掛かりとなる医者が、この先にいると思うと気が逸り、無性に膝の上の木剣を握って振りたくなるのを、我慢しなければならなかった。

「では、行こう」

義仙に言われ、了助はさっと立ち上がり、節々の強ばりを感じて顔をしかめた。

気が急くと、すぐに禅の行いが悪くなる。ゆったりとしているようで、一切無駄な挙動がない義仙を見て学びながら、街道に戻り、古河城を横目に歩んだ。

将軍様の日光社参では、二日目にこの古河で宿泊するのが通例だが、了助が義仙とともに江戸を発ってから、すでに半月余が過ぎている。

古河宿に着くと、ものすごい人の群に出くわした。定住者は、二千とも三千ともいい、何十軒という旅籠が連なっていた。

古河城へ食料を運ぶ、肴町(さかなまち)通りと呼ばれる道の近くで、本陣を訪ねた。どの町も医者は台帳に記録されることが多いのだ。果たして、木ノ又雲山(きのまたうんざん)の名を義仙が告げると、

「ああ、あの人か。腕の良い医者ですよ」

本陣に勤める侍が、すぐに教えてくれた。一時、宿場の近くにある、徳星寺(とくしょうじ)という寺に居住し、街道で病人や怪我人を診ていた医者だという。

義仙が礼を言い、二人でその徳星寺を訪れた。古河藩に入った土井利勝(としかつ)が、城の鬼門除けとして庇護した寺である。そこでも、木ノ又雲山を知る僧がいて、

「よく旅をする方で。しばらく江戸にいたそうですが、今は間々田にいるとか」

鳥見頭が告げたのと同じ、間々田の地名が出た。ぐっと手応えを感じ、了助はいよいよ相手が近いと思いながら、義仙とともに街道へ戻った。

「まるで、案内されているようだ」

義仙が呟き、了助をきょとんとさせた。

「案内？」

「そう感じただけだ。杞憂(きゆう)なら良いが」

それきり、義仙は黙り、了助も同様に口を閉ざして、ついていった。

古河から野木へ入り、また別の松原を過ぎ、見渡す限りの田畑の狭間(はざま)を進んで、乙女(おとめ)(現栃木県小山市)の一里塚に至った。江戸から、十八里目である。

その先の、乙女八幡宮で、医者の話を聞き、ようやく住居が特定できた。渡良瀬川の支流である、思川の乙女河岸と街道の間で、かつ、泉龍寺と龍昌寺の間にある、炭焼き屋の家を買い取り、宿場町で出た病人の面倒を看ているという。

義仙と了助は、間々田の本陣まで行くと、まず問屋場で、宿を得た。

それから、宿を出て少しばかり道を戻り、またしても榎の根元に座した。

塚木とは違い、江戸と日光のちょうど中間地点に植えられた榎である。「間の榎」と呼ばれていたのが、いつしか「逢の榎」となり、縁結びの木とされるようになった、という。縁を求める様々な御誓願の札が、幹に貼られており、

「極楽組との縁を祈って、坐すとしよう」

根元に座して義仙が呟き、ふっ、と笑った。

了助は、義仙が冗談を言うところを初めて見た。どう返していいかわからなかったが、それだけ追跡や追っ手の攪乱に手応えがあるのだ、と解釈して小さくうなずいた。

禅を組むと、田畑の向こうに、ぽつんと建つ百姓家を眺めることができた。竹垣に囲まれた庭に野菜が植えられ、炭焼き小屋が、やや離れたところにある。

「街道から来る者を、屋内から見ることができるし、木々に隠れて川へゆき、思川から発して、江戸川へ着くこともできる」

思川の乙女河岸一帯は、舟運が盛んだ。かつて関ヶ原に向かう徳川家康も、ここから

兵を舟で運んだという。以来、治水が続けられる、舟運の要所だった。

「たまさか得た家にしては、大した砦だ」

義仙が評したとき、その家から、ぬっと大柄な男が姿を現した。了助は、思わず背後の榎を連想した。木ノ又雲山。その名にふさわしい体軀の持ち主だ。剃髪し、暗い色の十徳を上着にする、徒歩医者である。御免駕籠に乗る乗物医者であれば、名を染め抜いた腹掛けをする供が付き添うが、男に供はない。薬箱も自分で提げ、のしのし大股で街道へ出ると、本陣と問屋場のあるほうへ進んでいった。何かを警戒する様子はなく、義仙と了助の前を通り過ぎたが、こっちを見もしなかった。

問題は、家の中だった。医者のもとに病人がいるという情報もある。あの錦氷ノ介が匿われているかもしれないと思うと、了助は、肚が冷える思いを味わった。

と、家の縁側に、人が見えた。若い男のようだ。よろよろと這いつくばるようにして厠へゆき、それからまた部屋へ戻った。いかにも体が辛くて仕方なさそうだ。

問題は、遠目でも、両手があることが見て取れることだ。つまり氷ノ介ではない。

了助は、安堵と失望の混じった吐息をこぼした。義仙は、淡々と監視を続けている。

確認できたのは、結局その病人らしい男だけだった。家の中にまだ何人いるかわからないまま、医者が戻ってきた。紙で包んだものの数を確認しながら歩いており、往診のついでに薬を買い足してきたという感じで、そのまま家に入っていった。

じっとひとところにいて見張っていては、相手に怪しまれるのでは、と了助は思ったが、むしろそれが義仙の狙いだった。

日が暮れ始めると、また医者が出てきた。今度は、義仙と了助を見ながら真っ直ぐ歩いてくる。義仙が、平然としたまま動かないので、了助もそうした。

医者が、二人の前まで来て言った。

「もしや、医者をお求めですかな？」

人を安心させる穏やかな声だ。大きな黒い目が、夕焼けの光を呑みつつ、深沈とした色を湛えている。役に立てることがあれば、どこへでも赴こうという心構えが、どっしりした姿から伝わってきた。病人からすれば、この上なくありがたい相手だろう。

「お一人で、医者の務めを？」

義仙が尋ね返した。

「供がいるときもあります。旅から旅への暮らしが多いもので、そのつど人手を探しているのですよ」

「なぜ、町ではなく街道で人助けを？」

「旅人が、道半ばで倒れるのは無念ですからな。せめて、旅をまっとうできるよう、手助けしてやりたい、と思うのです」

「今も、あちらの家で誰かの手助けを？」

「ええ。介抱を頼まれたもので」

「頼んだのは、極楽組かな？」

義仙がずばり問うたが、雲山は、その名の通りいささかも動じず、こう答えた。

「そんなふうに自分たちを呼んでおりましたな。鶴市と甲斐と名乗る浪人たちです」

「一人は、火傷顔を覆面で――」

「ええ、ええ。火傷を隠していました」

「極大師や、錦と名乗る者たちは？」

「さて……、その方々は、存じませぬが……」

了助は目を丸くした。これは、敵が二手に分かれたことを意味する。深手を負った足手まといの錦が、仲間の手で始末されてしまう可能性もあるというのが義仙の考えだ。

もしそうなら、安心すべきか無念に思うべきか、了助にはわからなかった。

「我々は、江戸で火つけを行った極楽組の者たちを捕らえるため、ここに来た」

義仙が言うと、雲山がひどく平静な調子で返した。

「私は、病んだり怪我をしたりした旅人を、介抱するだけでしてな。どんな悪事を働いたかは、聞いておりません」

「家にいるのは、そちらと病人だけか？」

「ええ。他には誰も」

「病人と話がしたいが、よいかな？」

「さて……、本人に訊いて下され。さ、こちらへ」

雲山が、きびすを返した。義仙が、おもむろについていき、了助も従った。

「旅の埃で、家を汚してはすまない。縁側から、声をかけさせてくれないか」

義仙が言った。これは当然、襲撃を警戒してのことだ。雲山の言葉が偽りなら、この家は虎口だった。極楽組の者たちが、一斉に飛び出してくるかも知れない。

「では、こちらへ」

雲山を先頭に、薄暗くなった庭を通って、縁側に来た。了助は、背の木剣を右手で握りしめながら、義仙のあとについていった。

「もし。和田様。起きられますか？」

雲山が、部屋へ声をかけた。襲撃の気配はなく、

「ああ……うむ。どうしたのです……」

弱々しい声とともに、障子が開き、青い顔の、髷もほつれた若い男が、現れた。

やはり錦氷ノ介ではない。布団のそばの盆に、白湯と薬の用意があり、部屋の奥に、着物と旅装がかけられているのが見えた。

「こちらの方々が、和田様にお話があると」

若い男が、訝しげに、義仙と了助を見た。

「はて……安藤家の使いとも見えぬが」

「安藤家？」

義仙が、聞き返した。

「四千五百石の旗本……安藤彦四郎様のお家です。私の名は……、和田右京亮。代官として、当家の知行がある、武蔵国は那珂郡の……、小平村（現埼玉県本庄市）に、遣わされています……」

痛む腹を、手で押さえ、呻きがちとはいえ、武士らしく、きちっと名乗った。

「私は、柳生義仙。こちらは、供の六維了助。江戸より、極楽組という、放火や様々な悪事を働く者たちを、追ってきました」

「ご、極楽組……？」

「組の者が、貴殿の介抱を、こちらの雲山殿に頼んだのでは？」

「お、同じ旅籠に、いただけの男たちです……。確かに、腹を痛めたところを、介抱されたが……、何の縁もない相手です……」

義仙と了助は、顔を見合わせた。極楽組が、ただの親切心でやったはずがない。何か意図がある。だがその意図が、不明だった。

「なぜ、日光道中に？」

義仙が、右京亮と名乗る男に顔を戻して問うた。

那珂郡小平村は、利根川をずっと西へ進んだところにある。舟運を利用すれば栗橋・中田の宿場まで半日だが、代官が、わざわざ任地を離れるとは、よほどのことだろう。

「て、手紙……」

右京亮が、呻きつつ告げたとき、

「誰か、おるか！」

戸口でわめき声がし、かと思うと、提灯を持った侍たちが八名、ずかずかと庭へ入ってきた。

了助は、柳生の二人が仲間を連れてきたのかと思ったが、違った。

狭川も出淵もいないし、みな旅装ではなく、派手派手しい衣裳に身を包んでいる。まるで、江戸の旗本奴が、日光道中まで出張ってきたようだ。

雲山が、ずい、と彼らの前に立った。刀を差した侍をまったく恐れない様子だ。

「どちら様でございましょうか？」

「わしは、奥平……」

先ほどわめいた、先頭の若い侍が、言いかけて口をつぐんだ。

目が、義仙と了助に向けられている。凶猛な顔つきだった。平然と人を斬るたぐいの人間であることが、一目でわかった。

「どうでもよい。そこの男をもらい受ける。邪魔立てすれば、ただではおかぬぞ」

右京亮が、慌てて声を上げた。

「な、なにゆえに？　私は、安藤家の……」

「貴様が誰か、わかっておる」

若い侍が、雲山の脇をすり抜けようとしたところへ、今度は、義仙が立ち塞がった。

「和田殿には、こちらも用がある」

「貴様、どかぬか！」

若い侍が、提灯を他の者に持たせ、手を刀の柄にかけた。

義仙が、手振りで、雲山と了助に下がるよう指示し、淡々と返した。

「それがしは、柳生義仙。相手は、お旗本のご家臣であり、しかも病身。それをどこへ攫おうというのか、伺いたい」

後ろの侍たちが、柳生の名を聞いて、顔を見交わした。だが、若い侍は構わず、

「無礼者！」

叫びざま抜刀し、義仙を袈裟がけに斬り伏せようとした。その手を、義仙がぱっとつかみ止め、横へひねり、おのれの腰を、どん、と若い侍の腰に叩きつけるようにした。

若い侍は、跳ね飛ばされて横倒れになりかけたものの、大股でばたばたと踏ん張った。

そのときには手から刀が消えている。若い侍が、そのことに気づいて瞠目したところへ、義仙がすっと間合いを詰め、奪った刀を、無造作に突き込んだ。

若い侍が、凝然と凍りついた。他の侍たちが、うおっ、と一様に悲鳴に似た声を上げた。若い侍が、刀で貫かれたと思ったのだ。

若い侍は無傷だった。その刀が、腰の鞘に綺麗に納まっている。義仙得意の鞘返しだ。

神がかりといっていい技倆に、侍たちが、度肝を抜かれた顔で後ずさった。

雲山も和田も、驚きに打たれて、ただ目をみはるばかりである。

「江戸の御老中に報せねばならぬゆえ、一同、仔細をお聞かせ願う」

義仙が言うと、侍たちの顔色がまた変わった。若い侍が、即座にきびすを返し、

「ゆくぞ。父に確かめる」

侍たちに言って、全員で立ち去った。

「お見事」

雲山が、感嘆のこもった呟きをこぼした。

「あの者たちは？　奥平、と言ったようでしたが」

「はてさて。何が何やら」

雲山が、頭を掻いた。義仙は、右京亮を見たが、そちらも、同感だと顔が言っていた。

ますます混迷する事態に、了助も、きつく眉をひそめるばかりだった。

「了助ったら、可哀想な娘を拾って寄越すことが、お務めだなんて思ってるんですかねっ。あたしが、あの娘の行師になるのがいいなんてっ。どういうつもりなんですかっ」

お鳩が、ぎゃんぎゃん吠えた。

二

光國と中山勘解由は、困り顔で腕組みしている。

駒込の水戸藩中屋敷にある書楼で、光國が、二人から報告を受けたところだった。

いちいち、子どもの顔見たさに東海寺へ赴く阿部忠秋に付き合うのは、光國も大変なので、近頃は、もっぱら拾人衆の韋駄天を近隣に配し、何かあれば中山を自邸に来させて、話を聞くようになっていた。

「極楽組と、その傘下の者どもから救ったのだから、殊勝なことではないか」

光國が宥めるが、お鳩は我慢ならない様子だ。

「了助が、真面目に働いてるのは、そりゃわかってます。でもなんです、あの小町って子。了助さんはどうしてる、いつ戻るって、しょっちゅう訊いてきて、うっとうしいったら、ありゃしないんですからっ」

中山が、苦笑を呑み込むため、口元に拳を当てて咳払いし、お鳩を遮った。

「行師のことは一考する。それよりもまず、子龍様にご報告することがあろう」

「お旗本の件でしたら、亀一が、お務めで調べているところですっ」

お鳩が、むすっと言った。

「本当に、安藤家が関わっているのか？」

「ええ。少なくとも、和田右京亮を家臣として抱え、代官にしたのは本当です」

「して、和田右京亮とは、何者だ？」

「まだわかりませんが、奥平のほうは、やはり大名家と判明しました」

「宇都宮藩の……？」

「はい。奥平〝美作守〟忠昌様の子息、昌能様とのこと。歳は二十五ほどで、同齢の士と徒党を組み、評判では少々……」

「少々どころか、暴れ者で有名だ。わしも、御城や祝宴の場で挨拶をしたことがあるが、間違っても風流人とは言えぬゆえ、到底つるむ気になれなかったほどだ」

「確かに、悪評については、どこかの御曹司様より格段に聞こえが悪いですがね」

ずけずけと中山が言った。昔の光國とて暴れ者で知られていたのである。

普段であればその程度の皮肉は歯牙にもかけないが、このときは光國も胸にぐさりときた。何しろ話題のどこかに、必ず了助の存在があるのだ。その思いを顔に出さぬよう、我慢して命じた。

「奥平の世子と、極楽組が介抱した者の関係を調べよ。わしも父や諸家にあたる」

承知、と中山が素直に応じた。暴れ者の奥平昌能が江戸にはいないため、光國が正面切って激突することはない、と安心しているのだ。

中山とお鳩が退出すると、入れ違いに左近が来て、丁寧に結ばれた文を差し出した。

「姫様が詠まれた歌です」

うむ、とうなずいて光國は受け取り、

「すぐに返す。待っていてくれ」

文机に向かい、さらさらと返歌をしたためたが、途中で手が止まってしまった。

光國にとっては、いつもの泰姫とのやり取りである。泰姫が詠む詩歌はときに奔放で、定石をまったく無視したものが送られてくることがあった。また、大火ののちは死にまつわるものも多く、胸をつかれる思いをさせられることもある。それでも返せなかったことは一度もない。にもかかわらず、何かに心を堰き止められていた。

「御曹司様？」

左近が、不思議そうに首を傾げた。

「姫は、室にいるのか？」

「はい。みなですごろくなどを……」

「わしも、混ぜてもらえるか訊いてくれ」

「えっ……？　は、はい、ただいま」

左近がびっくりした顔で、小走りに廊下を去っていった。光國は、返歌をひとまず書き終え、たたんだ。

戻ってきた左近が、正座して言った。

「あの、姫様が、喜んでお迎えしますと」

「ありがたい」

光國は、文を手に、左近のあとについて泰姫の室に入った。

「みなで楽しんでおるところ、失礼――」

唖然（あぜん）となった。がらんとした部屋には泰姫しかいない。気づけば左近まで姿を消している。

「どうぞこちらへ、旦那様」

泰姫がにっこり手招いた。むむ、と光國が妙な呟きを返してそばに座り、返歌を差し出した。泰姫がそれを受け取り、一読してたたむと、襟の内側に差し入れ、いつものきらきらした目で光國を見つめた。

「……すごろくは終（しま）いか？」

「はい。何かわたくしにお話ししたいことがおありなのでしょう？」

光國は苦笑した。泰姫は鋭いというより、透徹としていて、ともにいるだけで心身が南蛮の硝子壺のごとく透けてしまう気がした。

「うむ。旅に出た了助のことでな。立派に働いておる。その分だけ、わしは恥を知る。悪仲間の前で、恥をかきたくない一心で働いた悪事のつけが、これだ……」

「恥は、辛いものですか？」

「うむ……。いや、まことに辛苦を抱える者を差し置き、わしが辛いなどとは……」

「罪滅ぼしがしたいのですか？」

「さようだ。が、そのすべとてない」

「では、閨(ねや)に参りましょう」

「なんだと？」

呆然となる光國をよそに、泰姫のほうは早くも裾(すそ)を押さえて膝を上げようとしている。慌てて手を取って止めようとしたが、逆に引っ張られて立たされた。小柄な姫に、はるかに図体のでかい自分が軽々と持ち上げられるという不可思議な目に遭った。

「待て、本気か？」

「はい。これも供養です、旦那様」

「なんの供養だ」

「亡き方々のため、子をお授け下さいませ。拾い子を大勢抱えるのは、それからです」

泰姫のこうした飛躍に直面するたび、二の句が継げず逆らえなくなってしまうのだが、今回もそうだった。

人を殺した分だけ、子をなせ、というのは、人倫にそぐわぬ乱暴な理屈な気がする。が、それを否定することもできない。子をなしたとき、それこそおのれの恥は極限にまで深まるだろう。そう思うだけで意気阻喪するものがある。そして泰姫は、そんなことは許されないといっていた。罪滅ぼしの前に、罪を目の当たりにしろというようだ。

そんなことを考えるうち、気づけば光國は泰姫に引きずられるようにして閨に入らされ、あとは骨抜きだった。

三

「紛糾しておる」

父の頼房が言った。いつものごとく、水戸藩上屋敷の茶室である。

はあ、と光國は肚の力が抜けた声を返した。日が翳るまで、泰姫のいう、供養というか罪滅ぼしの行いに、呑み込まれたのだ。

「なんだ、その気の抜けた顔は」

頼房が言ったが、口調は咎めていなかった。むしろ笑いをかみ殺している。光國が、泰姫に、閨へ引っ張り込まれた、と家人から聞いたのだろう。

光國は、ぐっと身に力を入れて言った。

「なんでもありません。紛糾とは奥平家と安藤家が、ということでしょうか」

「奥平家、土井家、安藤家、伊豆守、豊後守だ。肥後守が、評議に加わっている」

なんと、宇都宮藩と古河藩が、揃って旗本の安藤家に、和田右京亮の引き渡しを求めているというのである。伊豆守こと信綱や、豊後守こと忠秋が、調停に努める一方、互いの思惑を読もうとしていた。そこに、肥後守こと保科正之がいるのは、譜代大名と大身旗本との間に確執を生じさせないためだ。

「諸家がそこまでこじれるとは、いったい和田右京亮とは何者ですか？」

「本多〝上野介〟正純の孫だ」

頼房の言葉に、光國が思わずのけぞった。それほど衝撃をもたらす名だった。

徳川家康に仕えた武将の一人にして、前宇都宮藩主、そして江戸幕府の元老中である。だが、ことごとに二代将軍秀忠に逆らって怒りを買い、最期は出羽国で子の正勝とともに幽閉され、ろくに光を浴びることもできぬ状態で、十三年も過ごした末、死んだという。なお子の正勝は、正純より七年も早く、衰弱して死んでいる。

この過酷な処置の裏には、将軍の日光社参の際、本多正純が、宇都宮城にて秀忠を暗殺せんとした、という噂があったが、

「宇都宮城の釣天井、ですか。将軍と家臣を皆殺しにするため普請させたとか」

光國が言うと、頼房は鼻で笑った。

「馬鹿な噂だ。宇都宮に戻った奥平忠昌も、結局そのようなものは見つけておらん」

「確か、奥平家は一度移封で……」

「古河に移された。代わりに入った本多正純のことを、恨んだ者もいよう。盛徳院様などは、当時、本多正純の父の正信が、謀略をもって宇都宮城を奥平から奪った、と言って、怒り狂うておったわ」

盛徳院こと加納御前は徳川家康の長女で、今の宇都宮藩主・奥平忠昌の祖母だ。

「実際のところは……」

「うるさがたの古参である本多正純を、従順にするための移封であった。謀叛の疑いがあったのは事実だが、それゆえに改易されたわけではない。本多正純が宇都宮を返上すると言い出し、ついで与えられた出羽もいらぬ、と辞したことで、今度は面目を失った台徳院（秀忠）様が、怒り狂うたわけだ」

二代将軍秀忠を憤怒させた結果、宇都宮藩には奥平家、古河藩には土井家が入り、幕閣からは、古参一派が排斥されたという。

「正純の子の正勝には、長男と次男がいた。長男は安藤家が、次男は尾張犬山藩が抱えた」

「長男の右京亮は、なぜよりにもよって、因縁のある地に一人で……？」

「安藤が言うには、祖父の遺品が見つかったゆえ渡す、という手紙を受け取ったらしい。だが奥平も土井も、そのような手紙は、出していないそうだ」

「しかし、右京亮は手紙を信じた、と」

「いや、道中で不審に思うたようだ。間々田にて、安藤彦四郎へ、ことの次第を確かめてほしい、と手紙を出しておる。安藤彦四郎は、和田右京亮の潔白の証拠であるとして、その手紙を幕閣に提出した」

「右京亮への手紙……極楽組の仕業とお考えですか？」

「火と煙を上げるのが得意な連中だ。そういう真似をしたとして、不思議はない。奥平は、正純の孫が、謀叛人と結託したのでは、と恐れている。当地にいる子息の昌能が、見つけ次第に、斬るかもしれん。もしそうなれば、安藤彦四郎は、抗議のため腹を斬るであろうよ」

「目も当てられませんな」

「奥平によれば、すでに不逞浪人が、藩境に参集しているそうだ。本多正純の孫を御輿にし、原城の乱のごとき騒ぎを、起こさんとしているらしい」

「島原の……。極楽組の首魁である極大師は、あの乱の生き残りらしい、と極楽組の配下であった者が、言っていました」

「過去の乱のごとく、宇都宮城をのっとられるとは思わぬが、領内で決起を許せば、奥平が腹を斬ることにもなりかねん。土井も、隣国に乱が起こる恐れあらば、問答無用で右京亮を始末すべし、と言うておる」

「手を打たねばなりません。極楽組の狙いは、市井に擾乱を生み、幕府に内紛を起こすこと。奥平と土井を抑えねば、敵の思うつぼでしょう」

「といって、御三家が前へ出ては、余計に紛糾しかねん。紀州家にかけられた謀叛の嫌疑のこともある。御三家が、本多正純の二の舞となってはならん」

「私から、この事態を止めうる人物に話をしたいと思います。よいですか父上？」

頼房は、迷う様子もなく、うなずき返した。

「よかろう。貴様から話せ。それにしても……、極楽組というやから、幕府の内情をずいぶんと知っている。いや、知りすぎている」

光國もうなずいた。脳裏に、そのわけを知るであろう男たちの顔が浮かんでいた。

大目付の中根正盛と、伊豆守信綱の顔が。

四

「釣天井？」

了助はぽかんとなった。天井が落ちてくるということが、まったく想像できず、思わず、頭上の梁を見てしまった。

「初めて聞いたとき、私も同じように天井を見ました。今はただ眉に唾をつけます」

右京亮が、喉で笑って、白湯をすすった。相変わらず辛そうだが、数日前に比べ、だいぶ血色が戻っている。

「正直、祖父の顔など覚えてもいません。祖父に仕えていた者たちから聞いた限り、意地を張って、世相の移り変わりを認めなかったようです。泰平の世で、政などよりも合戦をすべし、と言われたら、将軍様だって困ってしまうでしょう」

これはかつて徳川家が大坂の陣で豊臣家を打倒してのち、豊臣秀頼に嫁いでいた秀忠の娘・千姫が、本多忠刻に再嫁することとなった際の一件のことだ。

千姫を大坂城から救出した坂崎直盛が、どうしたことか、千姫の身柄を奪取しようとし、逆に、屋敷を徳川幕府の軍勢に包囲されたのである。

幕閣は、坂崎直盛が切腹すれば、家督相続を許すと持ちかけ、他ならぬ坂崎家の家臣団に始末をつけさせようとした。これに反対したのが、本多正純で、不忠を促すより、天下の御政道のため、正々堂々と軍を放って踏み潰すべし、と主張したという。

だが結局、坂崎直盛の首は、家臣の手で幕閣に渡されることとなった。

「祖父は万事、そんな調子だったとか。将軍様の面目を潰してでも通すほど価値のある意地だったのか……父は、祖父の手で地獄へ引きずり込まれて死んだようなものです」

淡々と乾ききった声で語る右京亮に、義仙が言った。

「その意地に惹かれる、荒き者たちもいる」

「ええ……。受け取った手紙に従って、千駄塚(せんだづか)（現栃木県小山市）の極楽寺を訪ねようとしたら、付近の宿に、荒武者気取りの浪人がずいぶんいました。そいつらが、宿の者に、極楽寺への道を尋ねるので、これはおかしい、と思ったんです」

「浪人が集まる様子に、不審を覚えたと？」

「ええ。それと、宿の者が言うには、破れ寺(やれでら)に浪人が住みついて、勝手に極楽寺と呼んでいるんだそうです。さすがに、奇妙と思うでしょう」

「そして、引き返したところ病になった」

「はい。同じ宿にいた、鶴市と甲斐という浪人に介抱され、雲山さんに預けられました」

「隻眼隻腕(せきがんせきわん)の男や、老人はいなかったのだな？」

「ええ。見ていません」

「ところで、先日から薬を飲んでいないようだが」

「もう必要ない、と雲山さんが……」

右京亮が、ちらりと部屋の薬箪笥を見た。

義仙が立って、その引き出しを片端から開き、中身を数粒ずつ手に取った。

「どの薬を飲んだかわかるか？」

「ええと……これですね」

義仙が、右京亮が指さしたものをつまんで、他は、まとめて盆に落とした。それから土間へ行き、一握りの米を握って戻ってくると、棚の引き出しの一つにさらさらと入れた。ついで引き出しごと引っこ抜き、揺らして米と薬を混ぜると、縁側に出て、中身を庭にまき散らした。

了助も右京亮も、義仙が何をしているのかわからなかった。すぐに雀が何羽も庭に舞い降り、まかれた米をついばむのを、黙って見守った。

雀が一羽、羽をばたつかせて悶え始めた。二羽目、三羽目、と同様の状態になるや、他の雀が一斉に飛び去ったが、さらに数羽が落ちてきて悶えた。

「化毒丸（かどくがん）だな。健康な者に使えば、ああなる」

義仙が言って、了助と右京亮を愕然（がくぜん）とさせた。化毒丸とは、ヒ素をふくむ劇薬で、梅毒や破傷風の治療に用いる。毒をもって毒を攻む、とは宋の禅書『嘉泰普灯録（かたいふとうろく）』にある言葉だが、健やかな者には無用の薬だ。

右京亮が、口元を手で覆い、縁側に這い出て、げえげえ吐き始め、了助が、その背をさすってやった。

「木ノ又雲山が、戻らない」

義仙が、街道のほうを見て呟いた。雲山は、昼に宿場へ行くと言って、出ていったままだ。空は、そろそろ夕焼け色だった。

「ここは危うい。和田殿を、私たちの宿へ運ぶ。了助、お前は使いに出てくれ」

「使い？　どこにですか？」

「乙女村の、一里塚だ。まだ見張っているだろう。人手が足らぬと言って連れてこい」

誰のことか、すぐにわかった。了助は、義仙の言葉に従い、土間で草鞋（わらじ）を履くと、木剣をしっかり差し、走った。

街道を、江戸方面に向かって駆け、日が暮れる前に、乙女村に着いていた。

そこの一里塚の塚木も、榎だ。鳥居と石灯籠があり、そのそばで柳生の二人が座って街道を来る者を見張っている。まさか二度もやり過ごされたとは思っていない様子だ。

「狭川様、出淵様」

了助が名を呼ぶと、二人とも、発条（ばね）仕掛けのように立って振り返った。

「人手が足らないので、来て下さい、と義仙様が仰（おっしゃ）っています」

二人が、まじまじと了助を見つめ、それから溜息をついた。彼らも、義仙の策にはまった、と察していたのだろう。

二人を連れて間々田の宿へ行くと、義仙が、布団を敷いて右京亮を介抱していた。

「来たか、狭川、出淵。加勢を願う」

「お待ち下され。いったい何ごとです？」

狭川がわめいた。

「この御仁（ごじん）は、本多上野介の孫だ。宇都宮藩と古河藩から謀叛を疑われている。そう仕組んだのは、極楽組という一党であり、今まさに兵を参集させている。防がねば、当地で乱が起こりかねん。わかってくれ」

義仙の真剣な口ぶりに、たちまち二人の顔つきが変わった。

「どうせよと？」

出淵が訊いた。

「私と了助が戻るまで、こちらの和田殿を匿っていてくれ。たとえ藩兵相手でもだ」

「どこへ行かれると？」

狭川の問いに、義仙が答えた。

「極楽寺」

五

宿で借りた提灯の灯りを頼りに、藩境にある千駄塚村の道標をみつけ、参道付近で街道を逸れ、畦道（あぜみち）を進んだ。

寺を探したところ、すぐにそれとわかった。枯れた草地の向こうの、やや高い位置に、ぽつんと灯りが見える。近づくにつれて灯りが大きくなり、丘上に建てられた寺とわかったところで、義仙が提灯の火を吹き消した。了助もそうして、ともに進んだ。

低い、唸るような声が響いてくる。念仏を唱えているらしいが、声が多すぎて、まるで山風の唸りのようだった。

義仙とともに、丘をぐるりと回り、手頃な杉の木を見つけると、二人で手を貸し合いながら、それにのぼって枝に足をかけ、寺を見下ろした。

堂内に、人が密集していた。開け放たれた戸の間から見えるだけでも、てんでばらばらの出で立ちをした男たちが三、四十人はいる。半ば壁で見えないことを考えれば、その倍はいる、とみなすべきだった。

「野武士が寺をのっとり、根城にするか。応仁の乱の世がごとき有様だ」

義仙は、あくまで平淡さを保っているが、了助には戦慄すべき光景だった。

確実に百人以上の賊がいるのである。しかも、寺に集って念誦しているだけでは、役人も咎めようがない。こいつらが一斉に右京亮を奪いにきたらどうなるか。野犬の群のように追い払えるわけがない。防ごうとしても踏み潰されるだけだ。

めいめい蠟燭を掲げ、盃を干し、槍を額に当てるといったことをしつつ、一心に念誦するそこに、聞き知った声が混じった。

「幾多の勇士を思い起こせ。原城の乱あればこそ、暴虐の藩主は改易となった。由井正雪の謀叛あればこそ、末期養子が許され、公儀は、貧苦浪人の救済に傾いた。本多正純公が、かの城で将軍様を弑逆せんとしたのも、同じこと。正純公の子孫をお迎えし、原城がごとき乱を起こさば、きっと、お前たちにふさわしき死に場所を得て、幕府はいっそうの世直しをはかるであろう」

おびただしい念誦のさなかであっても、よく通る声を放ちながら、人々の間をのし歩く僧形の男が見えた。見知った男だった。十徳をまとった木ノ又雲山だ。

「なるほど。極の字にちなんで、木、ノ、又か……、欺かれたな」

義仙の呟きに、了助は頭が真っ白になった。

この数日ずっと一緒にいた医者が、極楽組の首魁たる極大師だというのか。信じられなかった。江戸から消える前、みざるの巳助が、その顔をはっきり見て取り、人相書きを描いたのだ。髪と髭を剃り落としても、面影は残るはずである。なのにあの医者は、まったく別人だった。

「変装の達者は、わざと異なる顔を見せて幻惑する。街道の医者として、当地で信用を得ながら、江戸で、賊として働いていたのだろう。他にいくつも異なる顔を持っていたとしても、不思議はない」

そう言うと、義仙が木を降り始めた。了助も慌ててそうした。一人で取り残されて敵に見つかれば、死ぬしかない。

「宿に戻るぞ」

義仙が言って、暗がりを進んだ。了助も、片手で背の木剣の柄を握り、足元に気をつけつつ、可能な限り足早に進んだ。街道に出て、ほっと息をついたが、義仙は足を止めず問屋場のほうへ向かうので、了助も急いでつき従った。

「和田殿を、今すぐ任地の小平村へ戻さねばならん。多勢に無勢だ。藩兵が出てきて騒ぎになれば、極楽組の望む目となる」

はい、と返したが、難儀きわまることだった。

夜間の通行を禁じるため、矢来柵を設けるところもあるし、そもそも右京亮には、移動する体力がない。夜中に頼める駕籠かきなど、強盗と紙一重で、下手をすれば林の中に運ばれて身ぐるみ剝がれる。

義仙、了助、柳生の二人とともに、右京亮を担いで三里（約十二キロ）先の中田へ戻り、舟に乗せるしかない。その背後から賊が群れなして殺到すると思うとぞっとする。

だが、間々田宿本陣に近づくや、また別のものに、戦慄させられていた。

建物から噴き出す、皓々（こうこう）たる火の輝きだ。問屋場で火が起こっており、半鐘の音が、激しく鳴り響いている。

「あれが、つけ火なら、極楽組の鶴市と甲斐が、右京亮を奪いに来たのだろう」

義仙が言いながら駆けた。了助も、背の木剣を握ったまま追った。

宿場は大騒ぎだった。義仙と了助の宿のすぐ裏手側にある蔵が燃え上がっており、土地の若者たちが、延焼を防ぐため、隣接する家屋の引き倒しに躍起になっている。宿も引き倒しの対象だ。ということは右京亮も柳生二人も屋外へ避難したはずだった。

義仙は、いったん立ち止まって周囲を見渡し、すぐに思川のほうへ駆けた。

「牛馬か、舟だ。おそらく舟だろう」

動けぬ右京亮を、どう運ぶかは、極楽組にとっても問題だ。義仙は、彼らが舟を使うとみたが、これが正解だった。

川へ続く道の途上で、右京亮がへたり込んでいるのが見えた。その近くで、柳生二人が剣を構え、三人の男と対峙している。

鶴市と甲斐がいた。そして、もう一人。そいつが、呆けたような笑みを浮かべながら振り返るや、了助は反射的に、足を止めていた。

錦氷ノ介がいた。

白濁した右目が、遠くの火で光っており、むしろそちらの目で物を見ているのでは、と思わされた。身は痩せて棒のようだが、抜き身の脇差しを握る手を、だらりと垂らし、義手代わりの鎌で、総髪からこぼれた髪をなでつける姿は、どんな屈強な男よりも、了助の危機感を刺激した。

それでも後ずさりせずに済んだのは、義仙が歩調を緩め、息を整えつつ、するすると氷ノ介へ向かっていったからだ。

「ああ、あなた。父上と一緒にいた」

氷ノ介が、向かってくる義仙を完全に無視し、了助に向かって言った。

と思いきや、瞬時のうちにその身を旋回させていた。脇差しの切っ先が、恐ろしく遠い間合いを越え、義仙の頸筋へ走った。

義仙は、狼狽えることなく半身になってその刃をかわした。いや、ほんの僅かだが、かわしきれなかった。義仙がおのれの頸筋を撫でる動作で、そこに傷を負ったことがわかった。浅手とはいえ、義仙が負傷するなど、了助には信じがたい光景だ。

「よく斬れる刀だ」

義仙が、いささかも動じずに言った。

「骨喰藤四郎です」

氷ノ介が嬉しそうに笑って、またつま先立って旋回した。

瞬間、氷ノ介の体が激しく宙を舞っていた。

義仙も即座に間合いを詰め、氷ノ介の手を取り、刀を奪いざま、投げを打とうとしたのだ。そうと悟った氷ノ介が、自ら宙へ身を投げ、義仙の手をもぎ離し、驚くほどの距離を取って、軽やかに着地した。

しかも、ただ離れただけでなく、またもや義仙に手傷を負わせていた。義仙が片頬を撫でて言った。

「鎌のほうは、刀ほどではないな」

氷ノ介が、投げから逃げつつ、左の鎌で義仙の首を掻き切ろうとしたのだ。

柳生二人は、おのおの鶴市と甲斐を相手に、緊迫の対峙を続けている。じりじりと間合いを詰めたり取ったりし、にわかに激しい音を立てて打ち合うや、ぱっと互いに立ち位置を変え、また対峙するということを繰り返した。

三対三だ。自分を入れれば三対四。そう思って、木剣を肩に担ぐ了助へ、

「了助、和田殿を連れて逃げろ」

義仙が、鋭く言った。それがお前の役割だと告げる、厳しい調子だった。

「はい！」

了助は逆らわず、右京亮に駆け寄って肩を貸した。

義仙たちが、賊を防いでくれているうちに、逃げるのだ。賊のほうは焦（あせ）るし、それで隙も生じるだろう。火事がおさまれば、逃走に懸命になるのは賊のほうだ。

よろよろ歩く右京亮とともに、川へ向かった。街道ではない。藩兵がいればそちらに右京亮を奪われるかもしれなかった。逃げるなら舟だ。賊が使うはずのものを、首尾良く見つけられなくとも、舟運が盛んな川なら、渡し舟の一つや二つはある。そう信じて

右京亮の身を支えながら、息を切らして河岸に辿り着いた。

舟があった。何艘も並んでいる。了助は、心の中で快哉の声を上げ、右京亮を引きずるようにして、渡し船のそばに連れて行き、それに載せた。

ごろりと右京亮が舟底に転がり、喘いだ。

了助も、ぜえぜえ息を荒げ、木剣を帯に差し、渾身の力を込めて舟を押した。氷のように冷たい船体を手と胸で押し、川岸から水面へ滑り落とした。

舟が離れる前に、急いで跳び乗り、ぐらぐら揺れる舟の底に、右京亮ともどもへばりついた。川は凍るような冷たさだ。落ちれば、手足がかじかんで動けなくなり、そのまま溺れて死ぬだろう。

了助は、大火のときに飛び込んだ堀の水を思い出していた。三吉は命を賭して、自分を火と水から守り続けてくれた。今、自分も同じように、誰かを守ろうとしていることが急に誇らしくなったとき、離れたばかりの岸から声が放たれていた。

「浅草寺の小僧！」

その一言で、全身の血がさっと冷えるのを感じた。今しがた抱いた誇りが遠ざかり、手は、おのずと木剣を握っていた。

「無宿人の餓鬼が、親の仇討ちに来たんだろう⁉　教えてやる！　あの御曹司を、おれがはめてやったのさ！　お前のおやじを、滅多斬りにさせてやったんだ！　お前のおやじはずいぶん役に立ったぜ！　何せこのおれが、御三家の弱みを握れたんだからなあ！」

鶴市の、傲然たる叫びだった。

義仙や柳生二人の誰かが斃れたのか、それとも賊の誰かが、二人分戦っているのかはわからなかった。どうであれ、鶴市の言葉は、まさに地獄の入り口だった。

「お前のおやじが、どんな風にみっともなく命乞いをしたか、教えてやる！」

みっともないわけがあるか。おとうは、面と向かってお前たちを諭そうとした。怖くてたまらなかったはずなのに。命を惜しむ思いは万人が同じだ、と無宿人でありながら旗本どもに言い切ったんだ。

そう叫び返したかったが、歯を食いしばって耐えた。

叫べば地獄だ。相手は暗くてこちらの位置がわからないから、声を上げさせようとしているのだ。そしてそれ以上に、了助の心が、応じるなと告げていた。そっちに行ってはいけない。地獄に従えば、おとうの魂も一緒にそうさせることになるぞ。

だがそれでも悔しくて辛くて、木剣を握らぬ手で舟底に爪を立てていると、右京亮が手を重ね、小声でささやいた。

「それでいいんだ。あんな遠吠えに、何を言い返すことがある」

了助の身から、力が抜けた。涙が、ぽつぽつ落ちていった。

ぎゅっと瞼を閉じて涙を追いやり、顔を上げた。川も河岸も真っ暗だった。鶴市の声は、もう聞こえない。どうやら、十分遠ざかったようだ。

了助は、身を起こして竿を取った。これまた冷たいそれを我慢して握り、舟を対岸へ向かって、押していった。

誰かが、火を焚いているのが見えた。右京亮は寒さで震えている。温めてやりたくてそちらへ向かった。だがそれが、間違いだった。

対岸に舟先がつくなり、火の周囲にいた男たちが、わっと集まってきた。きらきらした衣裳に、了助と右京亮が愕然となった。

慌てて竿で舟を中流へ押し返そうとしたが遅かった。その竿をつかまれ、別の男が船先に足を乗せた。気づけば目の前に、男たちが突き出す白刃の群があった。

その群の真ん中から、若い侍が現れた。雲山の家で、義仙に刀を奪われた若い侍だ。

「なんだ貴様？　あの火傷面の使いか？　さっさとどいて、そやつを渡せ」

どうやら極楽組は、右京亮を藩主側に差し出す気だったらしい。これでは賊の手助けをしたことになる。了助は左手で竿を持ったまま、右手で背の木剣を握った。とにかく舟を岸から離す。刺されたり斬られたりする覚悟でやってやる。

そう腹を据えた。それは、地獄の入り口とは異なる心だった。ずっと穏やかで、何にも惑わぬ澄明さがあった。

その心のままに、木剣を抜いて振るおうとする寸前、別の大音声がわいた。

「待たれよ！」

同時に、とてつもない音が響いた。なんと、法螺貝の音である。さらには、太鼓の音まで轟き始めた。

ぎょっとなる侍たちの前に、騎乗の侍が数名、徒歩の者たちを大勢連れて現れた。

驚くべきことに、全員が甲冑を着ている。その場にいる誰もが初めて見る、戦の出で立ちだ。侍たちはもとより、了助も右京亮も、鎧武者の一団を前にして言葉もない。

ひときわ立派な鎧を着た武者が、馬を下りて毅然と告げた。

「保科家家臣、小原五郎右衛門。肥後守様より、会津城代家老に言いつけがあり、馳せ参じた次第。和田右京亮は、ご公儀お預けの身であり、我らが護衛を致す」

「保科公だと⁉　無断で我が藩に兵を寄越したというのか⁉」

「将軍様のご意向に従ってのこと。お父上も承知の上。家臣の刀を納めさせなされ。お父上を、謀叛人にしたいのですか」

「なっ……将軍⁉　お……、お前ら、さっさとせい！　さっさと刀を納めんか！」

昌能の配下の者たちが、慌てて刀を納めるのをよそに、小原と名乗った侍が、舟に近寄り、了助へ言った。

「お務めご苦労。和田殿をこちらへ」

了助は、やっと我に返って叫んだ。

「は、はい！　あの、賊が川のあちらに！　義仙様と柳生の方々が斬り合いを！　それと、千駄塚の寺に何十人も賊が！」

小原が、たちまち峻厳たる顔つきになり、配下の者たちへ命じた。

「舟を集め、ただちに渡河せよ！　泳げる者から先にゆき、賊を追い払え！」

男たちが喊声を上げ、鎧姿のまま次々に極寒の川へ入っていった。これには鬼河童とあだ名された了助もびっくりしたし、昌能たちはすっかり居すくまっている。

近隣の渡しの者たちが呼び出されて舟を出し、兵馬が続々と川を渡った。了助と右京亮もそうさせてもらったが、昌能たちは許されず、置いてけぼりにされた。

対岸では、泳ぎ渡ったずぶ濡れの兵たちが、全身から湯気をたちのぼらせて渡河地点を守っていた。了助と右京亮が、再び元の岸に降りると、そこへ義仙と柳生の二名が、先駆けの兵たちとともにやって来て、二人をほっとさせた。

義仙は、首と頬の浅手のほか傷はなく、了助は大いに安堵したが、柳生の一人、出淵が、左腕に布を巻いて顔をしかめていた。

「あの方、斬られたのですか？」

「甲斐にな。命に別状ないが、それで鶴市を走らせてしまったのが悔しいのだ。よく和田殿を守ってくれたな」

「いえ。あちらのお侍様たちが……」

小原が、舟を下り、馬を供に任せてこちらへ歩みつつ、義仙が頭を下げようとするのを、手振りで止めた。

「火急ゆえ、儀礼無用。斬り合った賊は、いずこに？」

「渡河の気配を察して逃げ、こちらもあえて追いませんでした」

「では、賊が集(つど)うているという寺へ、案内して頂きたい」

義仙が承知すると、小原が兵に進行を命じた。右京亮と柳生二人は、護衛の兵とともにその場に残っている。

問屋場の火はおさまったようだが、街道の混雑を避けて畦道を早足に進んだ。

了助は、隊列をなしての歩行を初めて味わった。全体に合わせて体が勝手に動くようで、旅とは違う歩みだった。旅人は、常に疲労を気にするが、軍勢が火を掲げて進むさまには、それを忘れさせる昂揚(こうよう)があった。きっと、大名行列に参加するというのは、こういうものなのだろう、と思った。

千駄塚へ到達したところで、火が消された。暗がりの中、兵が丘を取り巻いた。義仙とともに後方に下がった了助は、生唾を呑んで見守った。浅草(あさくさ)の御門で見た大騒動のことが思い出されたが、これはそれ以上の、まさしく合戦だった。今しもそれが始まる、というとき、どん！と轟音がわいた。

寺の鐘が鳴ったのではない。何かが崩れ落ちたような音だ。同時に寺の灯りがほぼ消えた。小原の指示で、兵が丘をのぼっていった。義仙が、邪魔にならぬよう丘の中腹までついていった。了助も、緊張しながらそうした。

寺は静かだった。誰もいないのではと思われたが、そうではなかった。かすかな呻き声が、いくつも聞こえた。

中を覗き込んだ兵が、驚きの叫び声を上げた。

「釣天井⁉」

小原が、馬を下りて駆けた。義仙がさりげなくその後ろにつき、了助も追っていってそれを見た。たちまち、がん、と何かに殴られるような衝撃を覚えた。寺の中は、地獄絵図だった。天井から落ちてきたらしい、巨大な格子に、大石をいくつも乗せたものが、中にいた者たちの五体を、ぐしゃぐしゃに粉砕していた。

呻き声もすぐに絶えた。奥のほうで蠟燭の火が点った。血の海のまっただ中で、雲山が平然と座して蠟燭を掲げた。自分がいるところだけ何も落ちない仕掛けだった。

雲山が、立ち上がって言った。

「極楽組棟梁、極大師である。当地に来られたは、いずこの士か、お聞かせ願う」

「肥後守様の臣、小原五郎右衛門である。これは、いったい何の真似だ？」

「この泰平の世で、荒武者たらんとする百十二名を、一網打尽にいたしたまで。これらの首を土産に、御老中様に、お伝え願いたい。勢多木之丞が策、首尾は上々なり、と」

六

「極楽組の首魁が……、降った？」

瞠目して尋ねる光國へ、

「さて。ことはそう容易ではない様子」

保科正之が、静かに言った。そのくせ、何が容易でないのか説明することもなく、ゆるゆると茶を点てている。

「またしても、伊豆守預かりと？」

つい、苛立ちを込めて口にした。正之を責めても仕方ないのだが、そうせずにはいられないところが、我ながら未熟だった。

だが、ついで正之の口から発された言葉は、光國の想像を超えていた。

「いえ。御曹司様お預けになるでしょう」

「なんですと？　私に……？　なにゆえ……」

「伊豆守が申すには、極大師なる者の望み、とか。組の者を改心させ、あるいは銃弾を浴びせ、あるいは御門を攻めて討ち取る。そんな御曹司様に、感じ入った、と」

「賊が、私に……感じ入ったですと？」

あんぐり大口を開ける光國に、正之は、茶を差し出し、こう言い添えた。

「それと、御曹司様が望まぬ限り、どのような恥も、表沙汰にはならないそうです」

光國は、表情を消した。伊豆守はすでに、了助と自分の関係を、どうやってか、探り終えたのだ。

「詳しくは、極大師を預かればわかること。そう、伊豆守は申しています」

自分は、関知しない、という言い方だった。それが保科正之という男だった。そんなはずがない。将軍と老中と御三家の均衡の保守に尽力する。それが保科正之という男だった。そんなはずがない。きっと、不測の事態に備え、二重三重に手を打っているはずだ。古河藩の一件で、即座に藩士を向かわせることができたのも、あらかじめ備えていたからこそである。今も、光國がしくじった場合に備えた上で、極楽組の首魁を預ける、と決めたに違いなかった。

「極大師は、江戸に向かっているのですね？」

「いえ、それが、今しばらく当地にいることになりそうです」

「集めた浪人を、自ら皆殺しにし、降ったのですよ。何の用があって、とどまると？」

正之が、さて、と呟き、首を傾げた。どうやら本当に不明らしい。

光國は、苦々しさを抑えて茶を喫した。恥という言葉が胸中に転がったままだった。

了助も、すぐには江戸に戻ってきそうにない。そのことに安堵したくなかった。待ち受ける気概が必要だった。来たるべきものがなんであれ、迎え撃つ気がなければ呑まれるだけだ、と本能が告げていた。

「承知しました。この私が、極大師を預かり、一切の始末を仕ります」

光國は、敢然と告げた。

正之が、背筋を伸ばし、何かを、しいて頼むかのように、礼をした。

それで光國は、途方もない何かが来る、という強い覚悟を抱いた。長らく追い続けた賊の首魁と、おのれの罪咎をつかんだ老中。ともに相手にし、首尾良く始末をつける。そんなことが可能かどうか、わからなかった。だがやらねば、この一身のみならず、懸命に働く拾人衆、忠秋、中山、罔両子（もうりょうし）の全てに、良からぬものが降りかかるという予感があった。それは、江戸を離れて旅をする、義仙と、そして了助とて同様だ。

光國は、正之に応じて手をつき、礼を返した。

そうしながら、何が来ようとも太刀打ちし、おのれの罪咎の露見を恐れず、いかなる企みをも暴き、もろともに白日のもとに晒す、という気概を、燃え上がらせていた。

解説

吉澤智子

まいったな。

『剣樹抄』を読み終え思わず唸った。

「今度、ドラマにしたいと思ってる小説なんだ」とプロデューサーから手渡され、読み始めた。私は脚本家なので仕事として手にとった小説、のはずだった。

が、そんなことはすぐにどこかへ行き物語の世界へぐいぐいと引き込まれた。

私の知っている水戸光圀（みとみつくに）は黄門（こうもん）様と呼ばれ、頭巾を被って諸国を漫遊し、ドラマが終わる十分前頃になってようやく助さん格さんに「やっておしまいなさい」と命じて、悪党を懲らしめ「カッカッカッ」と高笑いするおじいちゃんだった。

だが、『剣樹抄』で描かれる若き水戸光國のなんと雄々しく艶っぽく魅力的なことか。

この光國でドラマシリーズにすればいいのに。あっ、これからドラマにするんだった。

それも私が脚本を書くことができる！　そんな幸運をかみしめながら読み進めた。

野球のスイングのような棒振りをする了助（りょうすけ）。バレエを舞うように剣を振るう氷ノ介（ひのすけ）。

目の前にすぐに映像が広がるような躍動感溢れる描写に、ドラマならどんな殺陣（たて）になるんだろうと心が躍る。『光圀伝』でも圧倒された冲方先生の膨大な知識に裏打ちされた物語の展開は、史実を巧みに織り込みながらエンタテインメントとして昇華されており、知的好奇心を満たされると同時に、シンプルに悪人を成敗する娯楽的な楽しみもある。

これは絶対面白い時代劇になる。そう確信した。

ただし、まいったのは、この若き光國が大きな罪を抱えていることだ。

過去に了助の父を殺している。

しばしば時代劇では、歴史上の人物を主役、あるいはメインキャラクターに据えるとその暗い史実をあえて描かなかったり、解釈を良い方向に変えて表現することがあるのは時代劇をご覧になる多くの方がご存じの通り。それはもちろん、視聴者に愛される人物にする為で、特に時代劇の場合、主人公にはヒーロー的な人物像が望まれることが多い。

歴史上の偉人は往々にして現代の価値観ではとんでもないことをやっていたりするもので、不倫も浮気も当たり前、そんな理由で斬っちゃうの?というような人殺しをしていたりする。水戸光國も若い頃、傾奇(かぶ)いたあげく辻斬りをした史実がある。

だが、冲方先生は光國の黒歴史をさけるどころか、この物語のキーとなる出来事として膨らませ創作の翼を広げて描いている。

私が何よりまいったのは、その創作者としての姿勢に対してだった。

結果、正しいだけの光國より、苦悩を抱えた光國はより厚みのある血の通った人間として物語の中で存在している。人はまちがいを犯すから人なのだ。

これは脚本を書くには覚悟がいる。安易に視聴者に媚びてぬるい話にしてはならない。そう心に決め脚本を書き始めた。そして、ならばいっそ光國と了助の関係はさらに深く温かく、疑似親子のようにできないかと考えた。鬼河童と呼ばれたギラギラした了助を人らしく子供らしい姿へと導く光國。二人の関係が深まれば深まる程、視聴者は「その時」が来るのを恐れる気持ちと共に、「その時」をどう迎えるかが気になるはずだ。

一方、この複雑なキャラクターである光國の心情を、映像表現では小説のように文章で説明できないことには頭を悩ませた。モノローグで心の声を語るか、心情を吐露する相手が必要になる。モノローグで自分語りをする女々しい光國はあまり見たくない。

私はお気に入りの人物・泰姫（たいひめ）のエピソードを膨らませることにした。

『剣樹抄』を読んでいた際、もっと光國と泰姫、二人の会話が読みたい、二人のシーンが見たいと思うほど泰姫の柔らかな強さが大好きになってしまったのだ。

時代劇の中で女性を色濃く描こうとすると、現代的な価値観の強い女性になってしまったり、あるいは男性に尽くす、ある意味男性に都合の良いキャラクターになりがちだが、冲方先生の描く泰姫は、豪胆な光國をふんわりと包むように、時に知らぬ間に導いていく。いわゆる天然でいて聡い、実に魅力的な女性なのだ。そんな泰姫ならば光國の苦悩をそれとなく聞き、柔らかく受けとめてくれるに違いない。

「柔弱くとも剛毅く、剛毅くとも柔弱いもの」は何か――罔両子との禅問答で了助が導きだした答えは「人」だが、光國と泰姫の夫婦こそがその「人」そのもののように思えた。剛毅な光國は泰姫の前では時に柔弱さを見せ、か弱い泰姫は時に凜と剛毅い。気づけば微笑みながら二人のシーンを描いている自分がいた。

本作『不動智の章』では、いよいよ「その時」を迎える。光國が父親を斬ったと知った了助の慟哭は胸が痛むばかりで、光國の悲壮な覚悟にも心動かされる。何より了助が事実を知り出てきた言葉。

――地獄だ。

が、胸を貫く。

事前のエピソードで罔両子が了助に語った「地獄も極楽も、人の心から生ずるもの」という台詞がここに来て大きな意味を持ち始めるのだ。

おそらく凡庸な作家ならば、棒振りで認められた了助がやがて武士の道を歩む話に展開していきそうなところ、了助は武士になりたいとも僧の道に進みたいとも思わぬところがこの物語をより一層深いものにしている。了助は剣ではなく人を直接的に殺めることのできない棒振りの稽古を続ける。氷ノ介と闘うのならば剣を極めた方が効果的で、僧のように無心で棒を振ることを行にして悟りを得たい訳でもない。なぜ棒を振るのかと尋ねた罔両子に、了助は地獄を払うためと己の中から答えを紡ぎ出す。

その了助が事実を知り地獄に落ちかける。拾人衆に迎えられ、鬼河童からせっかく人らしくなった了助が、光國に棒を振りかかる姿に痛々しさを覚えたその時、柳生義仙（やぎゅうぎせん）が現れ、「鬼を人に返す」と言い放ち了助をさらい、了助、光國、そして物語を救っていく。カッコイイ。飄々としてべらぼうに腕の立つ男・柳生義仙という新たな登場人物を得て物語はますます予測不能な展開へと広がっていく。

「心を置くな」「地面から歩き方を教われ」

義仙は多くは語らぬが、その一つ一つの言葉が核心をつく。武士であって武士でない、僧であって僧でない義仙ならば、父親の死の真相を知った了助が心を開いていくのがよくわかる。

話は逸れるが、脚本を書く前に冲方先生にお会いする機会を頂いた。緊張で何を話したか正直あまり覚えていない。が、穏やかで静けさを湛えた朗らかな笑顔が印象に残っていて……本作を読みながら、勝手に義仙は冲方先生のイメージで読み進めていた。普段は穏やかなのにやるときはやる風のような義仙だ（実際、義仙を演じて下さった舘ひろしさんには台本以上に渋さと深みを増して頂いた）。

小説では二人の旅はまだまだ続いていくようだが、ドラマでは最終回にドラマとしての結末をつけねばならず、私は、了助が光國を許さぬまま、それでも共に生きていく、人はまちがえるものだから——となんとかドラマとしてピリオドを付けた。

はたして冲方先生はどう思っていらっしゃるのか。

柔弱い私は、伺えないままだ。

ドラマにするにあたって、尺や撮影上の様々な理由で試行錯誤の上多々アレンジして脚本を書かせていただいたのだが、一度も冲方先生から直しの要求はなく、私にとっては『剣樹抄』という物語の中で自由に泳がせて頂いたような贅沢なお仕事だった。冲方先生の器の大きさには感謝しかありません。

果たしてこの先、冲方先生はどんな結末に導いてくださるのか。ここからは仕事ではなく、一読者として「まいったな」とつぶやける日を心から楽しみにしている。

（脚本家）

文春文庫

剣樹抄（けんじゅしょう）　不動智（ふどうち）の章（しょう）

定価はカバーに表示してあります

2023年10月10日　第1刷

著　者　冲方丁（うぶかたとう）

発行者　大沼貴之

発行所　株式会社 文藝春秋

東京都千代田区紀尾井町 3-23　〒102-8008
TEL　03・3265・1211㈹
文藝春秋ホームページ　http://www.bunshun.co.jp

落丁、乱丁本は、お手数ですが小社製作部宛お送り下さい。送料小社負担でお取替致します。

印刷製本・TOPPAN株式会社

Printed in Japan
ISBN978-4-16-792108-8